Ronso Kaigai
MYSTERY
292

アバドンの水晶

DOROTHY BOWERS
FEAR FOR MISS BETONY

ドロシー・ボワーズ
友田葉子［訳］

論創社

Fear for Miss Betony

1941

by Dorothy Bowers

目次

主要登場人物

エマ・ベットニー（ベット）……元家庭教師
メアリー・シャグリーン……エマの叔母
グレイス・アラム……エマの教え子。〈メイクウェイズ・スクール〉の校長
マリア・サーロー……グレイスの学校に住む老婦人
メアリー・ワンド（ワンディー）……グレイスの学校に住む老婦人
リリアン・オーペン……音楽教師兼校長秘書
ジュリー・ランクレ……フランス人教師
スーザン・ポラード……国語教師
ノーナ（ノニー）・ディーキン……寮母
ボールド……校医
ベリンダ・スウェイン……看護婦
エドワード・アンブローズ
（グレイト・アンブロジオ）……占い師
ダン・パードウ……ロンドン警視庁《スコットランドヤード》の警部
トミー・ソルト……ロンドン警視庁《スコットランドヤード》の部長刑事

アバドンの水晶

第一章　同類

六十一歳のエマ・ベットニーは、どう見ても実年齢より十歳は若く見えた。すらりと背が高く、エドワード王朝時代特有の腰が細くくびれた服を身にまとうその姿は、柳のようにしなやかだ。柳というのは的確な喩《たと》えと言えるだろう。上半身はいつも、屋根の開いたランドー馬車から知り合いを見かけたときのように軽く傾いているからだ。といっても、もちろん馬車はないので、どこかすまなそうな格好に見えた。実際、血管が透けてピンクがかった頬の、くたびれてはいても滑らかな肌、穏やかな青い目、弱々しい笑みからは、退屈なまでに柔和な品のよさがにじみ出ていた。年配の人が周囲の目に当たり障りなく映る場合、とかく面白みのない印象を与えてしまうものだ。

今日の午後、週に一度訪ねる〈トップレディー・ホームズ〉のミス・ホワイトのもとを後にしたエマは、プレイン街《ストリート》のアーチ道を通って帰らずに中庭を抜ける小道に入り、鉄の門（冬は八時、夏は十時に閉まる）の前で少し迷ってから、正面にある運動場に向かった。運動場の端には、いい具合に低木に遮られたベンチが据えられている。その一つに腰を下ろした彼女の両手は小刻みに震えていた。

五分前にミルドレッド・ホワイトから言われた言葉に、その手の中傷に敏感なエマはひどく動揺していたのだった。こんな気持ちになるのは神経質だからなのか――いや、違う。それだけは、自分の中になくてよかったと思っている性質だ。これほど怒りを抑えきれないのは、間違いなくミリーに対して反感を覚えたからだ。

「あなたが断られたとしても落ち込んじゃいけないわよ、エマ。だって、そもそもホームは上流婦人向けなのに、あなたの父親ときたら、商売人だったんですもの」

言葉の辛辣さが強烈に頭に残り、それを口にした当人の悪意については、かえって薄れていた。教区牧師が収穫感謝祭で大きな南窓の飾りつけをエマに任せたときから、ミルドレッドが彼女に敵意を向け続けていることに気づかないセント・フィリップ大聖堂の晩餐会員はいないだろう。もう一年近くになるが、彼女の嫌がらせは一向に収まらなかった。だからといって、トップレディー（差別化が顕著になったのは、一八一八〜七九年に理事長を務めたジョージ・ヘンリー・バンパーダウンのときだった）がチャーチウェイの町に八軒の家から成る養老院を造った際に、明確な階級の区分を設けたことに対して恨みを抱いてはいなかった。それよりも、静かに置かれた重いガラスのペーパーウエイトが人間性に欠けた言動によって揺り動かされて、ちょっとした吹雪が起こったような気分だった。嵐が吹き荒れているうちは、ややもすると足を滑らせそうになる落とし穴に、そっと注意を払うしかない。

落とし穴は、〈トップレディー・ホームズ〉の目に見えない境界線に隠れている。今ようやく思い知ったが、チャーチウェイ周辺には、彼女自らが足を踏み入れなければ触れることのない思想や生活様式がまかり通る世界が存在しているのだった。もし、エマの応募を審議する委員会に、ミルドレッドほか六人の住人の隣人として、知的職業という面においても、それ以外のバックグラウンドにおいても彼女が相応であると判断されたなら、とたんに〈ベットニー青果店〉というかつての足かせから解放されることになる。そうなれば、晴れて彼女たちに友人として認められるのだ。

だが正直言って、エマはあそこの住人たちに気後れしていた。個人の性格といった点には一切目もくれず、自分たちの階級を脅かすものだけに神経質になっている人たちだからだ。社会学的な観点でしか感情を動かされないと言い切るのは、やや乱暴かもしれないが、彼女らの無味乾燥な性質を言い得ているとも思う。自分より可愛いからという理由で他人を憎むことには抵抗を抱くのに、ピーナッツやジャガイモやビートの根菜が並ぶ店のドアを出入りする家で育った人間と付き合うのを嫌悪するのは、当然と感じる手合いなのだ。上流婦人？　確かにそうだろう。だが、ミルドレッドは肝心な呼び名を添え忘れた。この界隈では、彼女たちは「衰えゆく人々」として知られているのだ。ほどよくオブラートに包まれたこの言葉に込められた没落のイメージは、創設者のトップレディー氏自身に悪気のない想像力があったことを物語っているようにも思える。

湿った土を傘でつつきながら、エマは笑みを浮かべた。怒りに駆られたときは、まったく別のことに意識を向けるのが得策だ。長年、生徒たちにそう教えてきたし、金言にしては珍しく、それは実際に効果をもたらすのだった。今だって、陽射しを受けて砂利から立ち上る蒸気に目を凝らしているうちに、ミルドレッド・ホワイトとその同類のことなど、どうでもいいように思えてきた。彼女たちは、この世で最も脆《もろ》い階級に属しているのだ。しょせん、ささやかな収入しかない庶民にすぎず、頭が悪くて才能もなく、境界線で区切られた小さな世界で閉じこもった暮らしをして、口さがない人々から嘲笑の的になっている。そういう人たちを酷評するのは、古くからある見下げた行為には違いない。それがいまだに続いているのは、彼ら自身が昔から何も変わっていないことがいちばんの理由なのではないかと思う。信心家ぶったオールドミスや、ごく平凡な未亡人や男やもめといったこうした人々は、一人では揶揄《やゆ》を跳ね返せるほど大物ではないが、階級としてまとまったときには生き抜く術《すべ》に非常に長《た》けている。これもまた、群集心理というものの成せる業《わざ》なのだろうか。

私は絶対にその仲間になんかならない、と、エマは頬をやや紅潮させた。たとえ〈トップレディー〉に入れる条件の年四十ポンドの収入を得ていても、ご免よ（よく考えてみると、もしも収入が三十九ポンドだったら、そもそも申し込んでも無駄だったんだわ）。でも、私は自立しているし、しっかりと自我も持っている。それは尊重されなければならないはずだけれど、〈トップレディー〉の人たちの中では無理ね。お父さんは苦労して私にいい教育を受けさせてくれた――女が劣っているという考えの持ち主ではなかったから――当時としては、かなり上等なレベルの教育だった。さすがに今では、私も知識が衰えて古風な人間になったたし、浅はかな面がないとは言えないけれど、昔はそれなりに遊びまわっていたこともあって、ミリーが聞いたら目を剝《む》くようなことだって見聞きして知ってる。けれど、踏みとどまる境界線をわきまえたもう一人の私が現れて、最終的にはいつも救ってくれた。ずっとそうだったし、これからもそうなると思う。だって私は結局、他人の考えに迎合する人間ではないのだから。もしかしたら、人より愚かかもしれないけれど、それがほかならぬ私自身なの。そして、私の自我は、父親の仕事によって人を区別するのはおかしいと言っている。一時的には有効に思えたとしても、結局は無意味な行為だもの。そこには善と悪しかない――どんなに丹念に区分けしようとも、物事は複雑に混ざり合っているもので、そんなにくっきりと二分できるわけがないのに。だから、〈トップレディー〉の一員になるのはやめるわ。それはつまり、教区に貧民救済を願い出るということで、正直、あまり気は進まないし……教区側も好ましく思わないかもしれないけれど。

エマは気を取り直して立ち上がり、ミュージアム・ロードにあるフラッグ夫人の下宿屋への帰途に就いた。

玄関ドアや、時たま通り過ぎる通行人の目から住居内を遮るコーヒー色の網戸などに面して歩道が伸びる裏通りにひっそりと立つ、背の高いその下宿屋に暮らして四年になる。その間《かん》に、彼女の住まいは徐々に上方へ移っていった。通りの向こうにある〈トップレディー・ミュージアム〉の取り澄ました佇《たたず》まいを窓から見渡す二階から始まり、一年半後には、小ぶりだが快適な三階の部屋へ移動した。塀で囲われた五つの細長い庭園とセキセイインコの小屋、週明けになるとまるで祭りを祝う晴れやかな三角旗のように洗濯物が翻る家々の裏側を見下ろす高さだった。

度重なる上階への引っ越しは決して無駄ではなかった。剝き出しの階段の頂上に砂を入れたバケツが二つ置かれ、月曜の洗濯物やリンゴの木やケージに入ったインコといった野暮ったい景色を遥か下に追いやった、九か月前に移り住んだ屋根裏部屋からは、ほかの下宿人たちが目にすることのない、広々とした空と遠くの山々、その奥にあるはずの海へ向かってゆったりと流れる川のきらめく水面が望めた。時には目に見えない海の香りが感じられる気さえした。世界はチャーチウェイの町の中だけではないと思い出させてくれるようで、気持ちが休まるのだった。

エマが戻ったのは、もうすぐティータイムになる頃だった。玄関はほの暗く静まり返っていて、微かにいい匂いがした。フラッグ夫人の下宿屋には、まだ昼食の余韻が残っていた。エマは、午後に届いた郵便物が置かれる左側のテーブルを目で確認した。そこには何もなかった。階段へ向かう途中で右側のドアが開き、茶色いワンピース姿のフラッグ夫人がリビングとして使っている部屋から顔を出した。背後の窓から射し込む明るい陽を受けて、真っ黒な髪はいつにも増してかつらのように見える。一瞬、入り口のテーブルのほうへ向かったように見えた夫人が、何かを手にエマに近づいてきた。

「お手紙ですよ、ベットニーさん」夫人は愛想のいい笑みを浮かべた。「あのおばかな娘ときたら、玄関に出るたびにドアを開けっ放しにするから、手紙をしまっておいたんですよ。風に飛ばされちゃいけないでしょう？　そりゃあ、今は風の強い季節じゃありませんけどね。玄関マットが吹っ飛んで物が散らばりでもしないと、この静かな通りにそんなことが起きるはずないと思ってるんですから、困ったものだわ」

「ありがとうございます」と言って、エマは手紙を受け取った。「今日は風は吹いていませんけど」

フラッグ夫人は地面に放り出された魚のように口を開けて息をのみ、階段を上るエマの後ろ姿を見ていたが、すぐに踵《きびす》を返して、ウィニーがお茶の支度をしているダイニングへ入っていった。五階の住人のあけすけな性格には、時々面食らう。生まれつき飾ることを知らない真正直な人もいるということを、再認識すべきなのだろう。だが、多少は小狡《こずる》い面を持ち合わせている人間を相手にするほうが楽なのも事実だ。例えば、実際に下宿人になるまで、このフラッグ・ペンションを向かいの〈トップレディー〉の別館だと思っていたふりをする、三階のミスター・コバーンのように。

自室に着くまで郵便物をチェックしないエマの習慣は、ほとんど規則のようになっていた。天窓から明るい陽光が射し込む最上階の踊り場まで来ると、建物内はとても静かで、階下よりずっと居心地がよかった。ハンドバッグから鍵を取り出してドアを開け、うっすら埃が積もった敷居をまたいで部屋に入った。

手紙は三通あった。一通目は、美しく角張った面白味のない事務的な雰囲気の字で、見覚えのない筆跡だった。宛名書きは無視して、丁寧に封を切る。ホルボーンの住所が印字された一枚の便箋に封筒と同じ字で、〈トップレディー財団上流婦人老人ホーム〉の理事長と協議した結果、上記ホームにおいて空き部屋となる三号室の住人として貴殿が承認され、上記ホームへの入居許可受領の翌月一日より居住可能云々と書かれていた。

エマは頬を薄く染めてため息をつき、手紙を化粧テーブルの上に置くと、事務的な文面をしばらく呆然と見つめた。それから、次の郵便物を手に取った。こちらは、三つ折りにされて透明なビニールに入った、幅が六インチほどある新聞か小冊子のようなものだった。郵便物を括《くく》った薄汚れた二本の紐を外し、ビニールに親指を突っ込んで破るとエマの顔は真っ赤になった。『ウイングズ・オブ・フレンドシップ』が送られてくるのは、この二か月でもう二度目だ。

ディケンズの小説に登場するディック・スウィヴェラーの間違った引用からタイトルを採った、八枚から成る月刊誌で、〈パクト・アンド・ピクチャー・クラブ〉の会員に配布される雑誌だった。「個人情報は漏らさず、信用紹介状を厳正に審査した上、連絡の橋渡しをして、出会いから幸福への道に通ずる友情や結婚の喜びのお手伝いをいたします。密封した封筒でお送りさせていただいております（実際は違った）。印紙だけで結構です。ウィンビー・オン・シー、パレード、エデンヘイヴン　事務局長」とある。

エマは印紙も信用紹介状も送らなかったし、〈パクト・アンド・ピクチャー・クラブ〉の会員になった覚えもない。ウィンビー・オン・シーにも行ったことがなかった。ただ何年も前、まだ前の大戦中で、不安で孤独な思いが募って感情が昂《たかぶ》ったとき、三十六歳だった彼女は、思わず会ったことのない人に写真を送ってみようという気になり、あるクラブを見つけた――実質的には結婚紹介所だった――そして、事務局長と男性に写真を送付した……。

ずっと昔の話だ。恥ずかしさと落胆と嫌悪感で、いわゆるフロイトの防衛心理に近い状態に陥ったものだった。だが、彼女がそんな夢を抱いたことを知っている人間はいなかったはずだ。だったら、今になってそんな昔の忌まわしい記憶をつつくのは誰なのだろう。いったい、なぜ？

エマは包んであったビニール袋を注意深くチェックした。やはり今度も、消印はチャーチウェイだ。前回同様、走り書きのような下手な字で宛名が書かれているが、わざと字体を変えようとした形跡は見られない。筆跡に見覚えはなかった。チャーチウェイであのことを知っているのは誰？　ミリー・ホワイト？　フラッグ夫人？　それとも、〈トップレディー〉でミリーの隣の部屋に住んでいる親友のミス・チャンシー？　たとえそうだとしても、動機は何なの？

漠然とした悪意しか感じ取れるものはなかった。チャーチウェイ町内で投函されたというのが、なんとも気味の悪い点だった。顔見知りか、ほんの少しでも会ったり話したりした人間が二十五年前の軽率な行動を知っていて、こんな奇妙な、目的のわからないしつこいやり方で彼女を傷つけようとしているのか。

最初の冊子が届いてから一か月が経っていた。不意にエマはページを素早くめくって、あるものを探した。やはり、あった。最後のページに掲載された広告記事に、青い鉛筆で太い×印がつけてあったのだ。


当方、四十九歳の孤独な独身男。健康で安定した収入あり。未婚女性と結婚を前提としたお付き合いを所望。手紙と写真を以下に送られたし。ウィンビー・オン・シー、パレード、エデンヘイヴン、『ウイングズ・オブ・フレンドシップ』私書箱十二B。

先月も似たような掲載に目がいった。そのときの男性は四十五歳だった。同じページの広告記事は、どれも年配男性だった。今回、身元不明の送り主は、エマの相手としてその中のいちばん若い人物を選んでよこしたのだ。

エマの顔が火照り、唇がわずかに震えた。ホルボーンからの手紙の上に冊子を置くと、笑えばいいのか泣くべきなのかわからずに、座ると音をたてる柳細工の椅子に力なく腰を下ろした。一通目は老人ホーム、二通目は夫を勧めてきた。自分はどちらも選ぶつもりはないのに。次は、いったい何なの？

彼女の手には、まだ三通目が残っていた。最後の手紙に目を落とす。ほかのことに気を取られていて初めはぼんやりしていたが、やがて見慣れた筆跡に頭がはっきりしてきた。うれしい気持ちが悔しさを消していく。自然と笑みが浮かんだ。封を切らなくても、差出人が誰かはわかった。それは、グレイス・アラムからの手紙だった。

第二章　執着しない女たち

三十五年間、家庭教師として何人もの生徒を教えてきたエマだが、今でも文通を続けているのはグレイス・アラムただ一人だった。

それはひとえに、エマ自身の性格によるところが大きいと言っていいだろう。そもそも彼女には、捉えどころのない残酷さに怯まされることの多かった生徒たちへの感傷的な想いはなかった。正直、内心では鼻持ちならないと思っているのに、どう考えても、その気持ちをなぜ心の内に収めておかなければならないのか腑《ふ》に落ちないのだった。どうして、若者への嫌悪感を口にするのはタブーなのだろう。青少年を愛すると言いたがる風潮は、困難をなんとか切り抜けなければならない現実から身を守るためにすぎないと、エマは感じていた。子供は人類の未来を担う存在だ。確かに、それは否定できない。子供を大切にするのは、単に自己保存の手段であり、生き残るための人類のあがきの一部なのだ。まずは対象となるものに愛情を注いで美化することで、その対象を大事にするという作業をやりやすくした、ご都合主義のために採り入れられた方策と言える。みんなでそういうふりをしようという巨大な規模のゲームだ。人は、自分の最も嫌な面を、魅力的で褒められるもののように偽ってきた。残念ながら、それがどうしても必要だからだ。薬にジャムを塗るのに似ている。ジャムのおかげで飲み込みやすくなっても、苦い薬は変わらず存在する。

そういう不正直さに疑問を投げかける人間が誰もいないのはひどい欺瞞《ぎまん》だわ、と、エマは思う。物事を成功させるには、自分のしていることを好きにならなければいけないということなのか。そして、確かに私たちは、人類を永続させる使命を負っているのでしょう——といっても、ドイツ機が凄まじいエンジン音をたててこの天窓の上を飛んでいることを思えば、その使命が本当にそれだけの苦労をする価値のあるものなのか、疑問を持たずにはいられないけれど。とにかく、他人の子供に惜しみなく愛情を注ぐのは、私には向いていない。彼らについて熱い想いを語るどころか、愛情さえ抱いていないのだから……。

というわけで、彼女が頻繁に文通をすることにシュヴァーメライ《情熱》がないのも頷けるというわけだ。いや、本当にそうだろうか。子供というのは、時として思わぬ魅力を見せて、まるで猫のように自分を嫌う相手にも取り入ることがある。それでも、エマの嫌悪感は完全に消えることはなく、それがどことなく冷ややかな態度に表れていて、子供が懐く土壌を初期の段階で妨げてしまったのだろう。だから、教え子から手紙が来ることはなかった——子供というよりは思春期の少女と呼ぶほうがふさわしい年齢のときに出会ったグレイスを除いては。

グレイスは、エマの生徒の中では最年長だった。初めて会ったのは十六歳で、別れたときは十八だった。少々風変わりで不器用な、内に不満を抱えた、気の毒なほどニキビの目立つ孤児だった。いくつもの寄宿学校でうまくいかず、バーデン・スクエアにあるエーベル卿の年老いた義理の母親で、遠い親戚に当たるマーター夫人の大きな邸宅に身を寄せていた。グレイス本人も、夫人との正確な血縁関係を把握してはいなかった。何代かにわたる親戚関係が途中で曖昧になり、はっきりしたことがわからなくなっていたのだ。グレイスがそこで暮らすようになったわけを説明できる人間はいなかったが、とにかくマーター夫人が彼女の後見人に納まり、二人以外に屋敷に住むのは使用人だけだった。

若い娘のお目付け役としてのマーター夫人は、厳しいうえに冷淡だった。なにかにつけてグレイスを遠ざけ、彼女の衣服にも無関心だった。グレイスはいつも喪中のような格好をしていて、昼間でも薄暗い家の中を、裾も袖も短くて身体に合っていない黒のワンピース姿で背を丸めて歩いていた。夫人は人を招いてもてなすのが好きだったが、その場にグレイスを呼ぶことはなかった。客たちが夫人と同年代ばかりだったせいなのかもしれないが、明らかにそれはグレイスの喪失感につながっていた。

時には、それ以外の人間がいきなり訪れることもあった。エーベル家とマーター家両方の孫たちが、麻疹《はしか》のように急に現れて家じゅうを駆けまわり、古い部屋の上品な雰囲気をかき乱してはグレイスの不機嫌さを煽るのだった。こういうとき、彼女が普段よりいっそう苛立って気難しくなることにエマは気づいていた。だが彼女に言わせれば、グレイスの横柄な態度は、高額な小遣いを平気で使うエーベル家の人たちと少しも変わらなかった。彼女自身はほとんどお金を持っていないようだったが、具体的な額までは知らない。ただ、時々、家庭教師のエマのもとへ不愛想に金を借りにやってきた。金銭を貸すことにもとより抵抗のあるエマは、落ち着かない気持ちでそそくさと渡してやったものだ。当時、劣等感という観念は今ほど一般的ではなく、募る苦悩と、弾圧的な後見人と、晴れる日の少ないバーデン・スクエアの環境といった要素が相まってグレイスに影響を及ぼしているのだろうと、エマは考えていた。

やがて、初めは渋々接していた教師と生徒のあいだに、いつしか共感のようなものが芽生えていった。グレイスは年齢のわりに大人びていたし、エマはむしろ若々しかった。二人とも味わいながらも認めずにいる寂しさという共通点に比べれば、年の差は小さいことのように思えた。ちょっとした打ち明け話を交わすようになり、徐々に心を割って話す関係になった。エマは、外国での過去の体験を話してグレイスを喜ばせた。今世紀初めのドイツ、ロシア、バルカン諸国での、今では失われた世界の様子を生き生きと語って聞かせた――皇帝の義妹《いもうと》にお茶を注《つ》いだこと、サンクトペテルブルクで皇女のブーツのボタンを留めてあげたこと、ソフィアにいたある夏の朝、地震の揺れで目を覚ましたこと……。特権意識に彩られた、そうした話を聞くのがグレイスは好きだった。彼女が人との交わりに乏しく、将来にも期待できそうにない少女であることを思い出して、エマは気まずさを感じたのだが、グレイスは率直な気持ちをエマにぶつけて、そんな空気を吹き飛ばした。あのときの彼女の言葉は、今も忘れない。

「私のことを、あなたの冒険話に登場する貴族や安っぽくてつまらない支配者の話を聞きたがる俗物の塊だと思うかもしれないけど、そういう話を聞くのが好きだからって、彼らのことが好きなわけじゃないの。絶対に違う。あんな人たちなんか、大嫌い。本当よ、ベット――負け惜しみだと言いたいなら、どうぞ。私は気にしないわ！　彼らの話を聞いていると、自分が貴族階級の端っこに忍び込んで、たいして好きでもない臭いを嗅ぎまわる吸血鬼みたいな生き物に思えてくるの。私に勝ち目があるとすれば、低俗な好奇心で彼らの胡散《うさん》臭い過去をつついてほじくり返すことだけ――それか、あなたに代わりにつついてもらうか。でも、どうしても気が進まないんだったら、本当に不名誉な話はしてくれなくてもいいわよ」

「もちろん、しないわ！」エマは思わず語気を強め、真実味の薄い言葉を付け加えた。「だって、そんな話は知らないもの」

それから彼女は、折に触れてシェイクスピアの力を借り、上流社会の人間に当たり散らすのは無意味だということを説明したが、シェイクスピアも女教師も、高貴な人たちの前では説得力が弱かった。なにしろ、モンティー・エーベル卿の豊富な資産と、小生意気な性格のグレイスが相手なのだ。何を言っても、最後は尻すぼみになってしまった。

「どっちにしても」と、グレイスは皮肉っぽい笑みを浮かべて言った。「魔法円は閉じているの――私は円の外側の人間なのよ。ねえ、聞かせて。メアリー・シャグリーンの話を」

そうして、再び思い出話が始まった。ただし今度の話には貴族の華やかさはなかった。エマの母の腹違いの妹は、一般市民だったからだ。十五のときにダンサーになり、三大陸の首都や中心地を渡り歩いて、陽気であっけらかんとした性格から結婚と離婚を繰り返しても平然としていた。二度しか本人に会っていないエマが語って聞かせる彼女の話には、年代が前後することはあっても、確かな真実味が感じられた。話はたいてい唐突に始まり、中途半端なまま終わった。アザミの綿毛のように地球の半分を移動し、時を超え、国々を巡った。だが、どの話も不思議なまでに光を放ち、一貫性のなささえ魅力の一部だった。

グレイスにとって、メアリーの話は心の糧と言ってもよかった。自分と同じように恵まれず、お金もなく、さして美人でもない女性が、軽快なステップと類まれな勇気で過酷な運命を切り開き、魔法円を内側から見ているのだから。

「ねえ、ベット、彼女は幸せだったんでしょ？」

「さあ――どうかしら。そうだといいんだけど。波乱万丈の人生だったのは間違いないわね」

「でも、一度はチャッツォ・ピッティ侯爵夫人になったじゃない――それも、ミラノに行ってたったの一週間で！」

「ええ。そのあと、ワイヴォー伯爵夫人にもね。それとも、そっちが先だったかしら？　とにかく――」

「それだけじゃなかったのよね。最後の夫の話が聞きたいわ」

「彼が最後だったかどうかわからないのよ」と眉を寄せながらも、せがまれるままにいつもエマはその話をした――貧しい男のふりをしてメアリーを口説き、その後、彼女に心酔したミシガン出身のジェレミア・P・ヘイルの話だ。テニスンの「バーリー卿」の詩さながらの手を彼が使ったのは、そのときが初めてだった。

「きっと、彼女は初めから気づいていたんじゃない？」

「まさか！」叔母が不誠実だったと言われた気がして、エマは内心ショックを受けた。だが、気の毒なほど悲しみに沈んだ目を覗き込み、にっこり微笑んだ口元を見て思った。もしかして私が救いがたいロマンチストなのかしら？

「そんな――叔母はそんな人じゃないわ」と、むきになって言った。エマは叔母が好きだった。実はああいうふうになりたいと、密《ひそ》かに憧れていたのだ。「確かに欠点だらけで、世間一般の基準で言えば間違ったことばかりしていたかもしれないけど、少しも鼻にかけたりしなかったし、冷酷でも強欲でもなかったわ――明日を心配することもなかった。そんなことはちっとも気にしていなかったの――不真面目ってわけじゃないのよ。彼女には、庶民にとって大切な陽気さがあったの」

「あら、もちろん彼女がすてきな人だったってことは知ってるわ！」これ以上批判じみたことを口にすると、せっかくのシャグリーンの冒険譚が聞けなくなってしまうのを恐れたグレイスが、慌てて言った。「ただ、ほかの夫たちはみんなお金持ちで、いつも金儲けのことを考えているような人たちだったから」

「あなたはお金のことを考えすぎよ」と、エマはたしなめた。

「お金に関して私ができるのは、それしかないもの——考えることしかね」と、グレイスが口を尖らせ、その話はそこで終わった。

十七歳の少女の気晴らしのためにこんな話をしていていいのだろうか、という思いがエマの頭をよぎることもあったが、二人は彼女の話をやめなかった。メアリー・シャグリーンの持つまばゆいオーラが、午前中も午後も、勉強部屋で飲むお茶の時間も、いつも二人きりで過ごしていた陰気な家の中にどんなものよりも光を当ててくれたからだ。互いの友情を確かなものにしたのは、そこにはいない、グレイスに至っては会ったこともないシャグリーンにほかならなかった。そうして、彼女たちの文通が始まったのだ。

初めに手紙を書いたのはエマではなかった。彼女がマーター夫人宅の仕事を辞めたのは、働き始めて二年が経った、一九一八年の休戦協定の少し前だった。スイスの消印が押された手紙が回送されてエマのもとへ届いたのは、一九二〇年の春だ。グレイスはローザンヌのフィニッシングスクールに入ったのだが、戦後処理の混乱の中で入学が長いこと延期になっていたために、ほかの生徒たちは年下ばかりになってしまい、バーデン・スクエアにいた頃のような疎外感に苦しんでいた。できれば、以前ロンドンで励ましてくれたときのように、元気になれる手紙をくれないか、という内容だった。後見人であるマーター夫人からの手紙には指示や注意が書かれているだけで、明らかに時間をかけていないことがわかるその極端な短さは、軍の電報かと思うほどだ。それ以外に手紙をくれる人は誰もいない。エーベル家とマーター家の子供たちなど、はなから相手にしていないし、そもそも彼らが自分を気にかけてくれたことなど一度もなかった、というのだった。

確かにそうだ、とエマは読みながら頷いた。かわいそうにあの子は、大人になるのを先延ばしにされる運命にあるらしい。最初は、愛情ではなく遠い血縁という理由で義務を果たしただけの老婦人によって。そして、次は戦争によって。本当は結婚するか、自分の力で食べていける職業に就くべきなのだ。それなのに、性に合わない子供じみた環境の中に取り残されて、それでもなんとかここまで成長してきた。もちろん喜んで手紙を書いてあげよう、とエマは心に決めた。思いがけない忠節に感動してもいた。少なくとも一人の生徒には自分が影響を与えたことが証明されたのだと思うと、少々面《おも》映《はゆ》い気さえした。

無理もないことだが、文通は定期的ではなく、グレイスがどこで何をしているのか、時には一年近くわからないこともあった。だが謝るでもなく、手紙をしばらく書かなかったことについて言い訳するでもなく、いつもグレイスのほうから再びペンを執っているところを見ると、書くのを忘れていたわけでも、エマに便りをするのに飽きたわけでもなかったようだ。出会った思春期から顕著だった、場所や人に妙に無関心な面は、目まぐるしい一九二〇年代も、幻滅していた三〇年代も、ずっと変わらなかった。グレイスは、さまざまな職を転々としていた。秘書、広告業、看護兼付き添い婦《コンパニオン》、付き添い兼運転手、運転手兼庭師、庭師兼犬の世話係と、どれを取っても彼女に向いているとは思えない仕事だった。やがてマーター夫人が亡くなり、グレイスには、古い、彼女が言うには模造品の宝石だけが遺された。

しばらくして教員の職を得たグレイスが書いてよこした、これで自分は完璧な女性になったという言葉を、エマは疑いの気持ちを抱きながら読んだ。事実、完璧でないことを示すかのように、一九三四年、グレイスは学期の途中で教員養成大学の仕事を突然辞めてしまった。のちに連絡が来たときには、ロンドン郊外のエッピング地区で私立の寄宿学校を創設する準備を進めていた。〈メイクウェイズ〉という校名で、彼女が特に執着している「個性」を重んじ、多額の授業料を取るつもりらしかった。

その後、手紙はたまにしか来なくなった。自分が子供の頃に忌み嫌った画一化を避けるよう生徒たちを指導するのに忙しくて、エマのことは再び頭の隅に追いやられたのだろう。ついに戦争への突入が決定的になったが、以前同様、文通が中断したのは一時的なものだった。

ほんの二か月前——そう、あれは七月のことだ——ドーセット州からエマ宛てに、愛情のこもった、急いでしたためた手紙が届いた。グレイスはフランスが陥落したあと、学校、というかその名残の建物を引き払って、拠点を田舎に移していた。手紙は〈メイクウェイズ・スクール〉で働いてほしいという依頼だった。婦人農耕部隊や女子国防軍《A・T・S》への参加や、いろいろな奉仕活動に駆り出されて職員が減ってしまったというのだ。ベットほどそばにいて頼りになる人はいない、とも書かれていた。

だが、エマには別の想いがあった。第一に、その頃すでに、〈トップレディー・ホーム〉を視野に入れていた。将来への金銭的な不安と、これまで生計を立ててきた道が途絶えていることを考えれば、悪くない選択に思えたのだ。もう一つには、長年勤めた教師の仕事を五年前に辞めて以来、自由な生活を楽しんできたのに、再び教職に戻ることを想像すると、どうしても気乗りがしなかった。ブランクができたせいで以前よりもこらえ性がなくなり、若い子たちへの反感を隠せない気がしたのだ。心のガードを緩めてから月日が経ちすぎていた。過ちや屈辱を招きそうなことには手を出さないほうがいい。それに、グレイスと出会ったのは、もう二十二年以上前だ。離れていることがすっかり当たり前になっている。直に顔を合わせるのは無茶ではないのか。〈私はもう年寄りだし、グレイスは——

ええ、そうよ――グレイスだって、少なくとも四十歳になっているんだもの！）どう考えてもうまくいくとは思えない。

そこでエマは、養老院のことを説明して断りの手紙を書いた。すると、すぐに返事が来た。考え直すよう懇願するとともに、ベットが怠惰な環境に落ち着くなんて、と冷笑するかのような文面が書かれていた。何も知らないくせに、とエマは打ちひしがれた思いになり、かえって断る決意を強くしたのだった。だから、返事は出さなかった。

ところが、グレイスからの三度目の手紙が来た日、エマを取り囲む状況は前回までと異なる様相を呈していた。自立するには、どうしたってどこかで妥協しなければならないのだ。だったら、教区に助けを求めたり、〈トップレディー〉の住人の仲間になったりするより、〈メイクウェイズ〉で少しばかり我慢するほうが楽しそうだ。しかも、養老院のオファーを放棄しようと決めたその日に届くとは、奇跡と言ってもいい。これを断ったら後悔することになりはしないだろうか。

エマはもう一度手紙に目を通した。

ドーセット州ビューグル、マルタンマス　メイクウェイズ・スクール
一九四〇年九月十一日

親愛なるベットへ――この前の手紙に、老い先のことを考えて秋には養老院に入ろうと思うと書いていましたよね。でも、まだ空いていなくて、十月までに入れるかどうかわからないとのことでした。だとしたら、私には古くさいしきたりに従うのを止められる希望が今もあると思っています。

あなたくらいの年齢の女性が（年齢については変化しているということを肝に銘じてください。私たちの母親の世代では年寄りに思えても、今の時代だと若いってこともあるのだから）人生の幕を下ろす時期だと思い込んで――そう、勝手な思い込み――愚かにも前向きに生きることを諦める姿を見ると、怒りを覚えます。あなたが養老院に行くなんて考えられません。どうか分別をもってよく考えて、性急な決断をしないでください。バーデン・スクエアにいた頃、私たちがよくばかにしていた昔のお金持ちを思い出して。あなたが、よろよろした神父が訪ねてくれるのだけを楽しみにしている、あのお婆さんたちの仲間に入れるわけがありません。

この学校に来て、一人か二人の上級生にフランス語とドイツ語を教えてほしいのです。前にも言ったと思いますが、クラスではありません。フランス人教師がいますが、彼女はドイツ語を嫌がり、ここだけの話、神経質で扱いにくいのです。住み込みで年収八十ポンドをお支払いします。

これはもう、前回書いたことですよね。あのときは即座に断られて心が痛みました。私は、あなたの助けをずっと願ってきました。それに、教鞭を執る以上に力を貸してほしいことがあります。実はこのところ、とても奇妙なことに悩まされています。それが毎日頭から離れません。あるとき突然、悪い方向に向かうのではないかと気が気ではないのです。手紙ではこれ以上お話しできません。事態が混沌として恐ろしい状況であること以外、詳しいことは書かないでおきます。あなたの前では私がいかに正直か、わかってもらえますよね。もちろん、私と運命をともにしてほしいと言っているわけではありません。でもベット、先の戦争中、暗闇に包まれたロンドンで、あなたが本当に頼りだったのです。私に必要なのは、今そばにいてくれる友人です。――愛を込めて。

グレイス

手紙の唐突な終わり方がエマを決断させた。少女の頃のグレイスは、人に助けを乞うことができない子だった。二人のあいだに培われてきた相互理解だけが、エマの後押しをする力となった。グレイスの手紙の締めくくりは、絶望に近いものを感じさせた。自分でもどう書いていいかわからずに筆を止めたのは明らかだ。

エマは自責の念に駆られた。二か月前、どうしてグレイスの依頼を断ったのか、それ以上に、二通目の手紙をなぜ無視したのか。今思えば、切迫した事情がありそうだったのに。彼女の決心はなおさら固まった。今回はもう尻込みはしない。

午後のお茶の席で、フラッグ夫人は五階の住人が何かを決意したように頰をピンクに染めていることに気づいた。

「何かいい報せでもありましたの？」と、詮索するような視線を向けた。

エマは怪訝そうな顔で見返した。

夫人は顔を赤らめた。この人はなんて頭が鈍いのだろうか。

「つまり、ここから出て、保養地のすてきなお友達のところへ行くことになるかどうか連絡があったのか、ってことですわ」

このもってまわった言い方は、地元の人たちがホームの名を出さずに話すときのお決まりの表現だった。エマの脳裏に突然、砂場をあちこちつついたり、ブランコで風を切りながらはためくスカートの下の細い脚を空中で動かしたりしている、はしゃいだ自分の姿が浮かんだ。まさか隣の席のコバーンも同じ映像を思い浮かべたわけはないだろうが、茶化すような視線をエマに向けた彼の瞼《まぶた》が震え、一瞬ウインクをしたように見えた。

「ええ」と、エマは言った。「トップレディー・ホームズから連絡がありました。空き部屋を提供してくださるそうです」

「まあ、それは素晴らしいじゃありませんか！」フラッグ夫人が甲高い声を上げた。「いつ頃までに、移らなければならないんです？」

「私は行きません」

重苦しい沈黙が流れた。

「だって――入居の許可が下りたって――今、そう言ったんじゃ――」

「ええ、そのとおりです。でも、入居するつもりはありません」

「けど、ベットニーさん――いったい、どうして？」

エマは笑いだした。自分の浮かれた声が、きっぱりとして正直な響きを持っていたことに驚いていた。

「きっと父が八百屋だったからですわ」と、明るく答えた。

公立図書館に勤める小柄なミス・ストバートが、紅茶に口をつけずにカップを置いた。拍子抜けしたあまり、むせてしまうといけないと思ったのだろう。バプテスト派牧師の未亡人であるロウ夫人は、ただのスポンジケーキのマデイラケーキを、テーブルが音をたてるほど力いっぱいフォークで切った。燃えるように顔が赤くなっていたが、誰も気がつかなかった。ミスター・コバーンは、弛《たる》んだ瞼をこれ以上ないほど吊り上げてエマを見つめ、いきなり噴き出した。

ティータイムは混乱した雰囲気のままお開きになった。フラッグ夫人はすっかり青ざめていた。あのベットニーって人には、できるだけ早く出ていってもらったほうがいいわ。これまで一度だって精神を病んだ住人を置いたことはないし、これからもその方針を貫くつもりですもの。彼女が入居しないのはホームにとってラッキーなことね。あそこの人たちも変わり者だけど、ああいうタイプじゃないから。ミス・チャンシーの父親は、曲がりなりにもこの町の町長を二度務めた人だし……。エマが部屋を出るのを待って、夫人は暗然とした視線をコバーンに向け、大げさな口調で言った。

「なんて下品なんでしょう。父親が八百屋だったっていうのが頷けますわね――だって、実際そうだったんですから」と、慌てて付け加えた。

「まったくですな」と、コバーンは重々しく応えた。

「ここへきて人間性が出ましたわね」

「そうですな。本性があらわになるまでには時間がかかるものです」

フラッグ夫人は出ていくコバーンの背中を不思議な気持ちで見つめた。世の中というのはわからないものだ。そして夫人は、今回ばかりは、コバーンの見解はもっともだと結論づけたのだった。

第三章　喫茶休憩

　プラットホームに人影はなく、駅構内で近寄ってくる人もいなかった。グレイスが車で迎えに来てくれることになっていたのに姿が見えないので、エマはひどくまごついていた。次にどうしたらいいのか見当がつかないことが、さらに彼女の苛立ちを募らせた。到着時にいた、遅れがちな列車の運行に気を揉む駅員も姿を消し、エマは一人、イギリスの田舎町に取り残された。わかっているのは、寄宿学校が角を曲がったところにあるのではないかということだけだ。いや、違う——だったら、わざわざ車で迎えに来るだろうか？

　プラットホームに戻ると、乗ってきた列車が煙を吐きながら出発したところだった。

「マルタンマスですか？」そばかす顔のポーターは頬をさすった。「寄宿学校なんですよね？　僕は、こちらへ来て日が浅いもんで」ポーターは年かさの男を呼んだ。

「病院のことをおっしゃっているんじゃありませんか」男は年配女性のエマをしっかりと見ながら、礼儀正しく言った。

「いいえ」と答えながら、エマは頭をフル回転させた。「ミス・アラムが経営するメイクウェイズ・スクールという女子高です」

「同じことですよ」という驚きの答えが返ってきた。「つまり、あなたがお捜しの学校は、病院を引き継いだんです」男は言葉を切って脚を叩き、だしぬけに大声を出した。「そいつがいけなかった――まったく気の毒に！」

グレイスがまずい買い物をしたことに対する同情があからさまだった。マルタンマス病院は五マイルほど先にあり、エマの乗っていた列車でさらに十分進んだアンダーバロウ・ホルトが最寄り駅だそうだ。グレイスを捜して、いったんプラットホームを後にしたエマは、目的地に行く列車を逃してしまったのだ。

「その駅へ向かう次の列車は？」

「きっかり一時間二十分後です。でも、お急ぎならタクシーもありますよ」

エマはとっさに時間を計算し、首を振った。仕事に就くのは久しぶりで、心の準備が充分とは言えない。時計を見ると、そろそろティータイムだ。空腹だったし、好奇心も疼《うず》いていた。眠気を誘われるような、ゆったりとした晴れた午後で、人気《ひとけ》のないプラットホームの向こうには初めて見る未知の町が広がっている。

荷物を預けて、エマは陽射しの中に足を踏み出した。マリーゴールドと月桂樹と、埃をかぶってうなだれているセイヨウウサギギクに挟まれた駅前の短い坂を上ると、世界が眠っているような不思議な感覚にとらわれた。閑散としているが、決して死んでいるわけではなく、まるで誰かに眠りに導かれたかのようだ。数えきれないほど子供を寝かしつけた記憶がよみがえる。幼い教え子たちはみな、目に砂をかけて眠くさせるという眠りの精の魔法にいとも簡単にかかったものだ。町を眠らせるにしても、ここの砂はさすがに多すぎるわ、と小麦粉のように靴にまとわりつく砂を見ながら、エマは思わず呟いた。だが不意に、自分はグレイスを暗黒の塔から救うために来たのだということを思い出して気が重くなり、その使命を頭から振り払おうと努めた。道を曲がると、また新たな風景が見えてきて、思ったより楽に忘れることができた。静まり返った田舎家が立ち並ぶ通りの突き当たりに、かぐわしい匂いを放つ大きな醸造所があった。そこを回り込んだエマは、ビューグル（ラッパ）という町名の由来がわかった気がした。

落ち着いた緑の草地と、充分な間隔を空けて立つ十八世紀風の感じのいい家々のあいだを抜けて、陽射しに照らされた白い道が四分の一マイルほど、なだらかに上っていた。坂のてっぺんで道は斜めに左右に分かれて、町に足を踏み入れる訪問者のほうに向かってやや膨らむような緩やかな曲線を描き、住宅や店が道の向こう側に一列に並んでいる。上り坂から左右に広がるその通りの形は、まさにラッパにそっくりだった。といっても、このラッパからは、今日は何の音も聞こえなかった。

坂道の頂上で、ラッパの広がった口の部分を渡る前に足を止め、深呼吸をした。ここには住宅を改装した店が何軒かあり、上階はまだ住居の名残をとどめていた。美容院の窓の奥に見える鏡に汗ばんだ自分の顔が映り、ミリーが汗を嫌っていたのを思い出して、何マイルも離れた場所に来たことにほっとした。とても品のない姿に見える。紅茶を一杯飲んで落ち着く必要がありそうだ。

立っている場所からは、この喉の渇きを癒してくれそうな店が少なくとも五軒は見えた。頂上に着くまでに、ほかにも店も見かけていて、いくつも並ぶ店の中から一軒を選ぶのは至難の業《わざ》に思えた。

とりあえず〈ビューグル・ティーハウス〉はすぐに除外した。一フィートくらいの高さの真鍮の看板と、開いたドアの中から聞こえる鼻にかかった大声に、かえって疲れが増す予感がしたからだ。〈ハッティーズ・ハース〉の店内にいるリネンの上っぱりを着た若いウエイトレスたちは人を見下すような態度で、紅茶とバター付きパンを頼むのがはばかられる雰囲気だし、〈イー・ヌッキー・ネスト〉は窓に誇らしげにスズメバチの死骸を飾っていて、〈クラックス・カフェ〉のドアはひどく建てつけが悪くて開かなかったので、結局は恐ろしいまでにシンプルな名前がかえって目を惹く〈ザ・ティーショップ〉に入るしかなかった。それに、左側の通りは店が少なく、ゆったりと木々が並ぶ牧草地と川に続いていくのに対し、その店は右側の通りの一番奥にあり、ラッパの先端のカーブを回り込んだ位置なので、町の中心へ向かって入り組んで延びる小道が見渡せた。エマは、気晴らしになる窓辺の席が空いているかどうかを素早く確認した。

少なくとも、その点に関しては幸運だった。一階にはお菓子や手工芸品が素っ気なく並べられていて、どこからどこまでが商品なのかよくわからなかったが、傾きかけた表示に従って、ひどく暗く、一段一段が高くて踏み幅が不揃いな階段を上ると、オーク材の床が傾《かし》いで窓がたくさんついた、最近ライムグリーンに塗り替えられたと思われる、天井の低い小さな部屋に出た。端の席で男女が黙ってバタースコーンを食べていて、さらに進んで最初よりも狭い二つ目の部屋に入ると、赤く輝く銅製のベッド温め器が横に置かれた大きな暖炉が奥にあり、手前にテーブルが五つ配置されて、クロークに続く虫食いだらけの小さなドアには掛け金が掛かっていた。室内には誰もおらず、エマは満足げにため息をついて、下の通りがよく見える、パンくずの散らばったテーブル席に腰を落ち着けた。

ちょうどラッパの口と管の部分がつながる、エリザベス朝様式と中世風の建物が雑然と入り交じる辺りに目をやった。そこを血管のように縫う細い通りは、家が無計画に次々と建ったために通常の軌道から押しやられてできた通路という感じだった。夜の闇の中では迷路と化しそうだが、今は明るい太陽にくっきりと照らされ、エマのいる側が陰になっていた。何世紀にもわたって徐々に家屋が増えたことが見て取れる勾配のまちまちな屋根の向こうに、金色の風見鶏を頂く、空と同じような明るいグレーの教会の尖塔が超然とそびえている。屋根の樋《とい》を気取って歩いたり路上で羽繕いをしたりしているハトたちが、急に飛び立って尖塔すれすれに飛びまわり、また元の場所に戻るのを繰り返す姿を見て、まぶしく光る雪のようなその胸の色にエマの心は和んだ。

とはいえ、この店に入った本来の目的を忘れてはいけない。テーブルの上で彼女を横目で見上げているような艶のない真鍮の奇妙な形の置き物を揺らすと、思いのほか鈍い音しか出なかった。だが驚いたことに、五分と待たずに、六軒先の〈ハッティーズ〉の従業員に抱いたのと同じ印象のだらしないリネンの服を着た娘が現れた。エマが質素な注文をするあいだ彼女は冷ややかに窓の外に目をやっていたが、注文を聞き終わると、けだるげで尊大な態度で何も言わずに去っていった。彼女が私の年になる頃には、とエマは思った。まさに〈トップレディー〉の住人にぴったりな女性になっているわね――そのときまでに〈ザ・ティーショップ〉がなくなって、世の中に完全に忘れ去られていればいいけど。

紅茶を飲みながら、エマは窓の外の景色に見入った。この時間にしては歩いている人の数が多く、勤勉そうな雰囲気をまとって妙にきっぱりと足早に往来する人々は、正直なところ、客観的な傍観者の目には昆虫のように映った。小さな町のわりに人口が多い気がしたが、都会から訪れている人がかなりいるのだろうということに思い至った。向こうに見える、ショーツから真っ赤に日焼けした脚を出しているサイクリストの女の子たちをはじめ、何人かは明らかに、戦争など何処《どこ》吹く風で休暇を楽しむ行楽客だ。

エマは、店の向かい側の小道から急ぎ足で現れた中年女性に目を留めた。派手な服を着ているが、目についたのはそのせいではなかった。頭を一方に向けたと思うと、次に反対側に向け、どっちへ行けばいいのかわからなくて取り乱しているように見えたのだ。やがて興奮気味に何か呟いて、今にも道路に飛び出しそうな雰囲気で縁石の端に立った。何を呟いたのか、エマにはなんとなくわかった。明るい陽射しに照らされて、唇の素早い動きがよく見えたからだ。ひっきりなしに揺れている頭と、人目を気にしない様子、落ち着きのない足元と震える指を見れば、神経が昂《たかぶ》っているのは疑いようがなかった。家庭教師時代にてんかんの発作を目にしたことのあるエマは、発作が起きる前兆ではないかと思った。

するといきなり女性が飛びのくように後ろに下がったものだから、ちょうど通りかかった男性とまともにぶつかってしまい、相手は不機嫌そうに帽子のつばを上げ、足を速めて立ち去った。女性は曲がり角の邪魔にならない場所で、手袋を強く引っ張って一本一本指から引きはがし始めた。ひどく苛立っているのが、離れたエマのところからでもよくわかる。手袋が外れると片手を上げ、さらにもう一方も上げてその両腕を大きく広げ、頭を後ろに傾けて恐ろしい目つきで何かに見入った。

まるで『マクベス』の夢遊病の場面みたい、とエマは思った。ただし、お芝居よりもずいぶんしかめ面だわ。

背後で物音がした。とても小さな音で、人が息を吸っただけだったのかもしれないが、エマは驚いて振り返った。隣のテーブル席で若い女の子が、窓からの眺めを細部まで見逃すまいとするかのように、つま先立ちして見つめていた。エマには見向きもせず、突き出たようなその目は、エマの頭上の遥か向こうに釘づけだった。ほかにも、あの女性に目を留めた人がいるんだわ、とエマは心の中で呟いた。でも、私のようにぼんやり眺めているわけではないようね。ひょっとして知り合いなのかしら。それにしても、彼女が入ってきたのには気づかなかったわ。

よく見ると、若い女の子というのは適切な表現ではなかった。小柄で細身の身体から受けた最初の印象より、明らかに年上だ。グレーの無地のスーツと飾りのない小さな帽子はかなり洗練されているが、化粧が派手で服装とマッチしていない。真っ白におしろいをはたいた不健康そうな色の肌に、もともとは赤みがなさそうに見えるウサギのような小さくて形の悪い唇が異様に際立っていた。顔に垂れ下がる冴えない茶色の前髪はいくつもの三日月が並んでいるような形で、長い鼻と膨らんだ頬のすぐそばまで垂れているために、細い顔というわけではないのに鋭く見える。ああいう、ずんぐりした鷲鼻《わしばな》は好きじゃないわ、とエマは思った。だが、こんなふうにぶしつけに見つめるのはよくない。彼女は窓に向き直った。

数分前に奇妙な行動をしていた女性は姿を消していた。特段、不思議なことではない。どこか行くところがあったのだろう。不思議なのは、隣の席の娘が、誰もいなくなった歩道を険しい目つきで見続けていることだった。よく見るためにわざわざ席を離れ、エマの椅子の脚を踏みそうな位置まで声もかけずに近づいてきて、膝が下枠に触れるほど窓のすぐそばに立っていた。椅子をやや斜めに向けて座っていたエマは、上体を動かさなくても、窓際の椅子に置いたバッグを両手で握り締めている娘の姿を捉えることができた。丸々としたその手は、きれいに尖らせた爪が鮮やかな赤に塗られていて、あまり感じがよくなかった。時折、革バッグの表面をこする微かな音がした。

エマはカップにもう一杯紅茶を注ぎ、ゆっくり口に運んだ。謎を解明しないまま、この娘を残して立ち去りたくはなかった。もちろん、列車を逃すわけにはいかないが、まだ出発時間まで三十分以上あるし、駅までは下り坂だから十分もあれば到着できる。それまでには何かが起きるはずだ。

思ったとおりだった。その場の空気がどことなく変化したのだ。娘の背中は動いていなかったが、満足げな雰囲気になったのをエマは感じ取った。それと同時に、向かいの小道の角に女性が現れたのにも気づいた。先ほどの中年女性と同じように動揺した様子で歩道に立ったが、彼女と違って大げさな身振りはしなかった。細身の年配女性で、黒い服を着ている。遠くから見ても、打ちひしがれているのが見て取れた。

ここの人たちはどうなっているのかしら、とエマは首を傾《かし》げた。少なくとも、あの暗い小道から出てくる人たちはどこかおかしい。〈ザ・ティーショップ〉の窓から見える数ヤードの景色が、おぞましいもののように思えてきた。年配の女性は右に曲がり、町のほうに向かう広い道に入っていった。バッグから取り出した白いハンカチが黒い上着の胸の前で一瞬光って見えた。窓際の椅子に置かれたバッグを握っていた手が離れ、窓枠の上に置かれた。エマは思わず顔をそちらに向けて隣の娘を観察した。彼女は、息でガラスが曇るほど顔を窓に近づけていた。丸めた身体が、緊張感だけでなく、どこか狡猾さを醸し出し、その視線は、視界から消えるまでずっと黒服の女性を追いかけていた。女性が見えなくなると彼女は窓から離れ、バッグをつかんで踵《きびす》を返すと、つかつかと大股で部屋を出ていった。

エマも急いで席を立った。さらに何か起きるのなら見届けたいと思ったのだ。だが、暗くてつまずきそうな階段を注意しながら下り、二階の同僚と同じように無言を通す派手な女性に勘定を渡して店を出たときには、先ほどの出来事を想起させるものは何も残っていなかった。

陽射しを浴びた暑い通りは静まり返っている。町じゅうがティータイムを迎えているのだろう。けれど、坂の頂上から何本にも分かれて広がる曲がりくねった道の奥に、猫のようにこそこそ歩く何かが隠れている気がする。ベルベットのように柔らかな足で歩き、しかも威嚇的な何かが……。想像力がたくましくなりすぎているわ、とエマは気恥ずかしくなった。チャーチウェイでは想像力を掻き立てられることなど一切なかった。そこからほんの二、三時間しか離れていない場所なのに――ドーセットの小さな町のよく晴れた静けさの中に獰猛《どうもう》なものが潜んでいると思うなんて、空想に耽《ふけ》るにも程がある。

それでも、ラッパの口部分の、ひなびていてほとんど車が通りそうにない一角に待機して交通整理をしている警官の背中を見つけ、エマは安堵した。イギリス警官の目が光っている場所で、よからぬことが起きているとは考えにくい。犯罪や事故を未然に防ぐのだという警官の意気込みを感じ、どんなに罪深い悪意でも、あの紺色の制服姿を見たら意欲をなくすだろうという確信めいたものを覚えた。

「美容院の脇に曲がり角がありますよね？ ランタンっていう交差点です。昔はランタンが必要だったんでしょう――明かりがなければ、今でも要るでしょうがね」警官は、手助けする車がないかと周囲に視線を巡らした。「店ですか？ まあ、ショッピングセンターのようなものはありませんがね――でも、お店はいろいろありますよ。ビューグルのあっち側は、小さな家の集まった住宅街なんです――旧市街だと思ってください――ランタンは、そこに通じる入り口の一つです。そんなに遠くまで歩く必要はありません。行きすぎると、警察署と刑務所に出てしまいますからね」

警官は低い声で含み笑いをしたが、十五分前から交通整理が行われていたことを知らずに、大げさな警官の身振りに驚いた様子のサイクリストが現れて、笑いは中断した。エマは、ふらついた自転車の前輪をかろうじてかわし、間もなく到着する列車に乗るため駅に向かった。

小さな家の集まった住宅街にあるお店というのは、カウンターとレジのある店とは一線を画しているのだろうか。いくつもある小道は、短時間しか滞在しない旅行者が目にする閑静なビューグルから離れて、くねくねと曲がりながら本当の町の深部につながっていく。町の深部——ミリーなら、きっと下品な言葉だと言うだろう——連れ去られて冥界の女王にさせられた哀れなペルセポネが、不慣れな場所に当惑して目をしばたたきながら現れそうな地球の深部を思わせる。旅と暑さと喫茶店での奇妙な体験に刺激されたせいで想像力が膨らんで、そう感じたのかもしれない。明日の朝になって冷静になれば、どうということはないと思うのだろう。

旅の後半、エマはそれ以上そのことを考えなかった。黄金色に輝く晴れ渡った午後、列車がシュッシュッと音をたてて切り株畑を縫うように、遠くの地平線と、さらに向こうに稜線を描く山々を横目に走るあいだ、彼女の目に映るのは陽に明るく照らされた平和な風景だけだった。エマの頭の中は不安でいっぱいだった。ユスリカの群れのように次から次に湧き上がってきて、しつこくつきまとって離れない。

グレイスの頼みを無条件に聞き入れてしまって、本当にいいのだろうか？　グレイスにとって、ためになるのだろうか？　近頃は自分のことさえきちんとできているか怪しいのに、ほかの人の問題に対処する力があるのだろうか？　もし、問題解決に具体的な進展を期待されているとしたら、助けになれるかどうか自信がない。グレイスに、今でもバーデン・スクエアの頃と同じくらい頼りになるカウンセラーであり友人なのだという幻想を抱かせたままでいいのか？　時は移り、人も移ろう。とりわけ、人は移ろいやすいものだ。時とともに変化するのは決して珍しいことではない。有能な人間の能力が衰えることもあれば、その逆もある。人格が本質的に変わるのではなく、その人の潜在的能力を引き出す環境そのものが変容するのだ。二十五年前、孤独だった少女にとって頼りがいのあった人——しかもエマ本人は、正直言ってそんなたいそうな力があると自負したことはなかった——が、大人に成長した女性にとっては頼りにならない人間なのだと露呈する結果になるかもしれない。正体を偽っているような気がして、エマは良心が咎《とが》め始めていた。

停車場に降り立った乗客は彼女だけで、階段を下りると、顎髭をたくわえた老人がくゆらす煙草の銀色の煙が立ち込める、両側が生け垣の道に出た。辺りを見まわして迎えの車を捜したが、誰も待ってはいなかった。迎えの人が運んでくれるはずだったスーツケースとトランクは、木造のプラットホームの端にある、あばら屋の中に一時保管することにした。老人が「ほんの二、三分さ」と言ったマルタンマスまでの道のりは、田園地帯の奥へ向かって優に半マイルはあった。停車場——病院への交通の便を図るために造られたのだろう——と寄宿学校のあいだに民家は一軒もなかった。一度、手入れの行き届いていない牧草地の門の前を通り過ぎた際、遠くにある農場の建物の隙間から教会の四角い塔が見えたが、それ以外は、夕方近くの陽射しにきらめくユスリカの一団くらいしか動くもののない、暑い静寂の中をひたすら歩いた。

すると、あるとは予期していなかった場所に、突然、校舎が姿を現した。両脇の盛り土に茂ったオークとハシバミと野生リンゴの木が絡み合って頭上でトンネルを作り、その右側に、草の中に埋もれた墓石のような低いレンガの門柱が二本立っていて、両開きの鉄の門が大きく押し開かれていた。門の奥には低い正面入り口が配されたレンガ造りの建物があり、前面の芝生が、周囲を包む薄暗がりの中に突如射し込んだ閃光のように見えた。もたれ合って何もない道を見下ろす番人のような手前の木々から解放され、空と陽射しをほしいままに仰いで広がっている。

エマは迷うことなく敷地内の私道へと曲がった。メイクウェイズ・スクールがマルタンマスに所在することを示す看板はなかったが、一、二軒の農家に続くだけの、こんもりと枝に覆われた小道が番をしているこんな場所では、私立の寄宿学校の宣伝など初めから必要ないのだろう。

私道を入ったところに、門のほうを向いて一台の車が停まっていた。制服姿の運転手が無表情で運転席に座って目を閉じているのが見える。さらに数歩近づいてみると、ポーチの下の正面ドアが開いていた。玄関の中を誰かが横切り、糊のきいた制帽の白い色がちらっと見えた。階段の上に、革紐で縛ったスーツケースが置いてある。ボーイが現れてそのスーツケースを持ち、待っている車に向かった。そのすぐあとから、旅支度をした背の高い娘が怒りに満ちた足取りで建物から出てきた。制服は着ていなかったが、最上級学年の生徒だろうとエマは直感した。つい今しがたまで泣いていたようで、顔が真っ赤だった。一瞬、視線が合った。腫れたその黒い目には、突き刺すような鋭さが感じられた。憤慨した挑戦的な態度はエマにとっては覚えのあるもので、若者が何より強烈に求める感情と言ってもいい激しい正義感が伝わってくる。いったい何があったのだろう。

第四章　毒

またださ。そんなに遠くないところで、誰かが鼻をすすっている。すすり泣きが徐々に叫び声になっていくが、何を言っているのかはわからない。が、先ほどと同じですぐにやんだので、エマは今回も放っておくことにした。寮にいる生徒がふざけて騒いだかなにかしたのだろう。ただ、子供のようには聞こえなかったけれど。奇妙なことに、声がしなくなったあとの冷ややかな静けさのほうが、ずっと不気味だった。

荷物の整理を続けながらも、エマはうわの空だった。ほかのことに気を取られていたからだ。彼女は、ここに着いたときの違和感を思い出していた。グレイスの歓迎の言葉は本心だったと思うが、手紙から感じたほどの熱烈さはなかった。ところが、ハグをした瞬間、溺れかかった者に必死につかまれているような感覚を覚えたのだ。グレイスは迎えに行きそびれたことを口早に謝ると、急な用件で夜まで手が空かないのだと言って、すぐにいなくなった。

エマは、建物の東側に用意された個室に案内された。暖炉の中で薪《まき》が静かに燃え、マリーゴールドを植えたブルーの鉢が飾ってあって、居心地のよさそうな部屋だった。駅まで荷物を取りに行く手配もしてくれた。だが、荷解きを手伝ってくれたメイドたちもどこかよそよそしくて、アラム校長があとで訪ねてくるという伝言とともに部屋に夕食を持ってきたときには、長旅の疲れに配慮しているというより、校内で何か大変なことが起きたために、ほかのことはすべて後まわしにされているように感じた。彼女の到着は迷惑なタイミングだったのかもしれない。

午後九時を過ぎた。カーテンを引いて明かりと暖かさが増した四角い部屋の中にいると、ドアの外の奇妙さが余計に気になってくる。この部屋以外、まだ建物内のことを把握していないことに気がついて、落ち着かない気持ちになった。一人で玄関まで戻れるかどうかも怪しかった。

疲れると、想像力が変にたくましくなってしまう、とエマは思った。どれもこれも、ばかげた憶測だわ。それにしても、だいぶ眠くなってきたから、グレイスがあまり遅くならないといいのだけれど。

どう見てもふさわしくない場所から両親の写真を移動させ、それより少し目立たない位置に、皺《しわ》が寄っていくつか染みのついたシャグリーン叔母さんの写真を飾った。フランスのガンガンで買った、ラ・ヴィエイユ《古い》・フォンテーヌ《噴水》とノートルダム・ド・ボンスクールの教会が描かれた二つの陶器のマグカップは、少し触れただけで揺れるあの小さな書き物机の上よりも、マントルピースの両端に置くほうがいいだろう。教え子のロッチェンの水彩画――なんと、彼女がそれをくれたのは一九〇三年だったと裏に書いてある――は、明日、明るくなってから壁に掛けることにしよう。

そんなことを考えながら見まわしてみると、立派な部屋だということにあらためて気づかされる。フラッグ夫人の下宿屋にいたこの数年で、エマは贅沢をしなくなっていた。そういう習慣が身につけば節約できるからだ。ベッドと暖炉のあいだにある小さなテーブルの読書ランプをつけて、部屋の明かりを消した。とたんに、小さな部屋の中は謎めいた雰囲気に包まれた。それまで気づかなかったものが前面に躍り出て、ほかのものは家具や壁の輪郭を曖昧にする漠然とした暗闇の中に沈んだ。消えかかっていた暖炉の火が、ちらちらと勢いを取り戻した。

文房具箱を取り出して机の引き出しに入れようとしたところ、二冊の『ウイングズ・オブ・フレンドシップ』がカーペットの上に落ち、エマは慌てて屈み込んだ。人に見られたくないし、ましてや学校には知られたくない雑誌だ。だが、失わないようにしようと常々思っている好奇心から、捨てずに取ってあるのだった。スーツケースに入れて鍵を掛けておけば大丈夫だろう。スーツケースをベッドの下に押し込んだエマは、背後の物音に、はっとして立ち上がった。

何も見えないが、確かに聞こえた——部屋の何かが変化した？　よどんだ空気の流れのように、目に見えないけれどはっきりと感じられる何かが？　ランプの明かりが、追い払うことのできない闇を際立たせている。一瞬、視界を失って、ドアの位置さえわからなくなった。懸命に瞳を凝らす。すると——。

ドアが半開きになっていた。外の短い廊下には明かりが灯っていないが、間違いない。彼女が聞いたのは、ドアのラッチの音だったに違いない。ただそれだけだ。ところが——。

閉めようと近づくあいだに、ドアはさらに開いた。入り口に人影がある。小柄で痩せていて、ガウンなのかコートなのか、前の開いた黒っぽい襞《ひだ》のある薄い服を羽織っていた。よく見えない唇から断片的に出る言葉は、ささやきに変わった。エマは身体が凍りつき、心臓が止まりそうになった。幽霊の存在に否定的な彼女はすぐに自分の反応を恥じたが、ほんの一瞬とはいえ、別世界からさまよい出た何者かが部屋に入ろうとしていたのは事実だった。

「何かご用ですか」すかさず前に進み出て尋ねると、黄色いショールを頭にかぶった目の前の小柄な老女は、鉤爪《かぎづめ》のような両手で胸元をまさぐり、顎や唇をぎこちなくいじった。

「思い出せない——ああ、思い出せないわ」幽霊はそうささやいて一、二歩後退《あとずさ》ると、くるりと後ろを向き、ドアを開けたまま、バランスを取るかのように広げた両手で壁に触れたり、その手を引っ込めたりして、息もつかず早口に何かを呟きながら、ふらつく足取りで通路を歩いていった。

エマは戸口に立ち尽くしていた。追いかける理由が思いつかない。結局、好奇心が打ち勝ち、狭い通路に足を踏み出した。直角に交わるメインの廊下にはほの暗い明かりが灯っていた。端から端まで人影はなく静まり返っていて、病院特有のひんやりとした空気が漂っている。ドアの開いている部屋はなく、背後の閉まった部屋からぽたぽた落ちる水道の音が微かに聞こえるだけだった。さっきの老女は幻だったのだろうか。

エマは部屋に戻った。室内に入ってドアを閉めたとたん、今日二度耳にした、むせび泣く声がまた聞こえた。風にかき消されて声は遠ざかったが、その前に聞こえたときの近さからして、音の主の面前で扉を閉めたのかもしれなかった。

いずれにしても、誰かいる。急ぐような足音が近づいてきて、ドアがノックされた。身体を滑り込ませるように部屋に入ってきたグレイスが振り向いて廊下に目をやる様子に不安なものを感じ、エマは彼女の冷たい手からノブを受け取って、代わりにドアを閉めた。

「あれは誰なの？」エマは震える声で尋ねた。

「何のこと？」グレイスは小声で言ったが、その思いつめた言い方に、本当は叫びたい気持ちなのだろうとエマは感じた。

「あの――声を上げている人よ。ずっとじゃないんだけど。夕食のあとから、何度か間《ま》をおいて繰り返してる。なんだか――妙な感じなの。悲しみとか痛みに苦しんでいるのとは、どこか違うのよ。なんていうか――」

「夢でも見たんじゃない？」と、グレイスは尖った声で言うとエマの袖をつかんで、暗がりから、ランプが灯り銀色の灰が煙突に向かって舞い上がる暖炉のそばに連れていった。自身はベッド脇のテーブルの前にある低いロッキングチェアに腰を下ろし、エマに向かいの肘掛け椅子に座るよう促した。

「きっと、このいまいましい建物の反響音かなにかよ――」

「いいえ、そんなんじゃ――」

「わかってる！」グレイスは怒りをこらえながら吐き捨てるように言った。「そりゃあ、音くらい誰かがたてるでしょうよ。でも、その音が反響する通路やたくさんの空き部屋さえなかったら――」彼女は言葉を切って前屈みになり、新たな薪を暖炉に放り込んだ。勢いよく投げ入れたため、炉格子に灰が飛び散り、炎が燃え上がった。「ああ、なんだって、こんな病院の跡地なんか引き継いだのかしら――」

グレイスは再び口をつぐんで耳を澄ました。暖炉で燃える炎と、時折軋むロッキングチェアの音しか聞こえない。

「それがどうして問題なの？」エマは静かに尋ねた。「ただの建物じゃない。患者を引き継いだわけじゃないでしょう」

グレイスは彼女を見つめ返した。「それが、そうなの。言ってなかったかしら？　患者が全員出ていったわけじゃないの」

生徒に話すときのような辛抱強い口調で言う。エマはなんて老けたのだろう、とグレイスは思った。ついじっと見てしまう。哀れみというより、ショックのほうが大きかった。もちろん、人は年を取り――自分だってそうだ――それ相応に見えるようになるものだが、視覚的記憶をどう手繰り寄せても、目の前の萎《しお》れた柔和な人物とは一致しない。二十二年の歳月を越えた今もほんのり思い出す懐かしさがある一方で、マーター夫人を相手にしたときのずうずうしいくらい自信に満ちた譲らない態度も憶えている。めったに人に心を開かないグレイスがエマを慕うようになったのは、そのためだった。それとも、ふてくされて防御が不十分だったあの頃の自分が、ありもしない強さや強固な意志を感じた気になっていただけだったのだろうか。

「言わなかったわ」まるで自らの手抜かりだったかのように、エマは申し訳なさそうに言った。「あなたが引き継いで移ってきたときには、建物は——てっきり、前の持ち主が立ち退いたあとだと思ってた」

グレイスはなんて年を取ったのかしら。いちばん美しかったはずの時代を、私は見逃してしまったんだわ、とエマは急に胸が痛んだ。確かに、未熟な大人になりそうな子供っぽい魅力は持ち合わせていなかったが、有無を言わせない強さを内面に秘めていた。ラファエロ前派の絵画に描かれた神秘的な天使を思わせるパワーのようなものを記憶している。だから、四十歳というより五十近くに見える、疲労感と尊大さの入り交じったやつれた女性を目にして衝撃を受けていた。時の流れが、冷静さに欠けた自信を彼女に与えた気がする。エマがよく憶えている、絶えず守りを固めようとする姿勢からくる攻撃性は垣間見えたが、昔のグレイスと新たなグレイスの共通点はそこまでだった。彼女はずっと何かに気を取られ、得体の知れない恐怖を拭いきれずにいる様子で、知らない人を見るような目でエマを見ていたのだ。まあ、そのうちに、それが何なのかわかるだろう。自分はそのために来たのではないか。やがて、現在とうまくつなげられない過去の名残に戸惑っているような顔をしたグレイスの視線が、ようやくエマをしっかり捉えた。

グレイスの骨ばった顔の輪郭と真っ黒なワンピースを照らすランプの明かりが、版画のような光と影を生み出している。話しながら、暗闇とドアと、エマが座る椅子の背後の虚空をうかがうように落ち着きなく動く瞳に、暖炉の薪が崩れた瞬間、燃え上がる炎が映った。

「この病院の共同経営者だった二人の女医からマルタンマスを引き継いだんだけど、彼女たちは、大事に世話してもらいたいと願う金持ちを甘やかすために、あきれるほどの入院費を課していたの。そして、そのとおりの患者を獲得した――最初から彼女を狙ってたんだわ――本当の病気の原因を、自分で絶対に認めるわけがない人をね。初めはうまくいっていたんでしょう。うまくいきすぎて、女医の一人がわれを失ってしまったみたいで。詳しい事情は知らない――物件売買の交渉担当だったウィック医師に直接聞いた内容と、周囲の人の噂話くらいしかね――でも、どうやらその人は酒に溺れるようになって、診療にも支障をきたすようになったらしいの。私は面識がないけど、年上のほうの経営者だった人。それ以来、目に見えて患者が減ってしまったんですって」

「それはそうでしょうね」と、エマは呟いた。「でも、患者さんにそれほど迷惑がかからなかったのなら――さすがに深刻なヘマはしなかったんじゃない?」

「あら、そう思う?」グレイスは、苛立ちを表すかのように椅子の肘掛けを指で叩いた。「そんなに甘くなかったのよ。金持ちの心気症患者っていうのは、主治医に大切にしてもらうことしか頭にないの。私も素人ながら看護に携わったことがあるからわかるわ。ああいう人たちを扱うには細心の気遣いが必要なのよ。それをフェアマン医師は怠った。見せかけの演技はだんだんとメッキが剝がれていったの。良心の呵責《かしゃく》が徐々に薄れて、お酒に慰めを求めるほうを優先するようになったことで患者にも見透かされてしまったのね。だから、患者たちがいろいろと腹立ちを募らせていって、ウィック医師は厄介な立場に追い込まれて――そこへ私が話を持ちかけて彼女を重荷から解放したってわけ」

　エマは顔を曇らせた。「それで、あなたが引き継いだとき、まだ患者は残っていたの？」

「今もいるわ」グレイスはエマのほうに屈み込み、片手でゆっくりと、だが拳が白くなるほど強くもう一方の手を握り締めた。「ベット、私、不安なの。不安でおかしくなりそうなの。いいえ、お願い――何も言わないで。まずは話を聞いてちょうだい。二人、患者が残ってるの。病院がなくなっても、どうしても出ていかなくて。ほかの人はみんな出ていったのに、頑として首を振って居残ったの。本当のことを言うと、私が来る前の数か月、ウィック医師のもとにいたのはその二人だけで、その頃少なくとも二回、施設の買取を打診してきた人たちがいたんだけど、それが原因で手を引いてしまったんですって」

「無理もないでしょうね」愚かな判断をしたグレイスに驚きながら、エマは言った。「どうしてあなたもそうしなかったの？　やめることだってできたんじゃない？」

「できなかった」グレイスは率直に答えた。「ベットにはわからないわ。学校は、昔とは変わったの。もっと早くエッピング地区から移ればよかったのかもしれない。戦争前のまだ戦闘のなかった頃でさえ、西のほうがロンドンより安全だと考えて動いた人たちがいたのに。しかも、画一化の波が世界を席巻しつつあるでしょう――ほかの安っぽいものと同じで、規格化された学校教育のほうが、私がやっている事業より安くて簡単で、確かに無難なの。でも、教育的観点から見れば、それでは一人一人の能力がうまく生かされない。信念を貫くべきなのは百も承知よ――だけど、現実からは逃れられないの。現実はね、うちの生徒数が激減して、経営的にとても苦しいってこと――だから、サーローさんが自分の気まぐれな空想のために毎週支払ってくれる十二ギニーをないがしろにはできない。情けないと思われるかもしれないけど、無欲を気取れる立場ではないの。それに、手紙に書いたと思うけど、そもそもお金の嫌いな階層の人たちは相手にしてこなかったから」

それはエマも憶えている。ただ、グレイスがそのお金を受け取っていることではなく、サーローという人物がそれほどの金額を払っていることに大きな衝撃を受けていた。十二ギニー。それだけあれば、フラッグ夫人の下宿屋なら十週間は暮らせる。その女性はそれを、気まぐれを満たし、ありもしない病気をでっち上げて、病人として小さな世界の中心にいられる保証を勝ち取るために毎週支払っているというのだ。仮病。本当にそうなのだろうか。もしも――。

「そのサーローさんって人なの――?」

「泣き声やうめき声で、ぞっとする夜を演出している人?――ええ、そう――そのとおりよ」グレイスはちらちらと暖炉の炎が照らす顔に指を走らせ、両手でこめかみから後ろに髪の毛を撫でつけた。

「お願いだから、口を挟まずに私の話を聞いて! これまで誰にも話さなかったことがわからない? 私は――ずっと平静を装ってきて、本当に、本当に頭がおかしくなりそうなのよ――」両手を力なく膝のあいだに下ろして、弱々しくエマに微笑んでみせた。

「取り乱してしまってごめんなさい。今日は一日、いろいろあって。だから迎えに行けなかったの。恥ずかしいところを見せてしまったわね。でも、もう大丈夫。ベットが来てくれたんですもの。さっそく力になってもらうことになると思うわ。何でも訊いてちょうだい。ちゃんと説明するから」

グレイスは落ち着いた声で、冷静に見えるように取り繕っていたが、バーデン・スクエア時代の彼女をよく知るエマには、内面に隠している動揺が伝わってきた。

「ずっと一人で抱えてきたのね」さっきまでの遠慮がちな物言いを少し改め、半ば自分を鼓舞するようにグレイスに話しかけた。「私たちの仲じゃない。二人でよく話し合えば、あなたが不安に思ってきたことだって、ちゃんと説明がつくかもしれないわ。さあ、話してみて——病院がなくなったあとも残っている患者が二人いるって言ったわよね。もう一人は誰なの？」

グレイスは明らかに驚いた顔でエマを見た。「年老いたワンドさんよ。でも、彼女はこの件に関係ないわ——ただ、サーローさんの挙動に——症状と言うべきなのかしらね——迷惑してるけど。だから一昨日《おととい》、彼女の部屋を私がいる翼棟《ウイング》へ移したの」

「ということは、こっちのウイングは——？」

「サーローさんとワンドさんのために残したの。今の私には建物が広すぎて。十四人の生徒と数人の職員しかいないんですもの。どう考えても、向こうのウイングに集約して、病院の残りをこっち側に独立させるのが得策だから。でも、そのせいでワンドさんの健康状態に悪影響が出てきたものだから、部屋を移さざるを得なくなったの」

「ええ、わかるわ」ミス・サーローと同じウイングに部屋があることが釈然としないエマは、曖昧に言った。「じゃあ、彼女と——つまり、私たち二人だけがこっち側にいるの？」

「いいえ、違うわ。看護婦もこっちに寝泊まりしているの」グレイスは自分の考えを説明した。「あのね、ベット、これはわざとなの——あなたの部屋をこっちのウイングにしたのは。あなたは物事に動じないから。今必要なのは、現場にいて、私のように仕事の責務に縛られずに独立した立場で事態を注視する目撃者なの。いくら小規模な学校だといっても、こういう少人数の職員で切り盛りしている寄宿学校では、なにかと厄介な仕事があってね。すべてに目を行き届かせることはできないの。私が、あっちのウイングから目を離すわけにはいかないから。そんなことをしたら、絶対に問題が起きてしまう――昨日みたいに」

「夕方、出ていった生徒と関係があるの？」訊いてほしいと言われている気がして、エマは尋ねた。

「どうして知ってるの？　ああ、ちょうど着いたときだったのね。ええ、そうよ。彼女は最上級学年のリンダ・ハート。今朝、放校処分にしたの」

「まあ」エマは少なからずショックを受けた。今でも退学は重大な措置のはずだ。「彼女、何をしたの？」

「言いつけを守らないで町の占い師を訪ねたのよ。でも、前から問題児だったの。思ったより早く追い出せてよかったわ。叔母のハート卿夫人がちょうどブランドフォードに滞在していて、迎えの車をよこしてくれたの。実を言うとね、リンダの退学処分の決定打は、サーローさんと関係があるのよ」

「どういうこと？」

「彼女は――サーローさんのことだけど――水晶占い師にはまっているの。あの男のせいで、ここはどうかしてしまったのよ――サーローさんは臆面もなく彼にまとわりついて、そのためにおかしくなって出ていかないんだわ。どうも、彼女は欲しいものを手に入れるために、リンダを代理に使っていたみたいなの」

「何を欲しがってるの？」

グレイスは小ばかにしたように肩をすくめた。「誰もが欲しいもの――未来の予言よ」

「リンダはどんなふうに手を貸したの？」

「サイコメトリーとかいう占いに必要な、サーローさんが身に着けたものなんかを占い師に届けてたの。看護婦が断ったから。看護婦の判断は、ごく当然だと思う」

「でも、ちょっとやり方がまずかったんじゃないかしら」と、エマは思いきって異を唱えた。「看護婦は、患者のために時には良心を曲げても協力しなくてはならないと思うけど」

「ところが看護婦のスウェインは、想像力のかけらもない頭の固い北部の人なの。それにサーローさんは――サーローさんは――」

「何？　サーローさんがどうしたの？」

「彼女は毒を盛られているのよ」

第五章　ねえ、聞かせて――

「そうでなければ」と、グレイスは言い添えた。「人の注目を集めて、居場所だった病院が学校に変わって医師たちが去ってしまった喪失感を埋めるために、自作自演しているか。でも、私は違うと思う」

　ここ数週間拭いきれずにいた胸騒ぎが、エマの中で明確な恐怖に変わった。よりによって毒とは――捉えどころがなくて忌まわしい、許しがたい事態だ。そしてグレイスは、そんな事態をどうにかするために助けを求めてきたのだ。「でも、今も医師はいるんでしょう?」弱々しい声で、エマはようやく言葉を発した。

「ええ、もちろん。サーローさんもワンドさんも、以前はフェアマン先生の患者だったの。でも、彼女が問題を起こしたのを知った共同経営者のウィック先生が、ビューグルから開業医を呼んで。それがフィールディング先生よ。フェアマン先生の患者を引き継いだんだけど、ほどなくみんないなくなって、患者は二人だけになってしまったの。三か月前に私が来たときには、まだ彼が担当していたわ」

　言わんとするところは明らかだった。「つまり、もういないってこと?」

「そうなのよ。それが心配事の一つ――恐怖と言ってもいいわ。フィールディング先生と私たちはとてもうまくいっていたの。校医と呼んでもおかしくないくらいで、週三回、サーローさんがひどく神経過敏になったときには四回通ってくれて」

「彼女は何かに怯えていたの？」

「いいえ、その頃はそんなことはなかった。いえ、そうね——怯えていたかしら。彼女が常に怯えているのは、死なのよ。その恐怖が、たまらなく強まる日があるみたい。そうなると、二日続けて医師が来ないのがとんでもない怠慢に感じられるらしくて、先生に怒りをぶつけたり電話で泣きついたりするの」

「それはそれは」と言いながらも、エマに驚いた様子はなかった。どこの家にも一人くらいは神経症の家族がいるもので、そういう家で長年勤めてきた彼女にとって、サーローのような行動は何度となく目にしたものだったからだ。「そういう気まぐれに、フィールディング先生は難色を示さなかったの？」

「あのね」グレイスは咎《とが》めるような口調で言った。「サーローさんはとてもお金持ちなのよ。だから、好きなだけ死を予感して苦しむことが許されるの。その代わり、ドクターへの金払いはよかったわ」

「なのに、サーローさんの主治医を辞めてしまったの？」

「仕方がなかったのよ。身体を壊してしまったんですもの。八月には仕事を続けられないくらい具合が悪くなって。大きな手術が必要だって聞いたわ。彼がいなくなって代理の医師が来たの。フィールディング先生はもう戻ってこないでしょうね」

「快復の見込みはないの？」

「この件に関しては、彼は死んだも同然なのよ」と、グレイスは不謹慎なことを言った。「一般医として診療を再開するのは無理だと思う。そうなるとボールド先生が――代理で来たドクターなんだけど――このまま仕事を引き継ぐことになりそうなの」

それは好ましくない状況なのだと、エマは推測した。どうやらボールドは、患者に誠意ある態度で接することはせずにうまくやってきた、ありがちなタイプの開業医らしかった――不思議なことに彼のやり方は、患者の周囲の人間はともかく、患者からは嫌われないのだった。おそらく、最初はつつましいところからスタートして、本人としては苦労して病院を大きくしたのだろう。できるだけ早くこの件を終わらせて彼と縁を切りたいと、グレイスは考えていた。患者にも非はあるのだと言う。マゾヒズム的な患者たちは腹を立てるどころか、彼の治療、というか治療しない手法に依存していた。問題は、しだいにボールド医師の診療が一般的ではなく、独特なものになってきたことだ――それも、ひどく風変わりなものに。わざと冷淡な態度を取り、度を超さない程度に突き放すやり方で、上流階級の信奉者を増やしていったのだ。いずれもボールドを妄信し、彼が生涯、金に困らずに暮らしていけるよう、喜んで協力を申し出るような裕福な患者たちだ。しかし、患者本人はよくても、身内や使用人はそうではなかった。治療を必要としない人たちはボールドのやり方に取り込まれず、冷酷で礼儀に欠けた彼に、患者とは対照的な評価を下していた。

「彼は恐ろしい人よ」と、グレイスは続けた。「とにかく横暴で意地が悪くて、前任の穏やかなフィールディング父さんとは正反対なの――子供たちが『フィールディング父さん』って呼んでいるっていうだけで、老先生の人柄がわかるでしょう？――それに引き替え、ボールドはとてもずる賢くて、ぎりぎりの線でちゃんと歯止めをかけて、尻尾をつかませないのよ。愚かなお婆さんたちにおべっかを使って沼地に引きずり込むの――ビューグルには近頃そういう人がたくさんいるから、それが狙いで、ここに腰を据えたがっているんだわ。初めは休暇で来たくせに、おつむが弱くて意気地のない貴族の未亡人たちを相手にすることに味を占めて、フィールディング先生の椅子にちゃっかり納まってしまったのよ」

グレイスの顔はランプの柔らかい光に優しく照らされていたが、きつい言葉を探す口元の歪みは隠しきれなかった。

「だとすると、フィールディング先生からボールド先生に交代したのは、サーローさんにはショックだったんじゃない？」エマは口を挟まずにいられなくなって尋ねた。

「そりゃあそうよ。といっても、楽しんでいる節もあるけど。彼女が本当は病気じゃないとしたら、気分が変わって、強壮剤のような役割を果たしたのかもしれないわ」

「でもグレイス、毒って？　本当に確かなの？　聞いた話だけど――毒と間違えるようなものがあるんでしょ――」

「今回は違う。微量な毒が実際に見つかったの。もちろん、看護婦と医師も知ってるわ――でも、ボールドはその話をしようとしないの。私を信用していないのよ。私には関係ないという態度で、まるで蚊帳の外って感じ。私のことを、学校と病院を合体させた結果を引き受けなきゃいけない愚か者だと思っているんだわ。メイクウェイズ・スクールのためにいつも相談に乗ってくれていたフィールディング先生とは大違いで、サーローさんのことしか関心がないの」

「それで、フィールディング先生は何て言っていたの？――その、毒について」毒という言葉を口にしてみても、エマにはまだ、どうしても現実味が感じられなかった。

グレイスは険しいまなざしをエマに向けた。「フィールディング先生のときは何も起きていなかった。毒の件が持ち上がったのはボールド先生が来てからよ」

エマはとても驚いたが、理由は口にできなかった。詳しい時系列を知らなかったので、実は、フィールディング医師がすでに毒を盛られて苦しむ患者を後継者に引き渡したのではないかと考えていたのだ。だが、そうではなかった。

「サーローさんは、ボールド先生が来てから一週間くらい——そうね、十日ほどは何ともなかった。言いたいことはわかるわよね。フィールディング先生がいなくなることを知った彼女は、仮病からくる症状をあれこれ訴えて自分を追い込んで、半分、本当のヒステリーになりかけてたんだけど、新しいドクターにうれしそうに服従するようになった頃から毒の件が起き始めて。ボールド先生のまさに目と鼻の先でね——それも、相当鋭い目なのに」

「彼は頭が切れる人なのね?」エマは、グレイスの熱のこもった言い方に吐き捨てるような激しさを感じた。

「ええ、そうよ。嫌な男だけど、それは認める」グレイスは度量のあるところを見せた。「医者としての欠点を隠すために、ただ威張ってるだけじゃない。それもないことはないけど、そんなのは彼一人じゃないし。あの人の場合、たとえショーウインドウが醜悪だとしても、とりあえず商品はちゃんとそこにあるのよ。かなりのやり手だと思う。彼を欺くのは、まず無理ね」

でも、誰かがそれをしているのだ、とエマは思った。フィールディング医師を欺くほうがたやすいとは考えなかった人物? 彼女はすでに疲れきっていた。頭がうまくはたらかない。だが、そんなぼんやりした状態でも、今のグレイスの話には重要な点が含まれているように感じた。

「さっき、サーローさんの自作自演かもしれないけれど、たぶん違うって言ったわよね。でも、その線がいちばんありそうだとは思わない？」

グレイスは首を振った。「そんなはずない。そりゃあ、毒を盛る犯人が野放しだなんて誰だって思いたくないから、そういうふうに考えたくもなるけど。真っ先にその選択肢が思い浮かぶのも当然だけど——でも、いろいろ考え合わせると筋が通らない。その点はボールド先生も同意見よ。だって、彼女らしくないから」

「まったく可能性はないの？」と、エマは食い下がった。

「そう言われると——いえ、やっぱりない」グレイスは不満げな声を出した。「何なの？　ベットはサーローさんを知らないからそんなことを言うのよ。それに、彼女にはそもそも自殺の恐れがないことだって知らないでしょう？——長い時間をかけた自殺っていう意味ではね。いつもよりひどい鬱《うつ》や苛立ちに襲われて、発作的に薬を過剰摂取することがないとは言い切れないけど、そんなことはしないでしょうね。この件はもう一か月も続いていて、ひどい苦痛を伴うものなの。どんな目的があったとしても、ゆっくり自分を苦しめて死ぬ勇気が彼女にあるとは思えない。サーローさんは、死神の恐怖に怯えて生きているのよ。かかってもいない病気に前もって苦しんでいれば、死神を追い払えると信じてるの。毎日少しずつ死神が忍び寄ってくるような状況に、自分から足を踏み入れるわけがない。だって、長期にわたって毒を摂取するって、そういうことでしょう」

エマは頷いた。語られた中に何かとても大事なことがあって、それが彼女のぼんやりした頭ではキャッチできずに、宙に浮いているような苛立たしさを再び感じた。聞いた内容に注意を払って、しっかり理解することができそうにない。脳の動きが緩慢で、グレイスが話したいことを、ひたすら黙って聞いているだけだった。これではグレイスの役に立てない。悪い印象を与えてしまうのでは、と不安になった。

「何の毒なの？」エマは、やっとのことで質問をひねり出した。

「ヒ素よ」と、グレイスは答えた。「月並みだけど、命に係わる危険な毒。ただ、盛られたのはヒ素だけではないと思うの。ところがボールド先生は関係が近すぎて確かめにくいし、看護婦も私たちと同じで、さっぱりわからない。でも、ヒ素は間違いなく見つかったのよ。ベッド脇のタンブラーと、水差しと、飲み残しのミルクと、あとコーヒーからは二度もね。このことがもし校外に漏れたら――そうなったら――もう終わりだわ！」

「そうよね。知っているのは何人いるの？」

「私とボールド先生と看護婦――それと、もちろんサーローさん本人。ほかに確かなことを知っている人はいないけど、なんとなく寮母が感づいている気がする」

グレイスはまたもやエマの考えを読み取った。

「そして、毒を盛った犯人もね」

エマは緊張した面持ちで頷いた。「看護婦のスウェインさんは担当になってどれくらい？」関連性のない質問が口をついて出てしまい、それがおのずと疑念を提示していることに気づいて、エマは赤面した。

「三週間。毒の件が始まった一週間後からよ。その点から見て、彼女に疑いを抱く必要はないでしょうね。当然、同じ理由から前任者も嫌疑から外していい。彼女が解雇されたあとに起きたのだから」

「解雇された？」

「ああ、それはどうってことないの。サーローさんは人を辞めさせるのが大好きで、新しい人が来るのはもっと好きなのよ。そりゃあ、今回思いがけない症状に襲われて、恐怖で頭がおかしくなりかけた最初の週は、いろいろ理由をつけては看護婦を替えてくれってごねていたけど、決して珍しいことじゃないの。みんなの話では、以前から自分の世話をしてくれる人間を交代してもらいたがる傾向があったそうよ。ほとぼりが冷めるまでは前任者が戻るのを嫌がったらしくて、ウィック医師たちの頭痛の種だったんですって」

「メイドたちについてはどうしているの？」と、エマは訊いた。「学校のメイドが彼女のお世話をしているのかしら」

「いいえ、とんでもない。私のメイドがスウェイン看護婦を手伝ってるけど、身の回りの世話はスウェインさんがやっているわ。フィールディング先生がいなくなる前は、サーローさんとワンドさんは一人のメイドを共有していたんだけど、この件が始まってから——つまり、毒の件ね——サーローさんが例によって大騒ぎして、ワンドさんに相談もせずにクビにしてしまったの。ワンドさんが抵抗しなかったからよかったけど、そうじゃなかったら、もっと大きな騒動になっていたかもしれない」

「年齢のせい？」エマは、さらに突っ込んで尋ねた。「それとも、おとなしい性格の人なの？」

「確かにサーローさんより年上だけど、彼女だってそれなりに頑固よ。ええ、そうですとも」グレイスは少し言いよどんだ。「実はね、ワンドさんは本当に病気なの。サーローさんとは違ってね。狭心症よ——だから、過度に興奮すると——」と言うと、口をつぐんだ。

「だったら、彼女も医師の診察を受けていたのね」

「ええ。フィールディング先生の患者だった。でも、ドクターにもできることはあまりなくて。看護婦もついてないわ。寝たきりというわけじゃないし、手はかからないの」グレイスは時計に目をやった。「もう遅いから寝たほうがいいわね。でも、おかげでずいぶん気持ちが楽になったわ。明日も、明後日《あさって》も、その次も――ずっとベットが私の味方になってくれて、自分の目で状況を見て新たな見解をもたらしてくれるんですもの。私の頭の中は同じことの堂々巡りで膠着《こうちゃく》状態だったから」

立ち上がってエマに両手を差し出したかと思うと、触れる前に引っ込めた。エマがよく憶えている、どこか影を秘めた明るさをたたえた表情で、時計から棚や壁に目を移し、部屋を見まわす。

「ここも、すぐにあなたの部屋らしく――あら、シャーロット・ローゼンハイムの絵ね！」グレイスは数枚ある絵に素早く歩み寄って、その素朴な魅力に目を細めた。「確か昔――いえ、待って、私に言わせて。バーデン・スクエアのあなたの部屋のドアに掛けてあったわよね――少なくとも、この絵はそうだった――あっちのは、ドアの反対側の、湿気で壁紙が色褪《あ》せて花輪模様が錆びついた鎖のようになった壁に飾られていたわ。あの花輪模様のことを、私が殉教者《マーター》の手錠って呼んでいたのを憶えてる？　だって、本当にそうだったんですもの――マーター夫人は私たちを縛りつけていたの！　よく憶えてるわ」

「すごい記憶力ね」と、エマは舌を巻いた。過去の思い出が詰まったボールをパスされたかのように、懐かしさに突き動かされてエマも立ち上がっていた。「ロッチェンの名前を憶えているなんて、素晴らしいわ――彼女に会ったこともないのに！　よく考えてみたら、彼女はあなたよりひと回り以上年上なのよね。なんとまあ――私はなんて年を取ったのかしら――」

「ベット」グレイスに後ろから肩をつかまれ、炉棚の上の鏡の前へ押し出された。肩を握る手の力に、見せかけだけではない怒りが感じられた。「ほら――自分の顔をちゃんと見て。疲れているから老け込んだ気になってしまうのよ。明日になれば違うわ。しっかり眠って朝になればね。昔の出来事をこんなにはっきり憶えているのに、遠い過去のことにしてしまうつもり？」

訴えるような声の調子にエマは驚き、不安になった。グレイスの神経がまいっているのは明らかだ。流砂の中に立とうと必死にもがくあまり、助けを求める相手に若さと活力を見いだそうとするばかりか、それを否定するものにがむしゃらに抵抗しようとしている。いわゆる希望的観測というやつだ。危ない綱渡りだわ、とエマは思った。

「でも、そう簡単に過去を取り戻すことはできないわよ」と、エマは優しく言った。「あれからいろいろなことがあったんですもの――現実と向き合わなくちゃ」

グレイスはエマの言葉を聞いていなかった。小さく感嘆の声を上げて化粧テーブルに歩み寄り、暗い片隅から何かを手に取ると、それをしっかりつかんだまま、そそくさとベッドに腰かけた。青ざめた両頬に、ここへきてようやく血の気が差していた。エマに微笑みかけ、手に持った写真をひらひらさせながら、泣き笑いするような声で切りだした。

「私の決め台詞《ぜりふ》よ――さあ、何て言うと思う？　ねえ、聞かせて――」

「メアリー・シャグリーンの話を」

エマは笑いながらあとを引き取った。グレイスの記憶についていけている自分に、まんざらではない気分だった。グレイスの緊張がもう少し和らいでいれば、この瞬間、ここへ来てからいちばん雰囲気が明るくなっていただろう。とりあえず堅苦しさは取り除かれた。魔法の名前は、今なお有効だった。この世でたった一人、その効力をいまだに憶えているグレイスへの言いようのない愛情が、エマの心に湧き上がってきた。

「聞かせてあげられる話は、もう残っていないわ」と、彼女は言った。「何度も話した古いものばかりよ」

「何度聞いたって新鮮だわ」

「それに、あなたと別れたあと、叔母の消息はわからなくなってしまったの」

「あら、でも私、知ってるわ」

「あなたが？」

「話したでしょう。ローザンヌから送った手紙に書いたはずよ」

エマは首を横に振った。「まったくの初耳だわ」

「まあ――それは変ね」グレイスは口ごもった。懸命に思い出そうとしているのか、顔を赤らめ、くぼんだ目には光が宿っている。ずっと昔、彼女の話に熱中していた少女のやつれた幻影のようにエマには見えた。写真をベッドに置き、艶のなくなったフレームをそっと指で撫でるグレイスを見守った。

「そんなはずないと思うけど――本当に書いてなかった？」

「確かよ。書いてあったら忘れるわけないもの。叔母がどうなったのか、ずっと知りたかったんだから」

「そこまではわからないわ」と、グレイスはすかさず言った。「でも、彼女に会ったの――一度」

「どこで？」

「一度目は二十年前の六月、スイスのヴェルネクスで行われたナルシス祭りのとき。私たちはエストラード《階段式観客席》の最後列に座っていて、彼女の一団が一つ下の列で色とりどりの大きなパラソルを動かしながら見物していたの。バラの花で飾られた山車《だし》のパレードが競技場の中をゆっくり行進して。息苦しくてけだるい時間が数分続いた頃にバトルが始まった――お花のバトルがね。今でもはっきり思い出せる。私たちは飽きてきて、いちばん上の席で陽に照らされて少しイライラしていたものだから、紙吹雪と花を『弾』に見立てて投げ返したの――目の前の列の人たちの頭に向かってね。腹を立てた人もいたし、笑っていた人もいた。メアリー・シャグリーンは笑ってたわ。彼女の大きなスミレ色のパラソルの上に花や紙吹雪が降りかかったんだけど、彼女は首を軽く傾《かし》げながら振り向いて、私たちに笑顔をくれたの。カーネーションが鼻に当たって、紙吹雪がたくさん首から伝い落ちていた――それでも彼女は笑っていたわ。そうしたら、私の隣にいた女の子が耳打ちしたの。『あの人は、名ダンサーのメアリー・シャグリーンよ』って。一瞬、耳を疑ったわ。でも、すぐに信じた。女の子は話を続けていたけど、何を言ってたかは憶えてない。そのとき私は、暑い六月の午後のヴェルネクスのエストラードじゃなくて、バーデン・スクエアであなたの話を聞いていた自分に戻っていた。彼女の話が私たちの暗い窓にまぶしい光を射し込んでくれるんだと、いつもいつも、それこそ懸命に思い込もうとしていた自分に。それがきっかけで、会場中にバトルが広がったことも知らずにね――競技場になだれ込もうとする混乱状態の観客たちに押されて下の観客席に頭から落ちそうになって、初めて周囲の状況に気がついたの。そのときには、メアリー・シャグリーンの姿はなくなっていたわ。それなのに私の目には、紫色のパラソルをほかの人の目先に突き上げるようにして上の段を振り向いて私たちに笑いかけた大胆な顔が、残像として見えていたのよ」

エマにも見える気がした。ナルシス祭りのことはよく知っている。暖かな陽射しに穏やかにきらめくレマン湖のほとりにあるモントルーやクララン、テリテで、ゆったりと流れる午後の時間を縫って、花を満載した山車がのんびり練り歩くのを何度か見たことがあった。あくびの出るしらけた空気がいきなり変わる瞬間には、思い当たるものがある。そう、木製の階段座席から跳んだり蹴ったりしながら雪崩のように下に向かう人の波！　混み合う通り、飛び交う花、首に巻きつく色とりどりの紙テープ、もつれ合う手足、山車から絶え間なく撒《ま》かれる紙吹雪、足首まで埋もれる花と紙吹雪の「弾」、まぶしく輝く太陽、赤や青、黄色、緑、オレンジの、目の覚めるような彩り！　やがて黄昏時が訪れ、しだいに空が暗くなって湖が涼しさを増し、埠頭《ふとう》沿いの家々の明かりが灯る頃になると、ようやく興奮が静まる——グランド・リュで繰り広げられるゲリラ戦を除けば、停戦が宣言される時間だ。やがて花火が始まり、空に輝く星がいつもより大きく明るく、見上げる人々の穏やかな顔を照らすのだ。

ああ、あの陽気なヨーロッパ人たちが、今では持ち前の快活さを失ってしまったとは……。

「いかにもメアリー・シャグリーンらしいわ。その話は、やっぱり聞いていなかったと思うけど。だいぶ年を取っていたでしょうね」

「六十一歳よ」と、グレイスは得意げに言った。「それなのに、少女のようにはしゃいでたの。だからね、ベット、さっきの話を蒸し返してもだめ。彼女は今のあなたと同じ年だったのよ」

「でも、どうして年齢がわかったの？」エマは驚いて訊いた。

「あなたが教えてくれたじゃない。もちろん、六十一歳だってことじゃなくて——そのとき、私たちは一緒にいなかったんだから。でも、初めてシャグリーンの話をしてくれたとき、一八七四年時点の彼女の年齢を聞いたのを憶えていて、そこから計算したの」と微笑んだ。「あなたの言うとおりだわ。メアリー・シャグリーンについて、新たに聞かせてもらえることなんてあるかしら？　彼女の経歴に関しては、私、名士録より詳しいもの」

「そうでしょうね」と、エマは感心して言った。だが、その言葉の裏には別の想いがあった。エマから聞いた話の中にだけ存在し、スイスでのある休日、陽射しを浴びながら上を向いて笑っていた女性にこれだけ心を奪われていることに、少女時代のグレイスの孤独が痛烈によみがえってきたのだ。

「二度目は、どこで会えたの？」

「それから数か月後に、何人かでモントルーのグリオンから、アルプスのロシェ・ド・ネイユに登ったのよ――若い女の子でも登れる楽な登山コース。で、帰りはブドウ園の中を抜ける遠回りのコースを歩いたの。そうしたら、途中の村の――名前は忘れたけど――通りにあった小さなテーブルに座っていたのが、メアリー・シャグリーンだったのよ。メイドらしき女性と一緒で、ガイド役のようなちゃらちゃらした農夫が彼女に色目を使ってたわ。ムー《ブドウ果汁》を飲みながらブドウを食べていた――メイドは口にしていなかったわね。二人の様子に不満そうだったわ。六月のお祭りのときに一緒にエストラードに座っていた友達が同行してなかったから、シャグリーンだと確認できる人はいなかったんだけど、私にはすぐにわかった。あの埃っぽい道をもう一度歩いたら、今でも鮮明に姿が思い出せると思う」

エマは黙っていた。なぜグレイスが手紙に書いてよこさなかったのかを考えていたのだ。わりと頻繁に文通をしていた初期の頃だったとしても、二度の遭遇は手紙の合間に起きたことで、もしかすると次にペンを執ったときには直近の出来事のほうに頭がいっていたのかもしれない。だが、メアリー・シャグリーンに直接会った興奮をグレイスが忘れたりするだろうか？

グレイスはエマの沈黙に気づいていないようだった。「なんて若いのかしら」と言いながら、写真立てのガラスを撫でた。「年を取ってからの写真はないの？」

「ないわ。持ってるわけないじゃない。彼女が三十五歳のとき以来、会っていないんですもの」

「この写真は二十五くらいに見える。でも、やっぱりそう――ナルシス祭りにいた人の面影がある」

グレイスは立ち上がって写真を元の場所に戻した。

「ああ、まったく嵐みたいな状態よ——もう寝るわね。ベット、あなたも休んだほうがいいわ——明日から覚悟してもらわなくちゃ」

第六章　女の館

メイクウェイズ・スクールの礼拝は、全員が恥じ入っているように見えるほど慌ただしい簡易的なものだった。みんなで一緒にする作業はできるだけ短く済ませ、祈りや賛美歌は個々に行うべきだというのがグレイスの方針なのだろう。礼拝は朝食後、その日の授業が始まる前に、居間として使われているかつての病院の待合室だった部屋で行われた。四か所あるフランス窓が東側の芝生に向かって開け放たれ、テニスコートが見えた。今朝の礼拝はエマにとって、ミス・サーローとミス・ワンドスウェイン看護婦とメイドたち以外の顔ぶれを確認する、いい機会だった。

その朝はよく眠れないまま早くに目が覚めた。前の晩、グレイスが部屋を出ていくと、すぐにエマは用心のためドアの鍵を掛けた。暗幕カーテンをしっかり閉めて明かりを消し、ベッドに入った。真っ暗な箱も同然の部屋の中ではなく、夜空の下にいるのだと思えば、だいぶ気持ちが落ち着いた。ありがたいことに、寝つけない状態は心配したほど長くは続かなかった。ほどなくうとうとし始め、夢というより心象のようなものがひらひらと入れ代わり立ち代わり脳裏に浮かんできた。一瞬で消えるものもあれば、長めの映像もあった。長くとどまるのは不吉なものばかりだった。なかには、到着したときにエマが驚かされた、尋常ではない惨めさをたたえたリンダ・ハートの怒った顔もあった。その顔はみるみる巨大に膨れ上がり、夕方耳にした泣き声が再び聞こえたかと思うと、リンダの顔が消え、泣き声は異様な笑いに変わった。深紅の布切れが目の前に浮かび、ゆっくり床に落ちて、暗闇の中に光るランプのように赤く輝いていた――血のような赤。目を開けても、それはまだそこにあった。少しのあいだ、エマは息ができないほどの不安に襲われながら、身のすくむような静寂の中に横たわっていた。言いようのない恐怖が込み上げてくる。やがて、その赤い光は血だまりではなく、消えた暖炉の中心部にある燃えさしだということに気づいた。冷たい夜気が吹き込んだために、再び息を吹き返したのだった。瞬きもせず、邪悪な目つきでエマを見返しているかのようだ。とはいえ正体がわかったので、もう怖くはなかった。それより気になったのは、眠りの中で聞こえていた笑い声に、赤々と輝く光と同じくらい現実味が感じられたことだった。目が覚めて意識がはっきりすると同時に、細くて甲高い笑い声が遠のいていったのは確かだと思う。全身に鳥肌が立った。ドアの鍵を掛けておいてよかった。そのあとは辺りが明るくなるまで眠れなかった。九月の朝霧が戸外に立ち込め、部屋がほんのり白み始めた夜明け頃になってようやく、不安を抱えたまま""まどろみ、二時間後、疲れが取れないまま目覚めて、喜んでいいものかどうかわからないが、ベッドで朝食を摂った。手鏡を見たものの、朝になれば若返るはずだというグレイスの言葉を裏づける要素は見つからなかった。

だが、彼女の部屋に射し込み、今は階下の居間を照らしている明るい朝日が自分にとって残酷なら、ほかのみんなにも同じように非情な結果をもたらすのではないかとも思う。いや、みんなではない。居間の後方に集《つど》う子供たちの滑らかで無表情な行儀のよい顔には、若さならではの無関心さしか浮かんでいない。グレイスが短い祈禱《きとう》の最後に説教をし、聖書の朗読は省略されて、祈禱よりも短い賛美歌が歌われるあいだ、エマは周囲を観察した。十五分前に教員の簡単な紹介を受けたときには漠然としか頭に入らなかったが、今なら一人ずつ確認できそうだ。

これまで以上に苦悩を抱えた表情のグレイスが部屋のいちばん前に据えられたテーブルに陣取り、左にはピアノがあって、彼女を囲むように職員たちが半円形に並んでいた。エマは右端の椅子に座っていたので、彼女に背を向ける格好でピアノを弾いている伴奏者以外は、容易に見ることができた。だが、なんとなく見覚えがある気がして、何度も伴奏者の女性に目が吸い寄せられた。そして、グレイスが礼拝を始め、伴奏者が座っているスツールを回転させてほかの職員たちのほうにずんぐりした横顔を向けたときになって、ようやくエマにはそれが誰なのかわかった。あの小さな目と大きな鼻、羽毛が生え揃っていない雛《ひな》のような雰囲気、陽射しに浮かび上がる濃い口紅の色は見間違えようがない。〈ザ・ティーショップ〉でランタン交差点の角から出てくる人間を監視していた女性だ——監視していたとしか、言い表す言葉が見当たらない。

グレイスの右、二人目に座っているのが、昨日あの小道から出てきた女性だと気づいていなかったら、伴奏者の正体を知った驚きはもう少し小さかったかもしれない。それはドイツ語を教えるのを嫌がったフランス人教師だった。確か、ランクレという名だ。彼女はきわめて興味深い顔つきをしていた。美人ではないし、上品さも教養も感じられない代わりに、フランスの農民によく見られる打ち解けない空気、落ち着きの中に秘めた貪欲さ、感傷に流されない雰囲気が顔に表れていて、温かみや表情の豊かさを重視する人からは虫が好かないと思われてもおかしくないタイプだ。着ている黒い服が、皺のあるざらついた肌をかえって強調していた。悲しそうにぼんやり前を見つめる目は、後方の生徒の顔も、部屋を包む陽の光も見てはいなかった。そのまなざしには、彼女のような階級のフランス人特有の、度重なる敗北をきっと永続はさせないであろう、反抗心に根差した諦念のようなものが感じられた。

フランス人女性とグレイスに挟まれて、長身で胸の薄い若い娘が座っていた。明るい色の巻き毛で、白く透きとおった肌にきれいなピンク色が差している。口を半開きにして、長い手首をあらわにした両手で膝を抱え、前屈みになって熱心な表情を浮かべていた。国語教師だったと思うが、名前が思い出せない。

近すぎてよく見えなかったが、エマの左に腰かけているのは、寮母のノーナ・ディーキンだった。五十がらみの骨太でがっしりした体格の人で、いかにも常識を重んじ、肉体の健康に直接関係のない人間活動はことごとく軽視しているといった態度が見て取れる。一般的にはきれいな顔と言ってよく、あっけらかんとした喋り方は、ほんの少しきわどさを含んでいて、想像力に欠け、いつも快活で、熟練した看護婦に見られるような、相手を思いやる共感力はなさそうだ。そちらを見ずとも、膝に乗せた、脱色した短い毛が生えた男性のようにごつい手が見えるようだった。

ほかには誰もいなかった。私を入れて、グレイスのスタッフは五人しかいないんだわ、とエマは思った。だが、最盛期ならまだしも、今朝集まっている生徒の数からすると、決して少なすぎるとは言えないだろう。

エマは職員から生徒たちに視線を移した。昨夜、グレイスは人数を間違えたのか、あるいは退学にしたリンダをまだ数に入れていたようだ。何度数えても十三人しかいない。七人は明らかに上級生だ。みな、学校生活をかろうじて我慢しているのだが、それ以外の場所でも今のところ受け入れられていないと言いたげな、思春期ならではの孤独感のにじんだ雰囲気をまとっている。三人は十二から十五歳のあいだくらいで、あとの三人はもっと年少の、エマが昔さんざん相手をしてきた小さな子たちだった。

制服を着ている生徒は一人もいなかった。そういう類いのものは、「自分の道は自分で決める」をモットーにしているメイクウェイズ・スクールでは厳しく排除されているのだ。たぶん、女子の学生服にありがちな袖のないワンピースと、リボンが巻かれた帽子を禁じられているのだろう。どの生徒も、自分で選んだか、親の趣味と思われる服を身に着けていた。みんなそれなりにきちんとして愛らしく見えたが、統一性を排除してもなお個性が前面に出ていないことに、エマは驚いていた。生徒の顔には一様に、口には出さない退屈と批判の表情が浮かび、日々の日課を甘んじて受け入れているのが見て取れるのだった。

同色の同じ型の服と、ネクタイと黒いストッキングを身に着けていたなら、きっと見分けがつかないわ、とエマは思った——要するに服装は関係ないのだ。だが実際、同じ服を着ていたら、たぶん服に気を取られずに退屈そうな可愛らしい顔に目がいって、もう少し個性が感じられたかもしれない。エマは重要なことに気づいたような気がして、なぜグレイスがそれに思い至らないのか不思議に思った。個性を伸ばすのが目的なら、大事なのは個人そのもので、見た目ではないのに。些細な統一は、むしろ自由を助長してくれるのかもしれない。

いつの間にか礼拝は解散となり、職員たちはそそくさとその場を後にした。グレイスに連れられて、エマは教員控室のドアに貼られた時間割を見に行った。

「とりあえず、あなたの授業はないわ」と、グレイスは言った。「だから見なくても大丈夫よ。今日の午後までは。オーペン先生が、あとで今週の予定をタイプしてくれるはず——生徒は二人だけだから、個人授業みたいなものよ。それに、授業数が少ないから、メインの仕事に専念する時間がたくさん取れると思う」

エマは戸惑ってグレイスを見た。「どういうこと？　メインの仕事って何？　あなたたちを悩ませている事件を、どうやって私が解き明かせるっていうの？　だいたい、そんなチャンスがあると思う？　だって、ボールド先生の患者に私が干渉するのは無理よ。彼が本当に深刻な問題だと考えているなら、きっと――警察に通報するはずでしょう」

最後の言葉は少し口ごもったが、率直に意見を述べるのがいちばんだと思った。これまでに聞いた話が事実なら、医師が行動を起こさないのははっきり言って不可解だ。

グレイスは考え込むような目をエマに向けた。「彼がどうしてサーローさんを転院させないのか、不思議に思ってるのね？　いちばんの要因はサーローさん自身なの。マルタンマスから出ていってもらう話を少しでもほのめかそうものなら、大変なヒステリーを起こしてしまって。ここは彼女にとって大切な居場所で、一歩ドアの外へ出たら化け物が待ち構えていると思ってるんだわ――だから、よそに連れていかれて死ぬより、慣れ親しんだ場所で毒を盛られるほうがいいらしいの。わかってもらえるかしら」

エマにはよくわからなかった。もっともらしくも聞こえるし、無神経にも思える。納得していない彼女の顔を見て、グレイスは念を押したいと考えたのか、二人にしか聞こえないように声を落とした。「彼女を無理やり転院させたら、メイクウェイズ・スクールはどうなると思う？――誰も止められないくらいお喋りな女性なのよ。看護婦たちも辞めてしまうでしょうし。そんなことになったら店じまいするしかないわ。それに、彼女がいなくなったら、毒を盛った犯人を捕まえられなくなるじゃない」

それはそうだと思う。だが、ミス・サーローを殺そうとしている犯人を罠《わな》に掛けるために、当の本人の命を危険にさらすことを正当化するのはどうなのだろう。驚くべき矛盾を平然と口にするところからも、グレイスの精神状態が推し量れた。目まぐるしく変化する事態への恐怖におののいていたかと思うと、恐怖の原因を排除しようとしない医師の意見に同調する。一応は首を横に振ったエマだったが、そのしぐさには心の内で諦めたことがにじみ出ていた。それどころか、教え子たちの気まぐれな言動に絶えず関心を寄せてきた実直さから、心理的にぎりぎりの状況に追い込まれているグレイスの問題に急に教師としての好奇心を掻き立てられていた。そして、いったん興味を抱いたら、きちんとした解決を見るまで納得しないのが彼女の常だった。

「私に何をしてほしいの？」と、エマは尋ねた。

グレイスはうれしそうに彼女の腕をきつく握った。「そんなにたいそうなことじゃないの。目と耳をしっかり開いておいて。あなたなら、きっと信頼を得られるでしょうから――」

（自信がないけど、とエマは心細くなった）

「みんな心を開くわ――私に対してはあからさまに殻を閉じてしまうのよ。正直言って、私は人とうまくやれないの。昔とちっとも変わってなくて。そうじゃなければ、たとえ試練に見舞われても職員や生徒を掌握できたんでしょうけど。今回の件に関してはね、いろいろな話を聞き取る必要があると思うの――ほら、噂好きの職員は、近所のマティー小母さんのカナリアに始まって、前任者のその前の牧師がどうしていなくなったかまで、身近で起きたことをあれこれお喋りするじゃない――」

（グレイスは、この二十年、私がそうしてきたと思っているんだわ）

「――あなたはただ、みんなの話を吸収して、ふるいにかけて、自分からは何も言わなくていいの」

「それは難しくないけど」と、エマは素直に言った。「自分からは言わなくていいっていう点はね。

だって、私、何も知らないんですもの」

「あら、かなり知ってるわよ、ベット」と、グレイスは陽気に言い返した。心の重荷が取れたかのようだ。「毒のことを知ってるじゃない。その件は、あなたと私とドクターと看護婦のスウェインさんしか知らないことなの——ほかに知っている人は誰もいない。だから、それについては、私と看護婦以外とは話さないで——ボールド先生とも話さないほうがいいと思う。もちろん、感づいている人もいるかもしれない。そこを掘り起こしてほしいの。職員たちの本音を知りたいのよ」

エマはため息をついた。「できるだけやってみるけど期待しないでね。なにしろ、サーローさん本人に会えないんでしょう？　面会謝絶なのよね？」

「ええ、そうよ。今じゃ、私もそばに行けないくらい。看護婦がすべての面倒を見て、ドアを開けたまま隣の化粧室で寝るの。でも大丈夫。あなたは心気症にとても詳しいって言ってあるから——あの看護婦、実は心気症が苦手なのよ——だから、サーローさんに面会したいなら、まずはスウェイン看護婦と仲良くなることね。簡単だと思う。彼女のような年配の女性は、あんなふうに閉じこもっているのに耐えられないでしょうから」

返事を待たずに、グレイスは愕然としているエマを残していなくなった。心気症にとても詳しい——ある意味、間違いとは言えないが、スウェイン看護婦が解釈したであろうレベルでは到底ない。どうやら否応なしにグレイスの思惑《おもわく》に巻き込まれてしまったようだ。

エマはグレイスが去ったのとは反対方向に廊下を進んで、校内を探検してみることにした。建物自体は大きいというより造りが不規則で、建築上のデザインは考えず、行き当たりばったり広げた感じだ。少し行くと、突き当たりの壁に沿って上る、暗い剝《む》き出しの階段に出くわした。途中の踊り場にある細長い閉じた窓からわずかに陽が射し込み、青空と、風に吹かれてかさかさとガラスに触れるシカモアカエデの枝が見える。中ほどまで上ったところで、引きずるような足音のあとにバタンという音が聞こえ、踊り場を曲がって見上げると、ぴんと背筋を伸ばした寮母がリネン棚の扉の前に膝をついて洗濯物をチェックしていた。

エマが近づくと、振り向かずに口の端に鉛筆をくわえたまま、きびきびと声をかけた。「何かご用？」

エマは突然邪魔したことを謝り、理由を説明した。

「いいのよ」と、ミス・ディーキンは言った。「どうぞ、好きに見てまわって。ここは慣れるまでに少し時間がかかるし、冬になって周辺が閉ざされたらなおさらですからね。この階にあるのは寮と、教員の寝室と、私の住み処《か》」

リストに手早く印をつけて小さな手帳を勢いよく閉じると、籠《かご》に入れて立ち上がり、ほかには何も入っていないその籠を戸棚の最下段に足で押し込んだ。

「やっぱり！」唐突に大声を出し、積まれたシーツのてっぺんを力任せに払った。「またたわ！　見てちょうだい！」

エマが目をやると、リネンの上には細かなおがくずがたくさんついていた。

「ゾウムシよ」と、ディーキンはぶっきらぼうに言った。「まったく頭にくる連中だこと。木の中に隠れて、一切、姿は見せないんだから。でも、どうしようもないのよね。この建物はそこらじゅう腐ってるって、アラム校長には言ってるんだけど」エマに向かっておどけたように顔をしかめて見せ、戸棚を閉めて、大きなポケットに鍵を滑り込ませた。「我慢するしかないんだもの——同じような田舎に埋もれた物件が少なくともほかに二軒はあったのに、湿気とワラジムシとゾウムシとネズミと、それに頭のおかしな老婆のいるこんな場所を選ぶなんて！」と笑った。「私の物言いは気にしないで――よかったら、部屋を見てらっしゃいな」

エマを促して歩く歩調から、本当は気が進まないのがわかった。閉まっているいくつかのドアの前をそそくさと通り過ぎ、飾り気のない廊下を突端まで進んだところに小部屋があった。室内に足を踏み入れたとたんに、エマはくつろいだ気分になった。こぢんまりして無味乾燥で、所狭しと家具が置かれ、フレームに入った写真や剝き出しで角の丸まった写真が、櫛やコンパクトといった身の回り品の隣に並んでいるこういう居室には馴染みがある。寮母のノーナ・ディーキンの部屋がこんなふうだとは思っていなかったが、さほど驚きはなかった。常に身近に置いていなくては気が済まない写真の中の人たちの笑顔を、彼女は少しも感傷に浸ることなく眺めているに違いない。

「これが私の全財産と言っていいでしょうね」と、ディーキンは胸を張って言った。「家財をため込むのは好きじゃないし、サーローとワンドしか住んでいなかったこの建物を引き継いだとき、そもそも家具の一つもなかったのよ」と、顔をしかめた。「はっきり言って、何もない状態でね――考えてみればどうかしてるわよね。精神的にも道徳的にも物質的にもぎりぎりの状態のときに元病院に飛びつくなんて、頭がおかしくて、相当困窮していると思わない？」

「飛びついた？」

「そうよ。だって、本当にそうだったんだもの。ほかの物件にもいろいろと問題点はあったんだけど、なかでもここは問題だらけ――ひどいもんよ！　よくもこんなところを選んだと思うわ！　ほかのどこよりも劣るんじゃないかしら――なんていうの？――いわゆる、快適さっていう面でね」

エマは困惑して窓辺に歩み寄った。こんな話を聞くのは、グレイスに対する裏切りのような気もする。どうやら割に合わない買い物だったのは間違いないようだ。でも、そうだとしてもエマには理解できた。冴えない下宿屋の部屋を、足を棒にしていくつも見てまわったときのことを思い出す。頭が痛くなり、判断力が鈍って、しまいにはどうでもよくなり、とにかく部屋探しを終わりにしたくて、たとえ寮母の言う「快適さ」に欠けていたとしても、最後に出会った物件を選ぶ羽目になるのだ。

「最後に見た物件がマルタンマスだったんですか?」と、エマは尋ねた。

「そのとおり」ディーキンは力を込めて答えたが、相変わらず陽気だった。不平を言えば言うほど彼女は楽しげになっていく。「誰だってそう思うわよね? 森の中をさんざん歩いたあげく、結局、曲がった枝を拾ったってことよ!」

ディーキンは後ろからついてきて、エマの肩越しに青々とした芝生を覗き込んだ。彼女の部屋は建物の正面側にあって、芝生の端を秋めいた爽やかな風が通り抜け、建物前の小道を隠すあの番人のような木々がこんもり茂っているのが見えた。右奥に見える一本のヒマラヤスギが、露に濡れ白く輝いている芝生の上に大きな枝を堂々と広げ、日陰をつくっている。窓に近い二つのベンチでは、三人の最下級生が、礼拝のときにグレイスの隣に座っていた若い教師に教わっていた。

「もうじき、寒くて外では授業ができなくなるわ」と、ディーキンが言った。「九月はまだ夏の名残が感じられることが多いけど」急に教師に向かって手を振り、見上げた彼女にエマも目をやった。「あの子、いい子なのよ」

エマはディーキンが指し示したクレトン更紗のカバーが掛かったソファーに腰を下ろし、ディーキンはひざまずいて電気ヒーターをつけた。「まだ、全員の名前をちゃんと覚えていないんです。あのお嬢さんは――?」

「スーザン・ポラード。みんな、スーザンって呼んでる――もちろん、子供たちは違いますけどね。今学期に着任した新人よ」ディーキンはそれまでの元気な口調を抑え気味に「かわいそうに結核を患ってね。戦争がなくてお金があったなら、スイスの療養所にいるべきなのに」と言ったあと、慌てて付け足した。「といっても危険はないのよ――そんなことは全然ないの。二年前、この国の療養所からは退所したんだけど――」言いよどんだ様子が、言葉よりも雄弁だった。

エマは慎みのかけらもない寮母の軽率さに驚いていた。グレイスが、こんなふうに驚いたりショックを受けたりすることを望まないのはわかっている。エマは、こういう噂話を集めるために呼ばれたのだ。だが、良心から寡黙を通すことに慣れている彼女は反発を覚えた。エマが会話を促す前に、ディーキンが再び口を開いた。

「サーローさんはスーザンがお気に入りでね――外出できた頃の話だけど。今は病状が悪化して、面会謝絶だから」――ディーキンはわざとらしくウインクしてみせた――「でも一、二か月前、まだふらふら歩きまわれた頃は、スーザンをとても可愛がっていたのよ」

エマは眉をひそめた。「でも、学校と病院のあいだに交流の機会はないんじゃないんですか?」

「病院なんて存在しないわ」ディーキンはポケットから買い物リストを取り出して、古い項目を消し、新しいものを手早く書き加えた。「前の病院にいた二人のご婦人が残っているだけだもの。二人だけなのに、病院なんて呼べないでしょう?　だから、言葉を交わす機会はいくらでもあったわ――今だってそうよ。あそこの野原の向こうにある同じ教会に通ってるんだし――サーローさんは先週の日曜日は行かなかったけど、ワンドさんは心臓が悪いのに欠かさず通ってるの――夏の初めの頃は、芝生に座って、あの老婦人二人とスーザンたちがお喋りしていたわね。彼女は、サーローさんの亡くなった親戚に似ているんですって——そんなことを言われて無下《むげ》にできると思う?——もう、そうなったら無理にきまってる! よく、そのことでスーザンをからかったものよ——まあ、最近はサーローさんが隔離状態に近いから、そうでもないけど」

興味を掻き立てられたエマは、話題を変えたほうがいいと思った。ディーキンは噂話をするのが好きそうだが、初対面からむやみに詮索好きな印象を与えるのはよくないだろう。用心するに越したことはない。

「オーペン先生というのは、どなたです?」と、彼女は訊いた。「午後、私の時間割をくださることになっているんですけど、どの方だかよくわからなくて」

「音楽よ」と、やや曖昧な答えが返ってきた。「音楽を教えてて、礼拝のときに伴奏するんだけど、それ以外のときは日程の調整なんかもするの。それと、女王陛下の秘書の仕事もね」ディーキンは悪戯《いたずら》っぽくエマに微笑みかけた。「ちなみに、マドモアゼルを毛嫌いしていて、彼女をすぐ怒らせちゃうのよ——つまり、マドモアゼルのことをね——」あきれたように瞳をくるりと回して頭を振るしぐさには、さらに相手の関心を惹こうとする、根っから噂好きなディーキンの意図がありありと表れていた。

「それって、マドモアゼル・ランクレですね?」と、エマは言った。個人的に気になっていた謎にまつわることが、不意に話題に上がったのだ。

「そう。彼女、学期のあいだ、ずっと落ち込んでいて——前期のことね——フランスが侵攻されたりしていろいろとあったんでしょう——ほんの些細なことでかっとなってしまうの。オーペンも悪いのよ。私だって、近頃は外国人に対して必ずしも寛容になれないわ――敵か味方かわからない状況ですもの。だったら相手に何も言わないのが私のモットーなの！」

そのモットーに従うのはかなり難しそうなうえに、周囲の人たちの耳に入れたいちょっとしたスキャンダルのネタを彼女はたくさん持っているのだろうと、エマは思った。オーペンとランクレの仲が悪い理由を訊きたい気持ちはやまやまで、内密な捜査はまだそれほど切迫していないので自制する必要もないのだが、そうしなかったのはグレイスへの後ろめたさからだった。

代わりに別の質問をした。「ディーキンさん、職員は午後、自由時間が取れることもあるんですよね？――例えば、外出できたりするような」

「ノニーって呼んでくださいな。みんな、そう呼んでるの。自由時間なら誰でも取れます。もちろん。まさか、休みがもらえないと思ってたんじゃないでしょうね。生徒が十四人しかいないんですもの、空き時間は山ほどあるわ――すべてを管理している哀れな寮母を除いてはね！」ディーキンは大げさにウインクをしてみせた。

「礼拝には十三人しか参加していませんでしたけど」と、エマは表情を崩さずに言った。「確か昨日、生徒が一人、退学処分になったんですよね」

「ええ、そうよ。その前は十五人いたの。一人はサナトリウムに入っていてね。病室って言うべきかしら。この学校には、ちょっとした喉の痛みや腹痛の子が入れる寝室が二部屋だけあるのよ」

大枚をはたいてわが子をメイクウェイズ・スクールに預けている親が聞いたらどう思うだろう。

「重病じゃないといいですけど」と、エマは呟いた。

「たいしたことないわ。便秘と夢遊病と、ちょっとしたヒステリーよ――こんな閉ざされた場所ではかかってもおかしくないわよね」

その三つが重なっているとしたら重大な病に思えたが、ディーキンにとっては些細な病気なのか。「何日か気をつけて見てあげないと」と、ディーキンは続けた。「ここは健全とは言えない場所ですからね。この周辺がってことじゃなくて——確かに、もう少し木が少ないといいとは思うけど——つまり、この建物が。遺体安置所そのものなんだもの。まさに病院って感じ——年老いたおばかさんからお金を吸い取るための小さな隠れ家！　私なら、年に千ポンドもらったって、こんな病院では働かなかったでしょうね」

エマは彼女の言葉に納得した。確かに、マルタンマスはお世辞にも楽しい場所ではなさそうだった。フェアマンとウィックの両医師は、自分たちにとって何が得かを考え、なかなか快復しない患者を抱えた看護婦たちは、自らのスキルに自信をなくしてしまったのだ。

「サーローさんにはあなたのような人がぴったりだったと思いません？」と、エマはカマをかけて当てずっぽうを言ってみた。

ディーキンは鋭い目でエマを見返したかと思うと笑いだした。「そんなことない。そうなってたら、とっくに彼女に毒を盛られていたでしょうよ。そんなにびっくりした顔をしないで——私なんか、まったく彼女の好みじゃないってこと。だからといって、スウェイン看護婦がそうだってわけでもないけど。お得意の妄想癖なのよ——サーローさんはね——私の専門じゃないわ。もともと、インチキ臭い精神病患者をあれこれつつきまわすのは趣味じゃないの」

「でも、それって——妄想——被害妄想ですよね」つい勢い込んで、自分で思った以上に言葉がつかえてしまった。「もしもそうなら、今すぐマルタンマスから出ていくと言いだすんじゃありません？」

口にしてしまってから、寮母には毒のことは知らされていないのだと思い出して、顔が熱くなった。

ディーキンは驚いた表情でエマを見た。

「どうして今？　ええ、もちろん、被害妄想よ――だけど誰に訊いても、あの人は前からずっとそうで、何でもかんでも疑って、使用人や看護婦を次々にクビにしてきたって話だわ。ドクターたちは、彼女のおかげで甘い汁が吸えるものだから言いなりだったのよ。それ以外に、一か月くらい前また看護婦を辞めさせた理由がないじゃない？」

理由は簡単なのだが、グレイスの指示に従うなら、エマに答える義務はない。

「どんな方だったんですか」

「誰が？――エッジワース看護婦のこと？　まあ、上品ぶったタイプね――無表情で無口で、サーローさんの気まぐれに淡々と耐えていたわ。ちょっとおとなしすぎる感じだったけど、仕事はできたわね。でも、結局はお払い箱」ディーキンは言葉を切って、眉をひそめた。「あなた、ここには教えるために来たのよね？」

「現代語です」と、エマは胸を張った。「フランス語会話とドイツ語会話」

「あら」ディーキンはわざとらしく首を傾《かし》げた。「それなのに、神経症患者の世話もしてきたわけ？スウェインが言うには――」

突然、ディーキンは言葉を切って耳を澄ました。

エマは口を開きかけたものの、どんな言い訳でごまかそうとしたのか、自分でもわからずじまいになった。切りだす前に、校舎内のどこかで騒ぎが起きたのだ。

唸り声が徐々に大きくなって、甲高く泣き叫ぶ声に変わった。金属が投げつけられたような音がしたかと思うと、あちこちのドアが開いたり閉まったりして、問いただすような大声がいくつも上がったが、ドアを閉じたからか、それとも耳に届く距離から遠のいたためか、声はすぐに聞こえなくなった。それでもまだ、耳をつんざくような悲鳴が続いている。ディーキンは急いでドアに向かい、エマもあとに続いた。

「またサーローだわ」肩越しに振り返ったディーキンは、やけにうれしそうだった。「今度は、ペルシャ王がナイフをくわえてベッドの下にいるのを見たのよ、きっと——まったく、もう！」

勢いよくドアを開けて通路へ出た二人は、踊り場と言ってもいいくらいの短い廊下に向かって飛び出した。右手にはトイレがあり、反対側の狭く暗い角を曲がったところに、曇りガラスのはまったドアがある。

「サーローさんのウイングへの近道よ——あなたの部屋もそっちよね」と説明しながら、ディーキンはドアを開けた。そこは浴室で、マドモアゼル・ランクレが洗った手を拭いていた。悲鳴はやや静まり、むせび泣くようなうめき声になったとはいえ浴室にしっかり響いているにもかかわらず、ランクレは少しも聞こえないかのように冷静で、二人が入ってきた戸口から何も言わずに出ていった。殺風景な長い廊下に出ると、エマにもここがどこなのかすぐにわかった。数ヤード先を曲がった、ここより短い通路沿いに彼女の部屋がある。

ディーキンは、ミス・サーローが甲高い声を上げている開いたままのドアへ急いだ。

「何か手伝えることはある？」と、励ますように大きな声で呼びかける。

エマはディーキンの背後に控えていた。彼女たちのほかに駆けつけた者はいなかった。誰も近づかないようにという医師の指示が徹底されているようだ。寮母のディーキンには、こうした緊急時に対応する権限があるのだろう。虎穴に入らずんば虎子を得ず、ということもある。もし、そこにいることを咎《とが》められたとしても、エマにはこのウイングに自分の部屋があるからという言い訳が立つ。

だが、彼女のそんな意気込みは、すぐに萎《しぼ》むことになってしまった。割れてはいなかったが、ドアの前の廊下にタンブラーが転がっていた。まるで殺伐とした恩知らずな世界の中にぽつんと光る善行のように、少し離れたところで魔法瓶が輝きを放っている。戸口の壁には乳白色の液体が飛び散って、幅木にまで垂れていた。

「これはまた、派手にやったもんだね」と、ディーキンは元気いっぱいに言いながら、大股で室内に足を踏み入れた。屈んで魔法瓶とタンブラーを拾ったエマは、いかにも女性らしく快適に暮らせそうな、華美な装飾品で豪華に飾り立てられた広くて明るい部屋を思わず見まわした。壁の染みと同じ色の液体を制服の前部分に浴びたでっぷりした看護婦が、患者をベッドに戻そうと、しきりに説得していた。「くず粉は身体にいいんですよ——私のくず粉には毒なんて入っていません——くず粉は本当に——」

ディーキンは、くず粉への称賛の言葉に割って入って、サーローの腕をつかんだ。とたんに、サーローが耳障りな悲鳴を上げた。それまでサーローと向き合っていた看護婦は熱い石炭を払い落とすかのように手を離し、そのとき初めて、当惑して戸口に立つエマに気づいた。すると足早に近づいてきて、エマの目の前でぴしゃりとドアを閉めた。

スウェイン看護婦と仲良くなるには、なんとも幸先の悪い出だしだ。

エマは魔法瓶とタンブラーを手に、呆けたようにドアを見つめた。そして、それらを窓台に置き、自分の部屋へ戻った。スタートが失敗だったのは確かだが、その直前、ミス・サーローをちらっと見ることができた。リボンやレースのたくさんついたネグリジェをまとった身体は、太ってはいるが萎《しな》びた印象で、だらしない巻き毛が赤ん坊のような表情をした顔の周りに垂れ下がり、恐怖で口を大きく開いて、まるでギリシャ悲劇に登場する時代遅れでぶざまな堅物のようだった。

そして、エマはその姿に、衝撃よりも困惑を覚えたのだった。

第七章　プロ意識の欠如

ミス・サーローの今回の混乱ぶりは、予想より遥かにひどかった。一時間後にやってきて診療に当たったボールド医師は、毒が原因だと思うと言った。グレイスとスウェイン看護婦には、かなりはっきりと、いつも以上に横柄な態度でその疑いを伝え、この状況に対応するため看護婦をもう一人雇うべきだと即断したのだった。ただし、その点に関しては多少言いにくそうだった。昼間はその看護婦に委ね、スウェインには夜、寝ずに夜勤を担当してもらうというのだ。憤りと安堵が入り交じった顔で聞いていたスウェインが反論を始めた。

「夜の十時以降に問題が起きたことはないんですよ。先生だってご存じでしょう。こういうのは——こういった攻撃は、いつも昼間に発生するんです。それに、もしもサーローさんが夜中に物音をたてたとしたら、私はすぐに目を覚まして——そう、即座にです——ちゃんと手当てをしますとも」

「要点はそこじゃない」と、医師はぴしゃりと言った。「昼だろうと夜だろうと、彼女は少しも一人にはしておけない段階まで事態が深刻化しているんだ。一時間眠ったら、それは彼女を一人にするということだろう？　今夜は寝ずの晩をしてくれ——明日には別の看護婦を呼ぶから。そうしたら、君は自由に町に出かけて、新しい帽子でも買うんだな！」

自分の顔が、どんな帽子も似合わないことを自覚しているスウェインは、水差しとくず粉のサンプルを手にして出ていく医師を、非難のこもった目で睨みつけた。

　グレイスは心底不安になり、学校を閉じようかと真剣に考えた。だが、サーローの十二ギニーのことと、エマがいてくれること、ボールド医師がこの件に関心を寄せて新たな対策を講じてくれた事実を思い出し、少し元気を取り戻して、閉校について話し合うために予定していたミーティングをキャンセルした。

　ところが、キッチンで事件の余波に出くわして、再び気持ちが落ち込んでしまった。四人のメイドのうち二人が、翌日新しい看護婦が来るのを聞きつけて、結託してグレイスに怒りをぶつけて抗議し、来週辞めさせてほしいと言いだしたのだ。

「はっきり言わせてもらいますが、看護婦っていうのは人としてなっていません。他人を見下して、自分のことしか考えてないんです。雑談なんか一切しないし、スウェインさんなんて、黙って台所道具を使って謝りもしないんです。欲しいと思ったら、何だって勝手に持っていくんですから。シビルも私も、学校に働きに来たんであって、養老院の従業員じゃありません」

　理由は簡単なことだった。週に二度も「頭のおかしな二階の老婆」が撒《ま》き散らした食べ物を片づけさせられて、メイドはひどく腹を立てていたのだった。本来はスウェイン看護婦がすべき仕事なのに、と。汚れてしまった患者の世話をするのに忙しかったというスウェインの言い訳は、彼女の高慢ちきな態度が気に入らないメイドにはまったく通用しなかった。なお悪いことに、唯一の男手であり、フェアマンとウィック両医師の頃から働いている雑用係で、もうすぐ十五になるが十一くらいにしか見えないニッパー・シムコクスがキッチンにやってきて、悪口三昧の罰当たりな女たちを軽蔑する言葉を口にしながら、吸ってはいけない煙草の火をこっそり消そうとして上等な布巾に焼け焦げを作ってしまった。グレイスのもとで気楽にやっていた彼は、あることないこと、いろいろと吹聴してまわってもいた。女性であることにどこか引け目を感じて、少しでも中傷されるとすぐに顔を真っ赤にして怒りをあらわにする料理人は、カレーを焦がしたとか、ミス・オーペンにひどい消化不良を起こさせたとか、その場しのぎのイギリス料理のせいで、マドモアゼル・ランクレが仏頂面で座ったまま昼食にひと口も手をつけなかったなどと言われて、とうとうニッパーをキッチンから追い出した。

こうしたごたごたのせいで、ミス・ワンドの心臓発作が目立たなくなってしまった。グレイスの聴取では、食事を運ぶメイドが処方される錠剤を昼食前に手渡したかどうか確認するのを忘れ、騒ぎに気を取られたワンド本人も、薬のことをすっかり忘れていたらしい。

「あちこちで揉め事が起きてるの」グレイスは吐き捨てるようにエマに言った。「なにもかも、あの派手に飾り立てた老女のせいよ。気をつけないと、メイドばかりかスウェイン看護婦までいなくなって、その代わりに知らない人を二人雇う羽目になるわ」

だが翌日、新たな看護婦が派遣されても、スウェインは辞めはしなかった。夜勤に備えて英気を養うために午後休みを取り、驚いたことに、ビューグルでお茶をしようと、授業のなかったエマを誘ったのだった。

「あのね」と、彼女は無邪気に言った。「あなたに謝らなきゃいけないと思って——昨日、私、ずいぶん失礼な態度を取ったでしょう。アラム校長が紹介してくれなかったから、あなただって知らなくて——それに、ボールド先生から絶対に関係者以外サーローさんの部屋に入れてはいけないって釘を刺されているものだから」

二時間後、お茶とケーキを口にしながら、なおもスウェインは謝り続けていた。〈イー・ヌッキー・ネスト〉を選ぶのではないかというエマの予想は見事に当たった。

「あなただと気づかなかったなんて、私もばかよね」三杯目のお茶を自分のカップに注ぎながら彼女は言った。「でも、正直言って混乱していたの——赴任してから、彼女があれほどの騒ぎを起こしたのは初めてだったんですもの。ディーキンさんには特別に部屋に入ってもらってるの。校舎全体の責任者みたいなものだし、看護婦としては、何かあったときに彼女がいてくれると、とても助かるのよ」

エマは頷いた。「よくわかるわ」理解力のあることはすでに何度も示していたので、そらぞらしい気がして気恥ずかしくなった。

そんなエマの様子など気にも留めずに青白い氷をかじっているスウェイン看護婦を、エマは観察した。中背のずんぐりした体型で、ふくよかな顔立ちをしている。小さな目、大きく開いた鼻孔、きっぱりと決意をして唇を嚙みしめていると勘違いされそうな薄い唇。あまり頭はよくなく頑固だが、うまくおだてれば口が緩むタイプに見える。

「サーローさんのお世話は大変でしょうね」と、エマは切りだした。「相当なスキルを要するに違いないわ」

「ええ、確かに」と、スウェインは同意した。ボールド医師からはもらえない褒め言葉が、いい気分転換になったようだ。「あなたも看護の経験があるの?」

「少しだけ」エマは言葉に気をつけながら、短く答えた。

「だったら、こういう精神を病んだ患者の世話がどういうものかわかるでしょう——今日はこうだと思っても翌日には全然違って、とにかく骨が折れるの」と、ため息をついた。

「厳密に言えば、サーローさんは本当の精神病ではないんでしょう?」と、エマは水を向けた。

「紙一重ってとこね——向こう側に崩れ落ちる寸前のところでとどまってる感じ。正直言って私、一か月しか担当していないのに、もう気が滅入って。いくら長くても、いつもそうなるとはかぎらないんだけど——でも、この一、二週間でめっきり疲れてしまったわ」

エマは頷いた。「こういう患者さんのケースは、とても疲れるものよね」と、あたかも経験があるかのように言った。「ずっと一人で担当してきたなら、なおさらだわ。これからは少しは楽になるでしょう」

スウェインは、急に打ち明け話をするような口調になった。「それはどうかしら。ここだけの話、私はこういう患者さんに慣れてないのよ。前任のエッジワース看護婦の後釜として急遽駆り出されたんだけど、こんな仕事だってわかってたら引き受けなかった。私はね、身体に関する病気が得意なの——ゆっくり快方に向かう盲腸とか、長患いの肺炎患者とか。それなのに、頭のおかしなお婆さんのお目付け役だなんて——」と、真面目くさった顔で首を振った。

エマはとっさに考えた。カフェに人がいなくて鉄がまだ熱い今のうちに、行動に出たほうがいい。「でも、サーローさんのトラブルは、まったくの妄想なんでしょう?」声を低くし、威厳のこもった口調で言った。事情を知っているのだという印象を与えなければならない。探りを入れようとしている、ただの詮索好きな年配女だと思われてしまったら何もかも水の泡だ——事実、そのとおりなのだが。あるいは、たとえそれを見抜く洞察力がないとしても、看護婦としての倫理観から、患者の個人的な情報を教えてくれないかもしれない。

ところが、スウェインは見事にエマの餌に食いついた。誰かに聞かれていないか店内を見まわすと、テーブル越しにでっぷりした上半身を乗り出した。小さな目が輝いている。

「ということは、あなたも知ってるのね」と、大きく息をついた。「それなら本当に心強いわ。この件を話せる相手はアラム校長しかいないし、ドクターは根っからの秘密主義者なんですもの。ディーキンさんにさえ何も言えないのよ。彼女だっていろいろとおかしいと思ってるに違いないの。それに経験豊かな人だから、きっと助けになるはずなのに。私、こんな重大な秘密を抱えるのは初めてで——立場的にも患者さんの対応にしても、それがどんなに大変なことか考えてみてちょうだい。少しは息を抜ける場所がないと」

「それはそうよね」と、エマは頷いた。「でも、こういう場合、秘密にしておくほうが謎の真相に早くたどり着けるんじゃない?」

スウェインは上体を戻して鼻で笑った。「謎なんてありゃしないわ」

「つまり——?」訳知り顔に見えることを祈りながら訊いた。

「もちろん、彼女の自作自演よ。どうしてそんなことをするのかはわからないけど、どう考えてもほかに説明がつかないでしょう」

「そうね」エマは、ペラペラ喋るスウェインに感謝しながら、おもむろに言った。「じゃあ、サーローさんは——自殺しようとしているってことなの?」

すると、「それは違う」という驚きの答えが返ってきた。「その点に関してはドクターが正しいと思う——自殺するつもりはないっていう点ね。死ぬことに対する彼女の反応は——キリスト教徒らしくないのよ。要するに、誰だって最後はその時を迎えるわけでしょう。なのに——なんていうか——」

エマは賛同と非難の気持ち、そして話題の深刻さを認識したことを示すように、喉の奥で小さな音を鳴らした。首を少し傾《かし》げて、おだてるようにスウェインを見た。

「あなたの言うことはもっともだわ。でも、もしも目的が死ぬことじゃないとしたら――そこまで苦しい思いをする動機は何なのかしら」

「そら、きた」スウェインは再びテーブルに肘をついた。にんまり笑みを浮かべている。「やっぱり気になるわよね」落ち着かない様子で、もう一度辺りを見まわした。「絶対に、ここだけの話よ。これはアラム校長にも話してないの――ドクターの指示だったから。実は、サーローさんは毒なんて飲んでないのよ――エッジワース看護婦が辞めた週に最初に見つけたときから一度もね」

「でも」と、エマは言い返した。「実際に、何度か見つかったのよね」

「見つかった？　ええ、確かにね。これからだって見つかると思う。けど、彼女が服用しているわけじゃないの――身の周りのものに入っていただけで。あとから入れたのだとしたら、ちっとも害にはならない。それこそ自作自演ってことじゃない？」

「だけど、具合が悪くなったんでしょう？」

「仮病よ。そんなの簡単だわ。ディーキンさんが言ってたけど、寄宿学校に勤めていた頃、受けたくない授業をさぼるために仮病を使う生徒が何人もいたそうよ」

「まあ、なんてこと」そういう生徒に出会った経験のないエマは驚いて言った。

「それに、彼女は常に具合が悪いわけじゃなくて、時々なのよ。たいていは叫んだり騒いだりして、毒を盛られたから死んでしまう、なんてばかげたことをわめき散らすだけなの。もっと言うとね、私が赴任してから三、四回、そんなふうに騒ぎ立てて引っかきまわしたあげく、毒がどこからも出てこなかったこともあるのよ！　きっと、自分で毒を仕込んでおくのを忘れたんだと思う」

「人の心って、なんて奇妙なのかしらね」エマが空恐ろしさを覚えて呟くと、本当の意味でそういうものに触れたことのないスウェインは、さも同意するように大きく頷いた。

「一つ、わからないことがあるんだけど」と、かなり当惑したエマは続けた。「サーローさんは、この被害妄想に――特に毒の件ね――昔から取り憑かれていたのかしら。それとも、エッジワース看護婦がいた頃に毒を使い始めたのかしら」

「そうね」スウェインは曖昧に応えた。「たぶん――といっても、前の主治医ほど彼女のことを知っているわけじゃないけど――誰よりも彼女をよく知っているのは、そのドクターだから――ただ、聞いた話では、以前からちょっとした妄想癖はあったらしいわ。当時は、物が盗まれたとか、悪口を言われたとか、違った症状だったんですって。それが一か月くらい前、ちょうどボールド先生が診察するようになった頃から毒の話に変わって、それからはずっと毒のことしか頭にないみたい。主治医が去っておかしくなったんじゃないかと思うの――最後のひと押しになったっていうか」

「あり得るわね」と、エマは言った。「あなたが言うように、あなたが来て以来サーローさんが毒を口にしていないのだとしたら、どうしてボールド先生はアラム校長にそのことを伝えないの？　それを知ったら校長だって胸を撫で下ろすでしょうに」

「私もそう言ったのよ。でも、無理強いはできないでしょう？　気難しい人だし、看護婦を心から信頼するような紳士的な人じゃないんだもの。どうしてドクターがアラム校長を蚊帳の外に置きたがるのか、はっきりとしたことは言えないけど――なんとなくわかる」

さっぱり見当のつかなかったエマは、効果を狙って少し間《ま》をおいたスウェインが先を続けるのを待った。

「つまりね」スウェインは小声で言った。「こういうことよ――もし、あなたの家にサーローさんのような人がいて、本当は病気でもないのに、みんなの注目を浴びるために騒ぎを起こして、そこらに毒を仕込むようなまねをしたとしたら――すぐにでも追い出そうと思わない？」

「ええ、そうするでしょうね」と、エマは正直に答えた。

「アラム校長だって同じはずよ。ドクターはそうさせまいとしているの」

「そうなの？」

「ええ。だって、サーローさんが納得するわけないもの。考えてもみて――彼女はマルタンマスに十六年も住んでるのよ。死ぬまであそこで暮らすつもりだわ。そして、当然、ドクターもそれを望んでる」

「でも、彼女のためを思ったら、出ていくよう説得するんじゃない？」

「それはないわね。だって、とても価値のある患者だもの」と、スウェインは淡々と言った。

言葉の意味を察したエマは、校長のグレイスも同様にサーローを価値ある住人だと思っているとは、さすがに言いだせなかった。

「それにね」と、スウェインはさらに続けた。「どうやらドクターは、彼女の病状に興味を抱いているみたいなの。あんな奇妙な被害妄想の症例には、そうそう出くわさないから――」

「ほんとにそうよね」エマもまったくの同意見だった。

「――もし、サーローさんをマルタンマスから追い出すことになったら、ボールド先生の患者でなくなるわけだし。だって、彼女がそう言ってるも同然でしょ。新しい場所に移ったら、これまでみたいに自分の言うことを信じてくれる人がいなくなってしまうからここに残っているんだ、ってね。ああいうことを、あの年でまた初めからやるなんて、大変だもの」

「サーローさんはかなりの高齢なの？」

「まあね。八十代じゃないかしら。若く見せようとして、時には幼い子供みたいな振る舞いをするんだけど」

お茶を飲み終わった二人は、エマの提案で、帰りのバスを待つあいだ町を散策することにした。陽射しの降りそそぐ気持ちよく晴れた日で、ぶらぶらとウインドウショッピングをして、相変わらず帽子に対して冷ややかなスウェインの態度があらわになったあと、旧市街の反対側の丘の頂上にある小さな公園に足を向けた。眼下に牧草地と川を望み、丘陵地の広々とした田舎の景色を見晴らす公園は、大地から立ち昇るほんのりとした甘い香りに満ち、風にそよぐ葉擦れの音が秋の訪れを予感させた。風はひんやりしていたが、キササゲの木陰に隠れているベンチを見つけ、ささやかな買い物の成果を並べて、しばらくのあいだきらめく川を見下ろした。季節外れのツバメが数羽、川面を掠めるように飛んでいる。

「ここはいいわね」スウェインは、自分でもうまく説明できない満足感に浸って息をついた。

慌ててお茶に向かう最後の乳母車が目の前を通り過ぎていった。エマはこの機会を利用して、もう少し情報を探ってみようと思った。だが、訊きたいことは山ほどあっても、赴任して三週間のスウェイン看護婦から答えが得られるかどうかは疑わしい。どう切りだせばいいのだろう。

「なんだか悲しい――怖い気さえする」と、遠い目をして言った。「年を取って、あんなに孤独になるなんて。奇行に走ったり、性格が歪んだりしても、全然おかしくないわよね」

スウェインは、同情など今はどうでもいいとでも言うように大きな鼻に皺を寄せた。

「サーローさんが自分で選んだ道よ」

エマはため息をついた。「でも、気の毒だわ。家族と一緒にちゃんとした家で暮らしていたら――どんなにか節約できたでしょうし。親類縁者はいないの？」

「ドクターもそれを知りたがってるの。『身元引受人はいないのか？』って。あんなふうに危うい状態の老婦人が自分でお金のやり繰りをしているなんて、どう考えてもよくないもの――しかも大金よ！　ハートルプールに妹さんがいるらしいんだけど、疎遠みたい――サーローさんのほうが拒んで――財産を狙っているんじゃないかと思ってるのね。あとは、諸々の管理を任せてるロンドンの弁護士がいるだけで、聞くところによると、その人もよほどのことがないかぎり関わりを持とうとはしないんですって」

「じゃあ、疎遠の妹さんが、その潤沢な財産を相続するんでしょうね。そうなったら、今より有効利用されるかもしれないわね。たぶん、妹さんは結婚してお子さんもいるんでしょう？」

「どうかしら。でも、そう言われてみれば、お金と相続の件は興味深いわね。サーローさんがやけにお喋りになる日があって、そういうときは決して悪いことは話さないの――どれだけお金があって、それをどうするかってことばかり。私に言わせれば、どうしないかってことだと思うけど――だって、遺言書を作ったこともなければ、作る気さえないんだもの。そんなことをする時間がもったいないって言うのよ。あなたは遺言書を書いた？」

「とんでもない。でも、サーローさんの気持ちはわかる気がする。世の中にはやらなくてもいい訴訟がありすぎるでしょう」

「弁護士にとってはありがたいわよね」スウェインの物言いは辛辣だった。「彼らがそういう訴訟を煽るのも無理ないわ」

彼女は大きなあくびをして言った。「よく知らない田舎町に来たせいか、眠くて仕方ないの。ここ四か月ずっとブリッドポートにいたから、海が恋しいのかな」

「夜勤明けなんだから、昼間はしっかり休んだほうがいいわ。連れまわしてしまったかしら」

スウェインは首を振って、急に憤慨した様子になった。

「私に昼間を任せて、新しい看護婦に夜を担当させるべきだったと思わない？　サーローさんが問題行動を起こすのはたいてい昼なんだから、慣れた人間がついていたほうがいいでしょう。だって、毒の騒ぎが起きるのは、いつだって昼間なのよ。夜はぐっすり眠ってる。別に、楽なシフトにしてほしいって言ってるわけじゃないのよ」

本当はそうなのだと、エマは思った。スウェインの監督能力に不満を抱いたボールド医師は、あえて患者が問題を起こす確率の低い時間帯に彼女を割り当てたのだ。考えているうちに、次の質問が浮かんできた。

「あなたの言うとおりかもしれないわね」と、エマは切りだした。「サーローさんの毒の件が狂言だという結論に至るのはもっともだと思う。確かに、もし自殺の線がないとすると、何者かが彼女を殺害しようと目論んで毒を用意して、それをそこらに残したっていう恐ろしい選択肢が残ってしまうんですものね。ただ、それだと一つわからないことが出てくるんだけど――あなたの推理にそぐわないことが」

「どういうこと？」と、スウェインが言った。「そもそも、私は推理なんてしてないわ。サーローさんに危害を加えたがる人間なんていないもの。そりゃあ、彼女は気難しくて腹が立つけど、生きていれば――生きてさえいてくれれば――そのおかげでマルタンマスは潤って、みんなが助かるんだから」

　確かにそのとおりだ。だから、ミス・サーローが自ら毒を仕込んだように見えるのだ。もしかすると、それが犯人の狙いなのかもしれない。

「不思議なのは」と、エマは言った。「サーローさんがどうやって毒を手に入れたかだわ」

「そこなのよ」スウェインもその点が気になっていたようで、食いついてきた。「事情を知らない人は私の職務怠慢だって言うかもしれないけど、知っている人なら、神経症の人のずる賢さを見抜くのは無理だってわかってくれると思う――毒の入手についても、それを隠すことについてもね」

「よくわかるわ。彼女の部屋の捜索はしたの？」

「捜索とまでは。思ったより難しいのよ。寝たきりじゃないし、自分のわからないことをされていると感じたとたんに叫び声を上げて大騒ぎをするんだから――それはひどいもんよ。そういうときだって、そんなに具合が悪いってわけじゃないの。ちょっと頭がおかしい以外はね。しかも、あの部屋の荷物ときたら――彼女を部屋から追い出して一週間くらいじっくり捜さなきゃ、何も出てきやしないわ。飾り棚に、椅子の背もたれカバー、着もしないドレスの山なんかであふれてるんですもの。詳しく見なくたって、そのくらい見当がつくわよ」

　老女の部屋のドアが目の前で閉められる直前にちらっと目にした家具や安物のけばけばしい品々を思い出し、エマはスウェインの意見に納得した。だが、もし毒が部屋のどこかにあるとしたら、ミス・サーローが一人で室内にいる少しばかりの機会に、素早く手にできる場所でなければならない。

「隠し場所はともかくとして」と、エマは言った。「入手経路が謎ね。どこで手に入れたんだと思う?」

「私もそのことをずっと考えていたんだけど」スウェインはきっぱりした様子でエマに向き直った。「ありそうな線を思いついたの。証拠もないのに口にするのはどうかとも思うけど」と言い訳のように付け加えてから、できるだけわかりやすい言葉を選びながら説明を始めた。

「この町にいかがわしい占い師がいてね。手相とかガラス玉とか、砂の中の跡なんかを見て、ヒトラーみたいな手合と一緒で、それを神託でもあるかのように運命と結びつけるの——あんなインチキ、私なら我慢できない。その道では大物らしくて——まったく、どうしてそんなのが受け入れられるのかわからないけど——ドイツ軍の攻撃が激しくなって人々が逃げ出すまでは海辺で商売をしていたみたい。そして、二か月前にここへ移ってきて、きちんと現実を見ない、愚かで分別のない住民からたいそうな料金を取って、嘘っぱちを並べては大金を稼いでいるのよ。残念ながら、客の大半が女性なの」と、不服そうに唇を舐めた。「メイクウェイズ・スクールの女教師たちは特にひどいのよ。それがアラム校長は気に入らないの。フランス人教師に、校長の秘書、寮母のディーキンさんまでその占い師のところへ通ってるって噂よ。あの感じのいいポラード先生でさえ行ったことがあるんだから。もっとも、本人は面白半分に一度行ってみただけだって笑ってたけど。私なら、冗談でもごめんだわ——インチキ占い師に自分の私生活をさらけ出すなんてまっぴらよ」

「それで、サーローさんもその人に占ってもらっていたわけ?」エマはじれったくなって尋ねた。

「まあ、そう慌てないで」調子が出てきたスウェインは、少しも話を急ごうとしなかった。「その男のこととなると、みんな頭がどうかしてしまってるのよ——アラム校長と私以外、全員そうだと言ってもいいわ。ポピーなんか——皿洗いの子なんだけど——二週間前、占い料がばか高いことを知らないで手相を見てもらいに行ったの。占いのあとで値段を聞いて、とても払えないことがわかったんだけど、大丈夫、心配は要らないって言われたんですって。依頼人に支払いを無理強いはしないんだって言って、料金を取らなかったらしいの。怪しいでしょう？　ただより高いものはないのよ、って釘を刺したんだけど、ポピーはすっかり占い師を信用してしまって——彼女は生《ま》まれつき素晴らしい恋愛運を持っていて、もうすぐ理想の男性が現れ、木星のパワーが別の星より勝《まさ》ったとき二人は出会うだろう、なんて占ってくれたのに、礼金を少しも受け取らなかったんで、あっけなく丸め込まれたのね。星の名前は忘れたけど、そんなのどうでもいいわ。とにかく、ただより高いものはないんだから」

彼女は大きくため息をついて続けた。「ああいうのを『心酔』って言うんでしょうね。登場する名前だって異教徒的だと思わない？　惑星の名前のことよ。べつに、星に罪はないけど。私が赴任して以来ずっと私のことを見下している、昨日、辞職願を出した二人だって、ポピーと同じ頃に占い師のところへ行ったのよ。そうしたら、水晶を覗き込んで、まもなく二人とも今の仕事を辞めて新たにもっといい仕事を探すことになるだろう、できれば北のほうの町がいい、って言われたんですって。あの人たちの態度や礼儀作法には冷たい北の町がお似合いよ！　とはいえ、アラム校長にも言ったんだけど、そそのかしたのはあの占い師なんだから、使用人を煽って辞めさせた罪で訴えられてもおかしくないと思うの。そうでしょう？」

「で、サーローさんもなの？」しつこいと思われるのを承知で、エマは口を挟んだ。

「そうよ。彼女は誰よりもひどかった。ディーキンさんが言ってたわ。恐怖の度合いが高まって校舎から一歩も出られなくなるまではね。彼女とワンドさんは占いに夢中になって、車やタクシーを頼んでは、ビューグルとマルタンマスを週に三、四回往復していたの。ワンドさんはそのうち行かなくなったけど——サーローさんが行かなくなるより、だいぶ前のことよ。サーローさんが嫉妬するし、若い頃、そういう人のところに何度も通った経験があって、興奮すると心臓に悪いんですって。しかも呪術医が——ワンドさんは彼をそう呼んでいたんだけど——ハンサムな男性だとね。あの老婦人たちには感心するわ。ワンドさんだって、サーローさんと同じくらいの年なのよ」

「そのあとサーローさんはどうしたの？」なんとか話の糸口をつかもうとするエマは、さえずり続けるコマドリに話しかけている気分だった。

「思ったとおりだった。神経症の人っていうのは、ごまかすことにかけては頭が回るの。自分の代わりに彼を訪ねてくれる人を探し出したのよ」

「そんなことをして役に立つの？」と、エマはさりげないふうを装って訊いた。前もって知っていたと悟られるのは、決して賢明とは言えない。「遠隔の手相占いなんてあり得ないでしょう！」

「違うのよ」スウェインは嬉々として説明した。「手相だけじゃなくて、その占い師は、人が身に着けたり手にしたりした物からも運勢がわかるふりをしているの。そういう物をこねくりまわして、もっともらしく話をでっち上げるのよ。サーローさんは、それを利用して占ってもらったわけ——どうやって毎回、新しい話を思いつくのか不思議なくらい。だって、ディーキンさんの話では、エッジワース看護婦がいなくなって混乱状態にあったサーローさんは、ほとんど毎日のように占ってもらっていたらしいから。内容が長くても短くてもかまわないから、とにかくアクセサリーとか手袋とかハンカチみたいな身の回りの品を届けようと心に決めていたみたいなの——自分の代わりに持っていってくれる人に託してね。実は、私も頼まれたのよ」

「もちろん、引き受けなかったんでしょう?」

スウェイン看護婦は鼻で笑った。「私? そりゃあそうよ。心のバランスをさらに崩すようなことに加担するなんて、私のする仕事じゃないもの。最初は騒ぎ立てたくせに、こっちが譲らないでいたらサーローさんは急にその話をやめたの。ちょっとおかしいと思ったけど、まだ彼女のことをよく知らなかったし、まさかほかの人を取り込むとは考えてなかったから」

エマはわざとらしく怪訝《けげん》な顔をしてみせた。

「そうなのよ——意志あるところには何とやらって言うじゃない。彼女はね、ハートっていう女の子を言いくるめたの——最上級生の生徒でね——アラム校長がそれを知って一昨日《おととい》、退学処分にしたわ。びっくりする話でしょう?」

「なんてこと」と、エマは呟いた。「でも、いったいどうやったのかしら。サーローさんが生徒とこっそり企むのは難しいはずでしょう?」

「それがそうでもないの。サーローさんが芝生に座ってくつろいでいるときに、その生徒と時々話をしていたのよ——アラム校長は話さないように注意していたんだけど、上級生をずっと監視することはできないし、サーローさんは誰にでもすぐ話しかける人だしね。それに、教会だってあるでしょう。先週の日曜こそ行かなかったけど、生徒たちも同じ礼拝に出席するのよ。だから言葉を交わす機会はいくらでもあるってわけ」

エマは納得した。だが、このことがサーローの毒の入手とどんな関わりがあるのだろうか。

「わからない? 確かなことは言えないけれど、考えるのは勝手でしょう? で、私は思いついたの。リンダ・ハートを通じて、サーローさんが占い師から毒を手に入れた可能性があるんじゃないかって。

だとしても、自分が運んだものが何なのかをリンダが知っていたとはかぎらないけど」

グレイスの人物評に反して、スウェイン看護婦はそれほど教養がないながらも、それなりに想像力をはたらかせて推論を組み立てていて、エマは素直に驚いた。もし彼女の推理が正しいとしたら、やはり同じ疑問点に立ち返ることになり、今度はさらに追究すべき動機が増えてしまう。サーローがなぜそんなことをし、占い師はどうしてそれを手助けしたのか？

「彼は何て名乗っているの？」と、エマは尋ねた。

スウェインは眉をひそめた。「ええと、何だったかしら。何度か聞いたんだけど。確か『グレイト』とかなんとか言ってた気がする。大仰な呼び名よね――恥ずかしげもなくよく使えると思うわ。ああ、そうよ――グレイト・アンブロジオだわ。何年か前に旅周りの興行に雇われたときに名乗った名前らしいわ」

「で、彼はこの町にいるのよね？」と、つい口が滑ってしまった。「場所はどこなの？」

スウェインが鋭い目でエマを見た。「まさか、あなたも彼のところへ行こうと思っているんじゃないでしょうね！　どこでイカサマをやっているかなんて知らないし、たとえ知ってたとしても言うもんですか」

エマは顔を赤らめ、そんなつもりはないのだと釈明した。

二人は七時少し前にマルタンマスに戻り、九時に交代するスウェインはお風呂に入りに行った。校舎内は静かだった。ミス・オーペンと三人の上級生が東コートでテニスをしていた。リネン棚の脇を抜ける古い階段を上がり、エマは寮母に教わった近道を通って自室に向かった。左側の寮の部屋から、寮母のノニーが元気いっぱいに、小さな子たちに『三匹の子ブタ』を読み聞かせている声が聞こえてくる。笑い声が上がり、甲高い子供たちの声が響いていた。「私たちが子ブタで、ノニーは悪いオオカミだわ！」

トイレと浴室の前を抜けて自分とミス・サーローの部屋へ続く廊下につながるドアの前で、エマはふと足を止めた。誰かに名前を呼ばれたような気がしたのだ。確信はなかったし、どこから聞こえたのかわからなかった。気のせいだったのかもしれない。ドアを押し開け、小さな通路を通って浴室の暗い戸口へ進んだ。部屋へ向かうこの近道の難点は、誰かが浴室を使っていたら、鍵が掛けられているかもしれないことだった。

だが、このとき鍵は開いていた。エマは中へ入ろうとして、敷居のところで足を止めた。誰かいる。床にしゃがみ込み、背を向けて椅子にもたれかかって、両手で腹部を押さえながら苦しそうにうめき声を上げていた。

エマの心臓は跳ね上がり、早鐘のように打ち始めた。すぐさま、ひざまずいている人影に駆け寄った。人影は玉のような汗を浮かべた真っ青な顔を上げた。それは、スーザン・ポラードだった。

何も見えていないような目をしていたが、どうやらそうではなかった。彼女はこう言ったのだ。

「ああ……ベットニー――先生。私――私――死にそう」

第八章　真夜中

「いったい彼女はあそこで何をしていたの？」と、グレイスが厳しい口調で訊いた。「あのトイレは寮の廊下なのよ。浴室は学校とは関係のない東ウイングだし、あなたと看護婦たち専用だわ。サーローさんの部屋にはちゃんとバスルームがついているし」

「スウェイン看護婦は、今夜はあそこの浴室は使わなかったみたい」と、エマは言った。サーローの部屋に駆けつけた朝、フランス人教師と出くわしたことを話す必要はないだろうと思った。

「ええ。彼女は教師たちが使う、寮の隣にある浴室のほうがお湯が熱いから好きだ、っていつも言ってるもの。べつに、それをどうこう言うつもりはないわ。でも、これからは寮の廊下につながるドアに鍵を掛けたほうがいいわね。ノニーは反対するかもしれないけど、あの浴室はサーローさんの部屋への近道でもなんでもないし、誰もが勝手に使っていい場所じゃないんだから」

「ごめんなさい。昨日、サーローさんの叫び声があの辺りで聞こえて、思わずディーキンさんとあの通路を使ったものだから。でも、それはあくまで緊急措置だったのよね」

「あなたは悪くないわ」と、グレイスが慰めた。「あなたがあそこを通ってくれたおかげで、手遅れにならずに済んだんですもの。だけど、スーザンとは驚いたわね。だって、彼女が通るはずのないところだから。話せる状態になったら、ちゃんと事情を聴かなくちゃ」

マントルピースの上の時計が真夜中を告げた。鐘の音が消えかかる頃、スーザン・ポラードは目を開け、暗がりにあるベッドから周囲をぼんやり眺めた。化粧テーブルの読書ランプが灯り、その傍らに座るノーナ・ディーキンが、膝に広げた便箋の上に屈み込むようにして手紙を書いていた。時計の鐘がやむと、ペンを走らせる音が妙に耳障りに思えた。

ベッドに仰向けになったまま、ほの暗い明かりの中に浮かぶものに目を凝らし、一つ一つゆっくり確認した。ノニーが付き添ってくれているのは心強い。ありがたいことに、彼女を恐怖に陥れた痛みの波は引き、気分はよかった。ただ、身体は弱っていて、目にかかった髪を払うために手を上げるのもままならなかった。

傍らに医師が立って慌ただしく彼女の診療をし、怒鳴るように周囲に指示を出していたのは、何時間前のことだったのか。そのときの言葉が途切れ途切れによみがえる――「腹膜炎か？――いや――虫垂に問題はない――彼女は胃の持病があるのか？」

痛みで遠のく意識が吐き気のせいで引き戻されたとき視界に入った、いくつかの顔を思い出した。冷静にきびきびとはたらくノーナ・ディーキン、ミス・サーローを夜勤の看護婦に託し、いざという時のために帰宅を遅らせて様子を見ていた新しい看護婦のコリンズ、心配そうに青ざめていたアラム校長、怯えながら湯たんぽを持ってきたメイド――そう、彼女の顔には怯えだけでなく、マルタンマスに来たことを後悔し、辞める日を指折り数えて待っているとでも言いたげな不機嫌さがにじみ出ていた。

自分もそうだろうか。勤め始めてまだ日が浅く、やろうとしていたことが少しもできていないのでは？　よくわからなかった。考える力が湧いてこない。休暇が始まるときに赴任したのが間違いだったのかもしれないが、あのときはそれがいちばんいいと思ったのだった。帰省しない生徒の面倒を見ながら、老婦人たちと知り合いにならざるを得なかったのだ。ミス・サーロー――ミス・サーロー――うろ覚えだが、あそこに何かがある気がする。

寝返りを打ち、うとうとしながらも、はっとして洗面台に目をやった。そこから、なおも何かを書いている寮母に視線を移す。ひょっとしてノニーは疑っている？　彼女がここにいるのはもしかして――？

話しかけようとして口を開けたが、どう頑張ってみても吸い込んだ息が肺に入るだけだった。そのうちに眠気が打ち勝ち、やがてスーザンは眠りの中に落ちていった。

ノーナ・ディーキンは手紙を書き上げ、書きなぐったようなそれらしいサインを付け足した。そういうふうに署名をすると、いつも高揚した気分になるのだった。きっと手紙を受け取る相手もそうだろうと確信していた。本当の能力をきちんと評価してもらえない、地球上最後の場所に生き埋めにされたような状態にもかかわらず、自分は力ある人間なのだと思わせてくれる。おとなしく規則に従い、至るところで彼女のやり方を曲げなくてはならない問題の多いつまらない仕事を、肩をすくめて受け入れたのはなんて愚かだったのだろう。もうすぐ秋が訪れて野原を包み、湿った不快な霧が校舎を厚く覆って、近づいてくる冬の足音が、効率を重視し絶えず刺激を求める都会育ちの人間の孤立感を高めるに違いない。

道路の状態がいいうちに行かなければ。じきに状況は悪くなる。軍需工場で爆弾を作るほうが今よりましだ。爆弾を作る！　そう、爆弾を作るのだ。彼女にだってうまくやれるだろう。一瞬笑ってから、ちらりとベッドに目をやった。寝ているスーザンを起こしたくはない。大丈夫、スーザンは仰向けで、息をしていないかと思うほど穏やかに眠っている。赤みの差した顔は無邪気そのものだ。サーローが心を惹かれるのも無理はない。六十代や七十代の頃のもっと艶のあったバラ色がかった白い顔色が、老婦人にとっては現在の自分よりもずっと現実味を帯びて感じられるのだ。

ディーキンは化粧テーブルに手を伸ばし、金色の畝《うね》織り生地に包まれた鼈甲《べっこう》の小さなボンボン入れに触れた。高価ではないが可愛らしい品で、もともとはミス・サーローのものだった。数週間前、周囲にもはっきりわかるくらいスーザンに肩入れするようになったサーローが彼女に贈ったのだ。ここにあるネックレスもそうだ。ゴールドのチェーンの先に、アイビーの絡まったガーネットのハートがいくつかぶら下がっている。時代遅れでスーザンには似合わないが、もらった本人は気にしていないようだった。

そっと立ってもう一度ベッドのほうをちらりと見ると、洗面台に歩み寄り、少しのあいだじっと眺めていた。そして、水差しの首の部分に注意深くハンカチを巻いて持ち上げ、底にあった少量の水をあけた。だが、新たに水を入れることはせず、衣装簞笥《いしょうだんす》と壁のあいだの人目につきにくい床の上にそっと置いた。そこなら倒れる心配はないし、寝ずの番が終わったらゆっくり回収できる。水差しを置いて立ち上がると、簞笥の鏡に自分の姿が映った。

彼女は大きく歯を見せて満面の笑みを浮かべていた。

テーブルの上のラジオが十二時をうるさく知らせた。五分前にベッドに入ったリリアン・オーペンは、時計を手に取って針を真夜中に合わせた。ネジを巻き、テーブルに戻して横になると、肘をついて上体を持ち上げ、ニュースを告げるラジオのスイッチを切った。スーザン・ポラードの生死をみんなが心配して大騒ぎしているのを耳にしたのは、午後九時だった。そんなことよりも、彼女にはもっとほかに心配することがあった——慎重に積み上げてきたものが実を結ぶかどうかだ。

これまで二度失敗している。もう三十三歳だ。今度こそ失敗するわけにはいかない。彼は何と言ったのだったろう？　確か、クリスマス前にビューグルを去って、もっと大きな町で占いをしてみるつもりだと話していた。やはり、こんなちっぽけなところでは、彼のように精神医学と透視力とサイコメトリーを駆使する人には物足りないのだ。海辺の町を急いで離れて、とりあえず都合のよさそうな場所に一時的に腰を据えただけなのだろう。確かに、ここでは顧客に事欠かないようだった。

驚くには当たらない。男性——そんな呼び名で分類するのは、神を冒瀆《ぼうとく》するも同然だが——男性としての彼も、そのパワーも、奇跡と言えるほど素晴らしい。彼がほのめかしていた内容は何だった？　そう、ビューグルにいる熱烈な信奉者たちよりも広範囲の人々を刺激する聖堂、教団、魔力。そういうものを本当に理解する人がいる大都市郊外に定住できる拠点を築いたなら、師として本来持っている偉大な力を遺憾なく発揮するのだ。

揺るぎない忠誠と献身を信頼して、彼は心に秘めた計画を打ち明けてくれた。自分なら、誰にも言わずに秘密を守ってみせる。忠節な従者にこそ報酬が待っているのだ。聖堂には祭壇があり、そこで儀式が行われ、祭壇奉仕者が出席する。きっと、女だって奉仕者に加えてもらえるだろう。

グレイト・アンブロジオ——なんて美しい名だろう——その名は、すでに周囲に轟いている——だが、自分はそうは呼んでいない。彼女にとって、彼は「師」なのだ。彼がひそかに崇拝し、いつかそれを公言するようになるはずのあの存在が、彼にとっての師であるように。でも、アンブロジオだって負けず劣らず立派だ……アン・ブロ・ジ・オ……一音一音が蜜のように甘く舌の上を転がっていく。

オーペンは指を折って月日を数えた。クリスマスまで三か月。それまでに彼を勝ち取らなければ。金銭ではないもののために動くのは初めてだ。人生には、お金よりも心を打ち震わせるものがある。彼と、彼が打ち明けてくれた秘密、そして五芒星の中にアンブロジオの師を具現化するという途方もない探求。だが、なんといっても、いちばんは彼自身だ。オーペンはうっとりとため息をついた。

あのフランス人女さえ邪魔をしなければ。本当に腹立たしい――痩せぎすの不細工な女のくせに。しょっちゅう予約を取って入り浸っては師にまとわりつき、少しでも授業の空き時間ができるとすぐさまビューグルに出かけて、彼の気を惹こうとやっきになっている。魂胆が見え見えで、いかにもフランス人らしいやり方だ。五十歳の彼女は、三十三の自分よりもさらに必死なのだ。

あの女に呪いをかけることができたなら。血が沸き立つほどの敵意を駆り立てる嫉妬心を、悟られることなく師に相談できればどんなにいいだろう。あの女の写真があったら、ピンやナイフで突き刺して、じわじわと火で燃やしてやるのに。きっと、向こうもこちらに呪いをかけていると思う。先週、アンブロジオを訪ねたとき、いつもと感じが違っていた。そっと様子をうかがうと、彼は何かに気を取られているようで、どこかよそよそしく、冷たいと言ってもいいくらいだった。オーペンは悶々とした気持ちに苛まれた。気のせいかもしれないが、このまま放ってはおけない。あと一、二か月のうちに彼を自分のものにできるよう、これまで以上に頑張らなくては。ひょっとして、私が沈みかけの学校のしがない薄給の校長秘書だということを思い出して、別の女に目を向けたのだろうか？　教団には金銭的な援助が必要だろう。フランス人は貪欲な人種だと聞く。ランクレは、この国でしっかり財産を貯め込んでいるのかもしれない。悪魔に願いが届いて、あの女の財産がすでにフランスで使い果たされていてくれればいいのだが……。

病院時代から残っている裕福な二人の老女のことが頭に浮かんだ——一人は耐えがたいほどしつこく師につきまとっている。とはいえ、少なくともあの老女に勝算はない。競争相手からは除外していいだろう。

フランス女の部屋を調べてみたいと、痛切に思った。そうしたら、顔を傷つけられ、手足を切り刻まれた私の写真が見つかるに違いない。その考えが脳裏から離れなかった。自分が他人の頭の中に住み着いているとわかるのは、まんざらではない気分だ。激しい憎悪の対象として、敵の悩みの種になっていればいい……。

オーペンは明かりを消して仰向けになると、じっと闇を見つめてほくそ笑んだ。


家庭菜園とガレージに面した西ウイングにある小さな寝室では、二本のキャンドルの火が燃えるなか、静かに日付が変わろうとしていた。写真も花も飾られていない部屋は、訪れる人にはがらんとして味気なく映るだろうが、そこに暮らす当人にとって、殺風景な四つの壁は世の中で唯一安全な場所を取り囲んでくれるものだった。ここへ入ってきちんとドアに鍵を掛ければ、自分の世界へ逃げ込むことができるのだ。

部屋の南端に据えられたテーブルの上には、壁に立てかけた銀の十字架像と、その隣に聖水を入れるための青と白の磁器製の容器を置いていた。テーブルの前にはプリ・ジュー《祈禱台》がある。そのほかの家具といえば、ラベンダー色のシルクの上掛けで鉄枠の冷たい印象を少しだけ中和させたベッド、その奥にあるモミ材を使った小さな洗面台、椅子、化粧テーブル、鍵の壊れた背の低い衣装簞笥だけだ。

床には多少いい絨毯《じゅうたん》を敷いているが、ベッド脇のマットは擦り切れていた。財政の厳しいメイクウェイズ・スクールと違って職員の多かったマルタンマス病院時代には、そこはメイドの部屋だった。それでも、貧しく地味な中年で、給料も少ないジュリー・ランクレは、めったに不満を口にすることはなかった。衣食住を与えてもらえさえすれば文句を言える立場ではない。

ランクレはプリ・ジューにひざまずいた。痩せた身体に色褪せたストライプ柄のガウンを羽織り、髪の毛がいくつも束になってだらしなく肩に垂れている。キャンドルの蠟《ろう》が、金属の燭台を伝って流れ落ちた。

時間をかけて祈るうち、とりとめのない考えや心象が奇妙に混ざり合って浮かんでは消えた。この数週間、切ないほどはっきりと思い出す、崖裏の風のない窪地に立っていたノルマンディーの古くて白い家が、またよみがえってきた。第一次大戦の激戦地、ベルギー西部のイープルの戦いで未亡人となった年老いた母の住む家だ。その戦いで兄のアンリも命を落とした。そして、マルヌ川でのフランス軍とドイツ軍との衝突で夫を亡くした姉マリー・ジョゼフィーヌも、その家に身を寄せていた。父親の顔はもちろん、神のみぞ知る彼の墓さえ見たことのない息子も一緒だ。瞼《まぶた》と唇を固く閉じ、ランクレ家の男たちを奪って女性や若い娘たちを彼らのいない人生に追いやった死神と、その手下のドイツ兵の手から、どうかニコラをお守りくださいと神に祈った。

娘の顔が浮かんできて、再び胸が締めつけられた――いつまでも続くラ・ゲール《戦争》のせいで、彼女のよく知る人たちが徐々に軽薄で軽率になっていった、二十一年前のどこかおかしくなった夏のパリで生まれたイヴ。永遠に終わることのない戦争。ランクレは打ちひしがれた想いで目を開けた。

自宅の裏には果樹園があり、春になると、自然のままに育った木々はこれでもかというほど豊富に花をつけた。イヴは幼かった頃、従兄のニコラに教わって四月になると木によじ登って枝に腰かけ、朽ちかけたたくさんの花のあいだから世界を見ていた。もっと昔の四月には、自分とアンリ、マリー・ジョゼフィーヌの兄妹三人が同じ場所で遊んだものだ。突然、それらの記憶を遮るように、まったく関係のない映像が浮かんだ。まだら模様の年老いた雌鶏のミニョンが、母親代わりとなって育てていた七匹の子ガモが池に潜って遊んでいるのを見て、不機嫌そうに甲高い鳴き声を上げた場面だった。家の前の道は曲がりくねり、こんもりと茂ったニレの木々で陰になっていて、葉の隙間からランタンの明かりのように燃える朝焼けが透けて見えるその向こうの空の下には、陽に照らされて柔らかく光る菜の花畑が広がっていた。

ノルマンディー……フランス……故郷、家族、彼女の心の拠《よ》りどころ。そのどれもが、深い雪に覆われるように、長く残酷な沈黙に閉ざされてしまった。どの言葉も、今の彼女には手が届かない。これまで母と娘のイヴに毎学期二回、給料の半分を仕送りしていたが、もうそれもままならない。そのお金を、不思議な力《パワー》との取引に注《つ》ぎ込んでいるからだ。絶望の淵にいた彼女は、神が答えてくれないなら、その力が何かを教えてくれるのではないかと期待したのだが、まだ答えは得られていなかった。

十字を切って、痩せて骨ばった両手を胸の前で握り締めた。彼女が欲しいのは、たったひと言なのだ。自分たちを捕らえているばかげた陰謀を打ち破るひと言――イヴ、マリー・ジョゼフィーヌ、年老いた母、ニコラ、そして彼女自身をがんじがらめにしている陰謀を。

ランクレは気力を失いかけていた。仕事に支障をきたし始めている。ここでしっかりしなければ、アラム校長に愛想を尽かされてクビになりかねない。生徒数が激減し、学校側には役に立たない人間を雇っておく余裕はないのだ。生徒も職員も、今学期に入って彼女から距離をおいているような気がする。話す声さえ、よそよそしく聞こえることがある。確かに、彼女たちのことを気にかけてはいないし、名前もうろ覚えだった。向こうだって気にしていないだろうと思う。どこもかしこも排水に囲まれているようなイギリス人に、彼女のことがわかるはずもない。

「イヴ・シェリ《愛しいイヴ》……エ・ママン《そしてお母さん》……」両手で顔を覆った彼女の鉄灰色の髪が前に垂れ、プリ・ジューの斜めの背に触れた。

「ノートル・ペレ《天にましますわれらが父よ》……ケ・ヴォートル・ヴォロンテ・ソワ・フェ《みこころの天になるごとく》……パードゥネ・ヌー・ノ・オファンス《われらの罪を赦したまえ》……」

われらの罪を赦したまえ……でも果たして、善良な神は赦してくれるのだろうか。赦してくれたのだろうか。娘のために祈りを捧げているが、そのイヴとても、彼女が犯した罪の一つではないのか？まだ答えてくれていない悪魔に託した願いはどうなったのだろう？

われらの罪を赦したまえ。それを知るのはただ一人だ。こうなったら善良なる神に委ねるしかない。

スウェイン看護婦は読んでいた本を閉じて椅子の後ろにしまうと、編み物を取り出した。つまらない本を読むより、黄色いジャンパーを編み進めるほうがいい。黄色は秋にふさわしいと思って編み始めたものの、今になって自分に似合うかどうか自信がなくなっていた。まあ、いいわ。もともと、いくつもの勘違いがあっても最後はハッピーエンドという、良質のラブストーリーが好きなタイプだもの。といっても、そう考えるのは私だけで、現実の老婦人たちは、傷んだ心を慰めてあげる看護婦に遺産をくれたりはしない。絶対そう。感謝するどころか、こき使ったあげくにお払い箱にするんだわ――エッジワースがいい例よ――心底恐ろしい病気を患ったら、全財産を孤児院に寄付するか、ミス・サーローのような振る舞いをして遺書を書くのを拒むか、どちらかなんだわ。

ランプの明かりは抑えめにしていたが、それでも老婦人の邪魔になるといけないので、念のためにさらに弱くした。こんな時間に叫び声を上げて大騒ぎされてはたまったものではない。廊下の時計の鐘が午前零時を知らせた。もっとよく聞こうと立ち上がってそっとドアを開けに行き、十二回目の鐘が鳴り終わると再び閉めた。音が聞こえるというのはいいものだ。たとえそれが時計であっても。ばかげているとは思うが、夜勤はどうしても好きになれなかった。お喋りをする相手が誰もいなくて、静けさがどんどん増していく。たわいない噂話でもしていれば、あっという間に時間が経つのに。今度来たミス・ベットニーという人は、ほかの教員のような、つんとした女ではなさそうだ。ここの女教師たちが揃って自らを高く評価しているのにはあきれてしまう。看護婦を褒めているのも耳にしたことがあるが、そんなのは口だけだ。今夜、あの娘があれほどひどい胃の発作を起こしたのも不可解だった。胃炎はつらいものだし、ここの料理はお世辞にもいいとは言えない——あんな高慢な女たちがキッチンを取り仕切っているのだから無理もないが。

年老いて弛《たる》んだ、不機嫌で弱々しい枕の上の顔に目をやった。かつてはふっくらとして魅力的だったであろう唇はだらしなく緩み、今ではぶよぶよと形が崩れている。鱗のようにかさついた、小さくてぽってりした両手が胸の辺りで掛け布団を握っていた。ナイトキャップの下から覗く、白髪のほとんどない薄茶色の髪が、寝息に合わせて軽く揺れている。若者と年寄りに共通の無防備な無邪気さをたたえた姿がそこにあった。

「まったく、もう」スウェインは編針をカチカチ鳴らしながら呟いた。「虫も殺さないような顔をして。でも、私たちが知りたいのは、あなたがどうしてあんなことをするかなのよ——それも、いつ——いったい、なぜ!」

不意にあくびが出て慌てた。赴任して以来、ミス・サーローに夜の眠りを妨げられたことはないにしても、今は眠気に襲われている場合ではない。サーローはよく寝てくれる人だったが、万が一にも目覚めるようなことがあってはまずい。電気ヒーターのおかげで、部屋は充分すぎるほど暖かかった。しかも、スウェインは暖かい部屋が大好きだった。もうちょっとしたら、これまで寝室として使っていた隣の化粧室でコーヒーを淹れよう。そのうち、ジャンパーの入り組んだ柄のおかげで目が冴えてくるだろう。

マルタンマスに来てからというもの、どうしていつも眠いのだろうと不思議に思いながら、編み物を続けた。

サーローが寝返りを打ち、喘ぐように言葉を発した。「ええ――そう――そうよ――それを捨ててちょうだい――中身を全部流して！」

スウェインは、はっと顔を上げ、サーローを食い入るように見つめた。それから、自分でもなぜだかわからないが、満杯に水が入っている新しい水差しに視線を移した。彼女が今夜水を入れ直したあとは、誰もその水差しを使っていなかった。やがて緊張が解け、編み物で疲れた目を休めようと、少しのあいだ頭を椅子の背に預けた。二十も数えないうちに、スウェインは舟を漕ぎ始めた。

一時間後、彼女はまだ眠っていた。ドアが開いても目覚めることはなかった。

ジュリー・ランクレの部屋から二段下りた場所にある寝室のドアが半開きになっていた。室内にいたネグリジェ姿の小柄な老婦人は扉を閉めに向かった。あのドアは音もなく勝手に内側に開いて、得体の知れないものを招き入れようとする。そのうち、過去がするりと部屋に入ってくるかもしれない。

それは、いつの過去だろうか。

　数多くの過去の中から一つを選び出せるかどうか考えて、ミス・ワンドは忍び笑いをした。一瞬、彼女は楽しそうな顔になって若返って見えたが、次の瞬間にはいつも、なぜ楽しい気分になったのか忘れてしまうのだった。整理簞笥を昔使っていた簞笥だと思い込んで、ありもしない引き出しを開けに行こうとするときと同じように、頭がぼんやりしてしまう。そうだ、ここは移ったばかりの別の部屋だった。日に二十回も、その事実を思い出しては自分を押しとどめるのだった。なぜ、わざわざ部屋を移動させたのだろう。校長――名前は確か――アラムだ。彼女の親切は的外れだ。十二年の付き合いで、ミス・サーローが起こす騒ぎにはすっかり慣れているし、最近ひどくなってはいるが、それに対して不満を訴えたことなど一度もない。それなのに、学校側は彼女の部屋を西ウイングに移したのだ。マルタンマスで暮らすようになって以来、前の部屋以外に住んだことがないので、新しい環境に慣れるのは容易ではなかった。

　部屋を替えられることに抵抗はしなかった。ほんの少し抵抗しただけで、近頃はひどく疲れてしまう。それに、彼女はよく知らない人にも明るく挨拶するタイプだった。もちろん、そういう行為が必ず報われるわけではなかったが、いつだって人生にスパイスを与えてくれた。こちらのウイングに移った今は、近くにアラム校長の部屋があり、その向かいにいる物憂い顔のフランス人は、羽目を外したエピソードなどまったく面白がらないように見える。だが、まだわからない。それもまた、人生のスパイスの一つだ。やってみる価値はある。

　不便な階段を上らなくてはいけなくなったが、アラム校長によれば、夏もそろそろ終わるので部屋にいることが多くなるし、使用人たちにとっては、より近くて便利だとのことだった。確かに一理ある。人に厄介をかけるのは性に合わない。それにしても使用人たちは当てにならない――バーサ・グラスがいい例だ。何年も彼女とサーローのメイドを務めてくれていたのに、ずっと我慢してきたサーローの言動についに文句を言ったために、お別れも言わずに出ていくことになってしまったではないか！　ほかの人なら腹を立ててしまうかもしれない個性の強い二人に、とてもよくしてくれたエッジワース看護婦だってそうだ。あの二人がいなくなってしまって、寂しく思うことがよくある。

このところのサーローの病状は、少しおかしい。閑散とした向こうの東ウイングに隔離されているような状態だ。やはり精神を病んでいるのだろうか。彼女の知るかぎり、サーローは横暴でわがままで気まぐれだった。人生経験に乏しく、自己顕示欲が強い。医師にカマをかけてサーローの病状について訊き出そうとしたが、引っかかってくれなかった。尊大ぶった狭量なあのドクターは、無礼と権威を取り違えていて、ゆったりと構えて社交的だったフィールディング先生とは正反対だ。診療に来るのも時たまで、いつも慌ただしい。昨日彼女がまた発作を起こしたときでさえ、そうだった。そのうえ診療中は、酷使してきたこの年老いた心臓より関心のある別のことに気を取られている様子なのだ。

まあ、サーローについては、彼女には関係のないことだ。

化粧テーブルの鏡の前に座り、銀製のブラシで髪を梳《と》かし始めた。ずいぶん少なくなってしまったが、それでも金色に輝いているのがうれしかった。美しい年の取り方をするのは喜ばしい。といっても、まだまだ衰えるつもりはない。きちんと心臓をいたわっていれば、あと数年は生きられるはずだ。最良の時は過ぎ去ってしまったとはいえ、人生は素晴らしいものだ。フィールディング先生が去る数日前、これまで心配していた狭心症の痛みとは少し違うひどい発作に襲われたが、あれから再発はしていない。

ドアがまた開いた。彼女は舌打ちをして立ち上がると、ドアを閉めに行った。振り向いて戻ってくるとき、向かいにある姿見に全身が映った。その姿見は、この部屋の気に入らない要素の一つだった。部屋に入ってくると必ず鏡に姿が映り、落ち着かない気分になるのだ。しかも、だらしなくぶら下がっているため、不意に自分の姿が前屈みになったり脚が妙に短くなったかと思えば、胸を反らした王家の召使頭《がしら》のように映ったりもする。それに、ベッドに横になったときにも、鏡の端に自分が映るのだ。ワンドは茶目っ気たっぷりに顔を歪め、八十二歳のお婆さんにこれは必要ないわね、と思った。鏡の位置を変えてもらおう。だが、メイドたちはめったに部屋に来ないし、お世辞にも親切とは言えない。箪笥に指を這わせると、光沢のある表面にくっきりと跡がついた。彼女たちときたら、埃を払うこともしてくれないのだから。

化粧テーブルの上で、大切にしているエナメル細工が施された小さなフランス製の懐中時計が、聞こえないくらいの音で時を刻んでいた。時計の針は十二時を指している。もうベッドに入らなければ、寮母――いつも名前を忘れてしまう――が覗きに来て、冗談交じりに小言を言われるだろう。年寄りはそういう物言いを喜ぶと思い込んでいるのだ。まったく困ったものだ……。

ワンドは姿見に顔を近づけ、こちらを見返している皺の寄った小顔を他人のもののようにじっくり観察した。

「あなたは、いつだっておサルさんみたいだったわね」と、ささやくように言う。「今でもそうだわ」

ふらつきながらつま先旋回《ピルエット》をしてスリッパを片方ずつ空中に蹴り上げると、鏡の中の姿も呑気そうに同じことをした。

誰かの動く音が聞こえた気がするが、寮母だろうか？　いや、たぶん違うだろう。きっと、まだこちら側のウイングの物音に慣れていないだけだ。彼女はよじ登るようにしてベッドに入り、明かりを消して眠ったふりをした。

今夜は、冒険など一度もしたことのない満たされないオールドミスと、くだらないお喋りをする気分ではない。このウイングの独身女性たちにも何か役に立つ点はあるのだろうが、三か月一緒に暮らしてみた今も、それを見つけるのは難しかった。

リリアン・オーペンの部屋から無線連絡が来たので、グレイス・アラムは寝室の明かりを消した。暗幕を開けてブラインドを上げ、窓を大きく押し開いて冷たい夜の空気を吸い込む。

すっかり眠りについている田舎町を、風が優しく撫でていた。庭も放牧場も果樹園も、セント・マーティン・バイ・ザ・ブルック教会へ続く小道の向こうに広がる牧草地も、闇に包まれて区別がつかない。動きのない真っ暗な世界は、息をしていないように思える——ため息にも似たひそやかな風の音が微かに聞こえるだけだった。まさに死を連想させる静けさだ。そして死は、もう長いこと、この学校を覆っている。もてあそび、事件を装い、不名誉をもたらし、恐怖をほのめかしながら。これ以上は続けられない……。

窓辺に寄りかかって深呼吸をした。スイスの山々や湖、狭い峡谷と同じ匂いがする。身体を離し、窓を閉めた。過去を振り返るのはよくない。悔やんだりせず、決然と現在から前へ向かって進み、過去の過ちを教訓に未来の可能性を確かなものにするしかないのだ。

一つだけ決心をした。ミス・サーローにはこの学校から出ていってもらおう。

グレイスにおやすみの挨拶をしたあと、エマは時間をかけて寝支度をした。経験からも性分からも、着替えはもちろん、些細なことにも手を抜かない主義だった。

スーザン・ポラードの奇妙な発作で一日が終わり、さすがに今夜は疲れていた。このところの出来事を考えると、スーザンの発作を普通の病気と取るには無理がある。それに、グレイスも言っていたように、なぜ彼女が東ウイングに来たのか不思議だった。

聞き取りをするのも骨の折れる仕事だった――話から得たことを目下の問題と照らし合わせて推理しようとするから、なおさらだ――それに、スウェイン看護婦のとりとめのない打ち明け話についていくのは、かなり大変だった。彼女の話からして、偏執症が陥りやすい病状を考慮するとミス・サーローの狂言の線がまず思い浮かぶ。でも、もしサーローが本当に被害妄想で、自分を殺そうとする犯人が実在する証拠を捏造《ねつぞう》しようとしているのだとしたら、彼女が抱えている恐怖が解せない。横長に開いた口、ぎらついた目、痛々しいまでの嘆き――あれが演技なら、たいした女優だ。だが、たとえ女優であっても、わがままな八十一歳の老婆ならなおのこと、数週間も演技をし続けるのは無理だろう。ということは、あの恐怖は本物だ。自分で狂言を仕組んでおいて、その結果が思ったよりひどかったからといって怖がるはずはない。サーロー本人が仕掛けたのなら、いくらでも手加減できるはずだ。だとすると、毒を仕込んだのは彼女ではない。誰かほかの人間がいることになる。つまり、実際に殺害計画が企てられているのだ。

筋道がとても論理的なものに思えるだけに、スウェインがこの推理を思いつかなかったのは不思議だった。でも、よく考えてみると、彼女はドクターの考えを鵜呑みにしているだけのように思えた。

もしそうなら、さらに驚きだ。グレイスは過大評価しているようだが、実際のところエマは看護婦でも医者でもない。それでもサーローの被害妄想は様子がおかしいということに、すぐに気づいた。ボールド医師がそのことに気づいていないとは信じがたい。

しかし、持ち前の分別から、あらゆる事実が未知の殺人犯を指していることが、エマにはどうしても受け入れられなかった。この推理にも欠陥はある。現時点では、サーローの毒殺計画に顕著な成果は見られない。毒は巧みに仕込まれ、犯人の姿は少しも見えないのに、繰り返し失敗しているのはつじつまが合わない気がする。実際、何不自由のない暮らしをしている老婦人が殺人犯に狙われたりするだろうか。どう考えても、犯人が何度も犯行を試みているのに成功しない理由が思いつかない。自殺、個人的な動機による殺人、殺人鬼、神経を患った老婦人が殺人犯の存在をでっち上げようとする行為——どの可能性もまだ否定できない。すべての事実を説明できる推理は浮かんでこなかった。

髪を編んでいると、踊り場の時計が十二時の鐘を打った。日付が変わった——今日は土曜日だ。授業はないので、好きなように時間を使える。もう計画は立ててあった。スウェインの話を聞いていて思いついたのだった。彼女がほのめかした疑念に完全に賛同したわけではなかったが、マルタンマス内部で起きていることについて、手がかりかヒント、あるいは単なる噂話でも、何かしら外で拾うことができるかもしれない。マルタンマスの人たちが夢中になって、こっそりはまっているという占い師はビューグルに住んでいる。エマは、その占い師のもとへ鑑定してもらいに行く決意を固めていた。グレイスも賛成してくれると思う。当然、彼女には話すつもりだった。住所も営業時間も知らないが、グレイスが教えてくれるだろう。いずれにしても容易にわかるはずだ。今とは異なる軽い気持ちからだったが、占い師を密《ひそ》かに訪ねるのは初めてというわけではない。

エマは立ち上がって、昼間、町で買ったオーデコロンの瓶を取りに衣装簞笥へ向かった。確か、着ていた上着のポケットに入れたままだった。簞笥の扉を開けた彼女は、掛け金に手を置いて動きを止め、眉をひそめた。何かがおかしい――いつもと違う。簞笥の中はきちんと片づいていて、ワンピースや上着がハンガーに吊るされ、寒い日に使うスカーフがフックに掛けてあった。が、何かが足りないことにエマはすぐに気がついた。そうだ――荷解きをしたとき、上の棚に置いた茶色の浅い段ボール箱だ。リボンとか紐とか古い手袋とか、くたびれていて、なくてもいいけれど使えるかもしれない、がらくたが入っていた箱だった。水曜に到着して以来、簞笥を開けるたびに、箱に印字された文字が自然と目の端に入っていた――そこには、チャネル諸島の住所とともに「切り花」と書かれていた。昔、スイセンが入っていた箱を、なんとなく捨てがたいのと、使い勝手がよさそうな形だったこともあって取っておいたのだ。箱自体はそこにあったのだが、見慣れた文字がこちらを向いていなかった。箱の向きが変わって、棚の奥に押し込まれていた。

とっさにエマは、自分で箱を下ろして向きを変えて入れ直したかどうかを思い出そうとした。性急な結論に飛びつくのは危険だ。だが、いくら考えても間違いなかった。二日前そこに置いてから、一度も箱には触っていない。しかも、最後に簞笥を開けた時点より前に箱がいじられたはずはなかった。そうでなければ、太くて黒い文字が見えないのに気づかなかったことになる。前回、簞笥を開けたのはいつだっただろう？　倒れたスーザンを見つけてグレイスと寮母を呼びに行ったあと――部屋に一分ほど立ち寄って帽子と上着を脱いだ。もちろん、あのときは慌てていて、箱の位置が変わっているのを見逃した可能性もある。

エマは箱を下ろして蓋を開け、中を見た。中身が雑然としていたが、ここに来るまでの道中で揺れたせいかもしれない。とにかく、何がいじくられ、なくなっているかを即座に言い当てるのは難しそうだ。

その場で身を固くし、目だけで部屋を見まわした。一見したところ、普段と同じに見える。だが、箱の件はたまたまだとは思えない。机に置かれた十数冊の本はきれいに並んでいたが、奇妙な点があった。エマは、本に関しては神経質なほうだ。並べる順序は本の性質や特徴と一致させるべきだと考えている。人間関係と同じで、調和しないものを隣り合わせると互いに反発するからだ。それなのに、『シェンストーンの恋人』が、なぜ『簿記の手引き』の隣にあり、長年エマが子供たちに読み聞かせてきたピーターラビット・シリーズの『グロースターの仕立て屋』と、ペンドルベリーの名著『算術』が肩を並べているのだろう? メイドが埃をはたくときに並べ替えたのだろうか。といっても、これまでそんなに丁寧に掃除されたことはなく、本にまで気がまわるとも思えない。それに、何年も『ロザムンド・マリオット・ワトソン詩全集』に挟んでおいたパンジーの押し花が床に落ちていた。ページに貼りつきかけていたので、誰かが勢いよく本を振らなければ落ちたりしないはずだ。

ふと思いついてベッドへ行き、屈んでスーツケースを引っ張り出そうとした。ところが、スーツケースはそこになかった。取っ手を壁側に向けて、ベッドの頭の裏に突っ込んであったのだ。これもメイドの仕業だろうか。あるいは、鍵が掛かっていることがわかってイラついた誰かが急いで押し込んだのかもしれない。幸い、エマはスーツケースの鍵を持ち歩いていた。『ウイングズ・オブ・フレンドシップ』誌のことが頭にあり、念のため鍵を掛けておいたのだった。

衝動的に整理簞笥のいちばん上の引き出しを開けて、エマは目を瞠《みは》った。それまでは違和感を覚えた程度だったのだが、ここへきて確信した。引き出しの中身がぐちゃぐちゃに引っかきまわされたというほどではないが、荒らされたのは間違いない。きちんとしているのは見かけだけで、彼女自身が並べたとおりでないのは確かだ。引き出しを元に戻し、ほかの二つを順番に開けた。結果は同じだった。何者かが彼女の部屋に侵入し、念入りに調べたのだ。

いったい何を？　ベッドの端に腰かけ、部屋に向かって問いかけた。ここへ来て二日しか経っていないのに、誰の関心、いや疑念を掻き立てたというのだろう。誰かが慌てて部屋を調べるほどの何を彼女が握っているというのか。

記憶でも想像でもなく、答えは明白だった。エマの持ち物は少ないし、どう見ても古くさい。彼女の居室が東ウイングにあることで誰かの警戒心を刺激したのでないかぎり、マルタンマスに来た本当の目的を知っている者はいないはずだ。だとすれば、警戒心を呼び起こされたのはただ一人、ミス・サーローを襲った犯人しかいない。

エマはため息をつき、寝床に就くことにした。なくなったものを精査するのは明日にしよう。ドアの鍵をもう一度確認しなくては。昼間、部屋を離れているときも施錠しておいたほうがよさそうだ。

さっき衣装簞笥に行った理由を思い出して、頭が痛くなった。仕方なく簞笥に戻って午後ビューグルに行ったときに着ていた上着のポケットをまさぐる。オーデコロンの瓶は、そこにあった。瓶に手をやると、指に紙が触れた。買い物リストのメモなどを入れた覚えがないので、それを取り出しながら、何を入れたままにしていたのだったろうと、ぼんやり思った。紙は、地元新聞の広告をハサミで切った比較的大きな切り抜きだった。太字のシンプルな活字で、次のように書かれていた。

ザ・グレイト・アンブロジオ

精神科医、透視能力者、サイコメトリスト

ビューグル、ランタン、サンクフルコート六番地

鑑定時間　毎日午前十一時～午後六時

それ以外は要予約

どうやら、エマがビューグルの魔法使いを訪ねることを後押ししたがっている人間がいるようだ。

第九章　疑惑の水差し

「ずいぶん勇敢なのね」と、グレイスは予想外の感想を口にした。目には興奮の色が見られるものの、どこかためらいが感じられる言い方だった。「あなたなら、何かつかめるかもしれないわ。でもベット、ほかの人には内緒にしてね。私はアンブロジオのファンに厳しくしているから、来たばかりのあなたが占ってもらいに行くと知ったら、裏があるんじゃないかと勘ぐられるかもしれないもの」

もともと黙っているつもりだったので、エマは秘密にすると約束した。

「それと、午後まで待ってちょうだい」と、グレイスは言った。「新しいメイドの件で町へ行くの。車を出すから、オーペンに運転してもらいましょう」

その会話を交わしたのは、朝食後、ボールド医師の勤務が始まる一時間前のことだった。医師が出勤してきたとき、エマは自分の部屋で、前日の略奪者に何をされたのか調べるため、引き出しや机の中身をチェックしていた。十一時、ドアをノックする音がした。滑りの悪い引き出しを懸命に調べていたエマが赤い顔を上げて「どうぞ！」と声をかけると、入ってきたグレイスは彼女の様子を見て驚いた表情をした。

「探し物？」と尋ねたが、エマの答えを待つことはなかった。その張り詰めた顔つきがエマを不安にさせた。

「ボールドと話したの」立ち上がろうとするエマの手首を取って支えながら、グレイスは言った。「くず粉を分析したら、看護婦が言ったとおり問題なかったんですって。でも、彼女が使っていた水差しからヒ素が見つかったの。水はほとんど残っていなかったんだけど、毒は充分に――」

彼女は最後まで言わず、途方に暮れたようにエマを見つめた。

「それだけじゃないのよ。あの晩、スウェイン看護婦は水差しをちゃんといっぱいにして、彼女もサーローさんも、寝る前、水には口をつけなかったって言うの――もちろん、それは彼女の記憶なんだけど、もし本当にそうなら、サーローさんを殺そうとした犯人が証拠隠滅のために、あとで水差しの中身を捨てたってことになるわ」

「でも」と、エマはおそるおそる口を挟んだ。「それだったら、水差しを空にするんじゃない？ 残った中身を全部捨てたほうが安全でしょう」

「ドクターもそう言うの――そのあと水差しを洗うだろうってね。時間がなかったんじゃないかしら、って言ったら、分析官の手に渡る前に少しでも水差しをいじる時間があったなら、そのくらいのことはできるはずだって譲らなくて。そうとは言い切れないと思うんだけど――彼と議論しても無駄だから。あの人はいつだって独断的なんですもの。でも私は――彼が本当は何を考えているのか知りたい」

できるだけたくさんの人の本心を探り出すのは悪いことではないと思ったエマは、グレイスにそう言った。

「わかってる」と、グレイスは応えた。「ぞっとするけど。それにスウェインが言うには、ゆうべいっぱいにしていたはずの水差しが、今朝コリンズ看護婦に渡したとき、また空になっていたんですって！　スウェインは飲んでいないし、サーローさんは一晩中ぐっすり眠っていたらしいのに――昼間担当のコリンズが来てもまだ眠っていたくらいよ」

「どういうことなのか、さっぱりわからないわね」エマは正直な思いを口にした。「誰かが飲まなければ水はなくならないもの。水差しが漏れていたんじゃなければね」と言ってから、自嘲気味に付け加えた。「そんなことあるわけないわよね。それで――サーローさんに何か症状は出ていないの？」

「今のところは。でも、時間の問題だと思う――きっと、そのうち叫び始めるわよ」

「ボールド先生は、その水差しを持っていったの？」

「大喜びでね。彼だけは事件を楽しんでいるみたい。だけど、誰が何と言おうと、サーローさんには出ていってもらうわ。彼女を永遠にここに住まわせるなんて契約条項にはないし、あったとしても、この状況を考えれば免除されるはずよ。私の目と鼻の先で殺されるかもしれないリスクにさらされているんですもの――それに、ほかにも被害者が出ないって保証がある？　私が本気だと知ったら彼女はヒステリーを起こすでしょうけど、こんな恐怖が何度も繰り返されるより、一度の竜巻のほうがましだわ」

エマも頷いた。「一か月前にやっていればよかったのに」

「なぜやらなかったか、わかってるでしょう」

「ええ、知ってるわ、グレイス。でも、メイクウェイズの苦境を乗り切るためにサーローさんに頼るのはわかるけれど、彼女がここにいるあいだに何かあったら、経営難で学校を閉じるより悪い結果をもたらすことにならない？」

「そのとおり。だからこそ、将来を考えて彼女を追い出すの」

「ポラード先生の具合はどう?」と、エマは話題を変えた。

「あなたに来てほしがってるわ」

「私に?」

「ええ。昨日の夕方、出かけているのを知らなくて、あなたを訪ねようとした途中で具合が悪くなったんですって」

「何の用だったのかしら。今、面会できる?」

「あなたさえ、よければ。だいぶ快復したみたい。ドクターは、あと二、三日は安静にするようにって言ってるけど」グレイスは少し言いよどんだ。「ベット、慎重にお願いね。この件に関して、私たちはまだ何もつかんでいないのを忘れないで。こっちのウイングに部屋があるのは、あなただけじゃないから。誤解しないでね——ただ、あなたを訪ねるふりをして面会謝絶のサーローさんのところへ行くこともできるでしょう? いえ、嫌味を言っているんじゃないの——もしそうだとしたら、説明がつくんじゃないかって言いたかったの。面会できなくなる前、サーローさんが学校でいちばんよく顔を合わせていたのがスーザンでね。彼女はサーローさんの病状の悪化を心配していたの。だから、あそこにいたのは——」

「言いたいことはわかったわ」

グレイスはドアに向かった。出ていく前に、ふと思い出したように言った。「ベット、あなたの口の堅さを信じてるわ」

五分後に訪ねたスーザン・ポラードの部屋は、陽が射して暖かかった。一人で部屋にいたスーザンは枕に手をついて起き上がった。目を大きく見開き、頬がひどく赤らんでいる。

「お会いできて本当にうれしいです、ベットニー先生」彼女は率直に言った。「よろしかったら、おかけください――いいえ、そんなでこぼこの椅子じゃなくて――そちらの椅子へどうぞ。私――昨日ご迷惑をおかけしたことをお詫びして、助けていただいたお礼を言いたかったんです」

エマは微笑んだ。「そんなんじゃないのよ。偶然だったの」

「私にとっては幸運な偶然でした。怖がらせてしまいました？」

「ええ、それはもう。でも、決してショックで時間を無駄にはしなかったわよ」

二人は笑い合った。スーザンの不安げな様子に気づき、エマは心配になった。笑みを浮かべつつも眉を寄せ、言葉少なで、何かほかのことを考えているように見える。掛け布団の端を強く握ったかと思うと放し、それを何度も繰り返しながら熱い視線をエマに投げかけていた。

エマは、マルタンマス周辺の閑静な田舎の景色のことや、昼夜の寒暖の差が身体に及ぼす影響のことなど、差し障りのない話をしばらく続けた。

「具合が悪くなる前、何か私に用があったんじゃないの？」肝心なことを相手がなかなか切りださないので、とうとう自分からやんわり尋ねた。

「たいしたことじゃないんです」と、スーザンはうわずった声で早口に言った。「私があの時間にどうして東ウイングにいたのか、アラム校長が不思議がっていらしたので言っただけで。あなたがビューグルへ行って留守だとは知らなかったものですから」

「そう。それで、どんな用件だったのかしら」

「本当にたいしたことじゃありません。あなたの授業を受けている生徒が二人いますよね――ジーン・キャベルとナンシー・ベイツ。私、ジーンにバイオリンを教えているんです――専門は国語ですけど、オーペンさんの音楽も手伝っていて――できたら、月曜の午前中の授業と、午後の私とジーンのレッスンを交換していただけないかと思ったんです。あなたも私もその日はそれ以外に授業はありませんし、ナンシーも昼食後の最初の時間はちょうど空いているんです。校長は、交換できるなら教員同士の話し合いで時間割を変えてもいいと許可なさっていますし――ジーンのレッスンさえなければ、月曜は一週間で唯一、午後が自由になる日なんです。いかがでしょうか」

「かまいませんよ」と、エマはいささか驚いて答えた。彼女の時間割は空き時間がたくさんあり、いつでも簡単に調整できるのだと言いそうになったが、明らかに暇な立場にある点を不審に思われてはいけないと思い直した。そこで、代わりにこう言った。「でも、まだ安静にしていなくてはいけないでしょうから、今度の月曜はそのままでいいわね」

「いえ、その――もう大丈夫です。ご了承くださってありがとうございます。実は、ゆうべお願いに行こうとしたのは、今度の月曜のことが頭にあったからなんです。今、ブランドフォードに友人が来ていて、午後、会いに行ければと思ったので、授業を交換していただけたら都合がよくて」

「次の月曜でも、お友達はまだいるんじゃないの?」

「ええ、そうだと思います。とにかく、たいしたことじゃありません」

するとスーザンは息を吸い込み、思いきったように言った。「実は、気になっているのはそのことじゃないんです。昨日、具合が悪くなったとき、意識を失ったのはご存じですよね。どうしても確認したいことがあって――ベットニー先生、私を見つけてくださったのはどこだったんでしょうか」

「どこ?」エマはぽかんとして繰り返し、不安に駆られた。「だって、そんなの知ってるでしょう。あなた自身が校長に説明したとおり、もちろん東ウイングよ」

「ええ、わかってます。校長もそう言っていました。そうじゃなくて——どの部屋でした？」

「ああ」エマは冷静さを取り戻した。「浴室よ。寮の廊下の裏にあるバスルーム。今は近道として使えなくなって、これからはドアが施錠されることになると思うわ」

スーザンはため息をついて後ろに寄りかかり、枕に両肩を預けた。「だったらよかった。自分ではよく覚えていないんです——気がついたらこのベッドに寝ていたので。ドクターが帰ったあと、ノニーは戻ってきてくれないし、彼が来るまで私は眠っていたので、詳しいことをノニーに訊く暇がなくて——私を見つけてくれたのがあなただったと教えてくれたのはアラム校長でした。それで、あなたがどう思ったか、とても心配になってしまったんです」

「何について？」

「私、あなたの部屋で倒れたんじゃないかと思ってたんです」

エマはどきっとした。荒らされた引き出しと、衣装簞笥の中の向きの変わった箱の映像が不意に頭に浮かんだ。スーザンの真っすぐな視線を受けて、顔を赤らめているのが彼女ではなく自分だということに気づいて気まずさを覚えた。

「だけど、部屋にはたどり着かなかったのよね」と、エマは指摘した。

「いいえ、行きました。バスルームで見つけてくださったということは、戻ろうとしたところで倒れたのでしょう。あなたのお部屋へ行ってノックをしました。返事がなかったので、少しだけドアを開けて確かめたんです。そのとき最初の痛みに襲われました。それは覚えています。ドアに寄りかかって吐き気と闘いながら、なんとか耐えなければと座り込みました。そのあとのことは覚えていません——だから、あなたの部屋で倒れたのかと思ったんです」

エマはスーザンを元気づけ、彼女の目に安堵の色が浮かんだのを見てほっとした。

「具合が悪くなった原因に心当たりはあるの？」

「ドクターにも同じことを訊かれました。いいえ、ありません。ドクターにも言ったんですけど、お昼はほとんど食べませんでした。ここ一週間くらい、少し気分が優れなかったんです——でも、これほどひどくはありませんでした」

「昼食のあとは何をしてたの？」

「すぐあとですか？　もっとあとなら授業がありましたけど、二時十五分までは部屋にいて、靴下を繕ったり、寒い季節が来る前に最下級生たちが庭でやりたがっている、ちょっとした劇の配役を見直したりしていました」

「それから？」

スーザンはエマの好奇心を特に不審がらなかった。「三時まで下の学年の子たちを教えて、そのあと上級生の授業をして、お茶の前に音楽のレッスンを少しだけやりました」

「午後、何か食べたり飲んだりはした？　お茶の前に、ってことだけど」

「食べ物は口にしていません。飲み物は——結構飲みました」スーザンは素早く戸口に目をやり、すぐに視線を戻した。ドアは閉まっていた。外からは何の物音も聞こえてこなかった。「ベットニー先生、私、思うんですけど——その——ばかげた考えかもしれませんし——うまく言えないんですが、空腹で冷たい水を一気にたくさん飲むと、胃がおかしくなってしまうことってないでしょうか」

「あるかもしれないわね」と、エマは同意した。「それが原因だったと思うの？」

スーザンは下を向いて掛け布団を見つめた。「私——よくわかりません。ただ、その日何をしたかはお話しできます。ここにある水差しにほぼいっぱいに入っていた水を、授業の前に飲み干しました。覚えていらっしゃるかと思いますが、昼食の席に水があまりなかったので喉が渇いていたんです」

エマも、それは覚えていた。今のキッチンの不機嫌な状態では充分な給仕が望めるはずもなく、テーブルに水の補充がされないまま昼食が終わったのだった。

「変な味がしたように思いました」と、スーザンは続けた。「でも、近頃そういうことがよくあるので、きっと体調がよくないせいだろうと気にしなかったんです。お茶が来ても飲みたいとは思いませんでした。実は、はっきりした症状があったわけではないんですけど、そのときにはすでに気分が悪くなり始めていたんです。お茶に少しだけ口をつけましたが、何も食べていません」

倒れて発見されるどれくらい前に症状が出たのかを、エマは尋ねた。

「あなたを捜しに部屋へ行こうと思ったのが、ちょうど六時を過ぎた頃で、その直後に具合が悪くなりました」

これは重大な事実だ。エマは新聞で読んだことのある、ヒ素が関係する事件の記事から得た情報を思い出そうとした。空腹――毒の遅延作用――液体に混入されたヒ素。

本人には言わなかったが、スーザン自身はどの程度疑っているのだろう、と思った。気になることはほかにもある。スーザンが水を飲んだ水差しは、どこから持ってきたものだったのだろうか。彼女の簡単な説明では、その点が触れられていなかった。それにしても、この事件には何度も水差しが登場する。それ自体は、なんということのない無害な代物なのに。

それと、ブランドフォードが引っかかる。最近、その名をどこかで聞いた気がする――いつ、どんな状況で耳にしたのだったろう？　しばらく考えて、ようやく思い出した。リンダ・ハートが水曜の夕方に向かったのがブランドフォードだった。彼女が今もそこにいる可能性はある。二人ともミス・サーローとある程度親しかったことからすると、スーザンが月曜の午後、会いに行きたかった友人はリンダだと考えられる。訪ねようとしていたのは、本当はサーローだったと断定してもいいのではないだろうか。それとも深読みしすぎだろうか。

謎は解明されないままだったが、エマを喜ばせる確かなことが一つあった。事実だったからこそ、スーザンは罪の意識からエマの部屋の戸口にいたと言ったのだ。もし、彼女がエマの部屋を荒らした犯人で、その直後に体調を崩したのだとすれば、正直に打ち明けるのは得策ではないと考えるはずだ。エマが彼女をどこで見つけたのかを訊いたことが、まさにグレイスが最も恐れていた疑念を裏づけたと言っていい。おそらくグレイスは、スーザンの頭にあったのがサーローの部屋だったのを薄々感じていたのだ。事情を把握していなければ、エマ自身はスーザンに別の疑いをかけるところだった。

だが、昨夜発見した事実から考えても、エマの部屋にこっそり侵入したのがスーザンではないことを、彼女は確信したのだった。

第十章　グレイト・アンブロジオ

車は、公立図書館の先の駐車場で停まった。グレイスは仕事と買い物で一時間余りかかりそうだった。オーペンは図書館に本を返却しに行って新しいのを借り、そのあと美容院へ寄るというので、ありがたいことにエマには充分な時間ができた。おかげで午後は一人で、ランタンを心おきなく探ることができる。

「ベットニー先生、いつ、どこにお迎えに行けばいいですか」と、オーペンが冷ややかな目で訊いてきた。

私の行き先を勘ぐっているのかしら、と思ったエマは、後ろめたさで赤面している自分に苛立ち、つい大きな声が出てしまった。「ここでお願いします――時間は――ええと――」

「ちょっと、いいかしら」と、グレイスが割って入った。「午後、自由な時間ができたときは、急いで切り上げる必要はないと思うの。ここで四時半に待ち合わせてどこかでお茶をすることにして、それまではそれぞれゆっくり楽しむっていうのはどう?」

全員が同意した。グレイスの機転のおかげで時間に関する口実を作る手間が省けたエマは、なおさらだ。彼女は二人に向かって頷き、角の帽子屋のショーウインドウを回り込んで最新の帽子を吟味しているふりをしながら、オーペンがいなくなるのを待った。すでにグレイスはきびきびした足取りで立ち去ったあとで、あまりスタイルのよくないオープンの後ろ姿が図書館の入り口に消えるのを見届けると、エマはすぐさま急坂の本通りを渡って、一分後にはランタン交差点に着いた。

今日は陽射しが少なく、早くも十月の霧を思わせるような天気で、やや暖かい穏やかな静けさが町を包んでいた。エマは、何が待ち構えているか予測もできない通りに足を踏み入れた。道幅がとても狭いので車道と歩道の区別はなく、破れかけた旗が片方に傾いて渡されている通りは、蛇行したり急に曲がったり、そうかと思うと足音が響く小さなアーチの下をくぐったりしながら続いていた。怪しげな町角には草が芽吹き、さらに怪しげな民家が思わぬところから急に顔を出した。用水桶《おけ》を備えた家もあれば、花を植えたプランターが飾られた家もある。痩せた野良猫が屋根瓦の上で日向《ひなた》ぼっこをし、スズメがあちこちで飛び跳ねていた。傍らを走り過ぎ、家の前階段や石の上で秘密めいたゲームに興じる汚れた格好の子供たちは、ちらっとエマを見るだけで、まったくもって無関心だ。ほかにはほとんど人影はなかったが、奥まった暗がりのシンボルの玉飾りが暖かな光を放っている質屋を通り過ぎたところに、出窓のあるひなびた小さな薄暗い古本屋があり、鉛製の窓枠の奥で、店主が古書の並ぶ店内を動きまわっているのが見えた。

いつかこの店に来てみようと思いながら、戸口のワゴンに並ぶ雑多な古本を横目に、後ろ髪を引かれる思いで先へ進んだ。

迷路のような通りのため気をつけていたつもりだったが、目当てのサンクフルコートを見逃してしまったのではないかと心配になった。歩くスピードを緩め、角やアーチに書かれた町名を丹念に確認する――ホールズ、ウィリーウッズ・レンツ、コレクション街《ストリート》、ペニークイック・ロウ。警察署はまだ見えないが、本通りからそんなに遠くには来ていないはずだ。時折、本通りを通る車の音がすぐ近くに聞こえたし、アパートの隙間から乗り合いバスが走っているのも垣間見えた。

煤《すす》で汚れた煙突掃除夫が、掃除道具を手に口笛を吹きながら角から現れた。人間のいない悪鬼の世界にさまよい込んだような気分になり始めていたエマは、彼の姿にほっとした。

「すぐそこですよ」エマの問いに、掃除夫は肩越しに親指で後ろを指した。「俺も今、サンクフルコートから来たところでしてね」

エマは、掃除夫から好奇の目を向けられているような気がした。古いアーチをくぐって小さな中庭に入った。崩れかけた背の高い建物に三方を囲まれ、アーチのそばには〈フォックス・アンド・グレイプス《負け惜しみ》〉と書かれた看板を掲げた質素な居酒屋があった。看板は色褪《あ》せ、かつてはブドウ色だったと思われる、うらやましそうなキツネの顔が緑色に変色している。一見したところ袋小路のようだったが、よく見ると、これまで歩いてきた通りよりさらに狭い小道が奥に続いていた。

まさに迷路だ——全盛期には、旅行者や芸術家にとってパラダイスに感じられたに違いない。今ではただの古びた廃墟同然だが、その古さといにしえの美しさのおかげで、なんとか欠点を見逃してもらっているといった感じだった。

思いのほか家の番地がよく見えないので、エマはいったんアーチの下に戻った。中庭を歩きまわらずに六番地を見つけられないものだろうか。すると、幸運は向こうからやってきた。その場で思案していると、背後にパタパタ走る足音が聞こえ、幼い女の子が二人、鬼ごっこをしながらこちらへ近づいてきた。

「六番地はどこかしら?」というエマの急な呼びかけに、二人は足を止めた。元気のいいほうの子が勝ち誇ったようにもう一人を叩いて再び鬼ごっこが始まったが、走りだす直前、逃げ役に回った子が口に手を添えて「ペットショップ！」と教えてくれた。

エマは不安に駆られながら歩を進めた。次は何が待っているのだろう。帆船の舳先のように上階が異様に突き出した形の十四世紀の家々には、人がやっと一人、頭を出せるくらいの小さな窓が並んでいる。一階は毛深い眉毛の下の顔のように引っ込んでいてよく見えなかったが、左手の少し先にペットショップがあるのがわかった。

ウインドウにはネズミが数匹いて、そのうちの一匹はテンジクネズミと思われた。上の棚に載った横長のケージには、喉元の赤い名前のわからない小鳥たちがいる。大きく開け放たれたドアから店内に入ると、肘の近くでケージの中のリスが動きまわり、金網がカタカタ音をたてた。別の何かがエマに向かって不気味で低い間抜けな声を発し、見るとドーム形のケージの中で、グレーの体に深紅の尾のヨウムが下向きになっていた。

砂がまかれた小さな店内は、そこそこきれいにしてあるが、動物と穀物、おがくず、古い麦わらなどと暖かさとが相まって、むせ返るような臭いが充満していた。店を二分している短くて幅広のカウンターの端には、さまざまな餌の入った箱や袋が積み上げられ、そのてっぺんにサルが座って毛づくろいに没頭している。そこらじゅうからカサカサという音やドスンという鈍い音、シュルシュルとヘビが滑っているような音が耳に入ってきて、頭上のどこかから何かを擦《こす》るような甲高いコウモリの鳴き声がいきなり空気を突き刺したかと思うと、徐々に消えていった。ゴロゴロ喉を鳴らしていったん静かになったヨウムが、押し殺した声で喋りだした。「誰だい？　誰だい？　そこにいるのは誰なんだい？」

エマは鳥肌が立って、わずかに身震いした。冷たく光るたくさんの目に闇から見つめられている気がした。店の中には誰もいなかったが、二階で人が歩く気配がした。細い通路の脇に、上階へ続く階段のある暗い空間が見え、観音開きの扉が開いている。普通の店なら足を踏み鳴らしたりカウンターを叩いたりして合図するところだが、呼びもしない魔人が出てきてしまいそうで怖かった。

奥のほうで、どこかのドアが閉まる音がした。足をひきずり、丸めた肩に届くほどのぼさぼさ髪の痩せた老人が観音開きの扉から姿を現して、薄暗い店内に目を凝らしながら近づいてきた。老人は弱々しい不機嫌な声で言った。「彼は忙しいと言ったでしょう」

「あの、私——」と、エマが口を開くと、老人はカウンターに寄りかかって彼女に向かってカメのように頭を突き出した。

「ああ、すみません。さっき上へ行ったご婦人と勘違いしました。アンブローズさんとお約束のある方ですか」

「いえ、違います」と、エマは慌てて否定した。箱の上から老人の腕に飛び移ってキャッキャッと声を上げながら首にぶら下がり、眉を上げ下げしながらエマを見つめるサルに目が吸い寄せられた。

そのとき、階段の軋む音がして、帽子と上着を身につけて派手なハンドバッグを手にしたがっしりした若い女が老人の後ろから現れた。サルを見て短く悲鳴を上げ、思わずよろけながらエマの横のカウンターにもたれかかった。

「おっしゃるとおりだったわ」と、女はつっけんどんに言った。「午後は忙しいみたいね——私は土曜しか町に来られないっていうのに。二階には、ほかにお客はいなかったけど」

「ごきげんよう」と、老人があてこするように声をかけた。

女は老人からエマに目を移すと、踵《きびす》を返してドアに向かった。「こ、こ、こちらこそごきげんよう」と、スカートを引き寄せて大げさにヨウムのケージを避《よ》けながら応えた。

ヨウムが美しい調子で嘲《あざけ》るような口笛を吹いた。

エマは不安げに老人を見た。「でしたら、私は間違えたようです。アンブローズさんがお忙しいとは存じ上げなくて」占いの営業時間が記載された切り抜きをバッグから出して老人に差し出した。「ここに十一時から六時と書かれていますーーそれで、その時間内に伺ったんですけど」

老人は手に取らずに切り抜きを一瞥《いちべつ》した。エマにも彼女の用件にも関心を示さず、サルを優しく撫でながら言った。

「それは合ってますよ。二階にお上がりください。階段を上りきったら右へ曲がって目の前のドアをノックしてください。おそらく、アンブローズさんがお待ちしているのはあなたでしょうーーもし違っていたら、今は忙しいと彼のほうから言うと思います」

「でも、私のはずはありません」エマは苛立ちと困惑の混じった思いだった。謎めいた言葉を口にした張本人は、もうエマのことなど目に入らない様子で足をひきずりながら隅のケージへ歩み寄ると、サルが背中で飛び跳ねるのも気にせず、マーモセットに親しげに話しかけていた。

エマは上へ行ってみることにした。興味をそそられる状況だし、老人が間違えていて、アンブロジオが別の顧客を待っているのだとしても、彼の居場所をこの目で見れば、少なからず好奇心を満たすことができる。

カウンターを回り込んで店と観音開きの扉のあいだに敷かれた小さなマットの上に立ち、左手の、ひどく暗くて下の段しか見えない階段に目をやった。開いた扉を抜けながら奥を覗くと、壁際にピアノが置かれ、積まれた楽譜の山の上からマングースが澄んだ瞳でじっと彼女を見つめていた。

階段を上りきると、頭上には黒く塗られた巨大な剝《む》き出しの梁《はり》が渡され、段差の高い右手の階段を二段上がったところに部分的にカーテンで隠されたドアがあった。ノッカーはついていない。エマは拳で二回ドアを叩いた。「どうぞ」という返事が聞こえ、それが彼女の耳には鷹揚で柔らかな声に響いた。

恥ずかしい話だが、エマは心臓が口から飛び出しそうになっていた。感受性が強く、迷信深くないと言えば嘘になるが、それほど雰囲気にのまれるほうではない。それなのに、ドアノブに手をかけたとたん、この暗い小さな踊り場の異様な空気に圧倒されてしまったのだった。きっと、ここへ来る前にペットショップで神経を逆撫でされたせいだと自分に言い聞かせた。

中に入ると、そこは小さな正方形の部屋で、やはり大きな梁があり、天井がたわんでいた。入り口の向かいにある窓は、建物の正面にある舷窓のような小窓よりは大きく、外の空気を少しでも取り込めるように数インチ開けてあった。朽ちかけた腰羽目が部屋をぐるりと取り囲んでいるようだが、見えているのは左側だけで、その上の黄褐色の壁には大きなひび割れがあり、絵が一枚飾られていた。それ以外の三方の壁は、ゆったりした襞《ひだ》が艶やかな彫刻のように見える分厚いベルベットのカーテンで天井から床まですっぽり覆われて背後が隠れているために、部屋のバランスが奇妙で、どこか神秘的な、見たことのない奥地に迷い込んだような雰囲気を醸し出していた。窓枠の両側にもカーテンがあって、窓と天井のあいだの壁はさらに襞の多いベルベットで丁寧に覆われているので、四角い窓から射し込む光が余計にまぶしく感じられた。

室内に人の姿がなくて、エマは面食らった。カーテンの向こうに小部屋かアルコーブが隠れていて、占い師はそこにいるのかもしれない。誰かにこっそり監視されているのではないかと思い、嫌な気分になった。それ以外に、他人が入ってくるのに姿を隠す理由があるだろうか。

目につく家具といえば、水の入ったタンブラーと表紙の開いた一枚目にきれいな鉛筆書きで何かが走り書きされたメモ帳が置かれた、部屋の中央の黒いベーズ生地が掛かった小さなテーブルと、事務用椅子が二脚と、窓の下に黒いベルベットがかぶせられたチェストらしき長方形の物体があるだけだった。昔、座興でマジシャンがマジックをするのを何度も目にしたことがあるが、これほど質素で、いかにもわざとらしくしつらえられた部屋を見たのは初めてだった。

エマは、入り口とカーテンの掛かっていない壁の角に背を向ける格好で、手近にあった椅子に腰かけた。そこしか安全な場所がないような気がしたからだった。テーブルに置いたバッグの上で軽く両手を握った。本当は混乱と苛立ちでどぎまぎしていたのだが、年齢《とし》のいった独身女性らしい落ち着いた態度に見えますようにと、心の中で願っていた。アンブロジオに会ったら最初に言おうと思って用意していた冷静な言葉はどこかに飛んでしまい、ただ座って、会いに来た男が現れるのを不安と闘いながら待つしかなかった。

この時間を使って周囲を観察しないと。だが、慎重を期さなければならない。彼女の挙動は監視されているのだ。一階にいたどの動物よりも鋭い目に一挙手一投足を見つめられている気がする。詮索したい気持ちを抑えながらも、過度に無関心を装ってはいけない。この状況で求められるのは、ごく自然な好奇心だけだ。

黒いカーテンを見まわし、小部屋へのドアかアルコーブがないか探してみた。どこにも妙な出っ張りはないし、窓のある壁にも、階段があるほうにも、どうやらほかの部屋につながるドアはなさそうだ。エマが背を向けている唯一ベルベットで覆われていない壁には何もないので、残るは向かい側の壁だ。あのカーテンの後ろのどこかに、アルコーブが隠れているのかもしれない。

テーブルに視線を落としてから、メモ帳を避けて床に目をやった。すると、テーブルと窓のあいだの磨かれていない染みのついた床板の上に、わずかに残る印を見つけた。眉を寄せ、よく見ようと少し前屈みになった。女性なら、多少詮索する様子を見せても違和感は持たれないだろう。

ほとんど消えかかっているが、かなり広い範囲についている印は、チョークの跡のようだった。所どころ線が重なり、尖った箇所があって、描かれていたのは星ではないかという印象を受けた。

背後の壁に絵が掛かっていたのを思い出し、肩越しに振り向いた。そして、監視されているかもしれないことも忘れ、座ったまま身体を捩《ね》じって絵に見入った。目の粗いキャンバスは、横約二フィート、縦三、四フィートの大きさで、それよりやや大きな木製のパネルに四隅を釘で固定してあった。壁に掛かっているのではなく、羽目板の桟の上に置かれている。場違いに見える茶色の細長い厚紙が、下の縁に沿ってピンで留められていた。

誰の作品かわからないが、なんとも荒々しいタッチだ。キャンバスの中央から上の部分を占めている背景は、渦を巻く霧か煙の向こうに見える生い茂った木立ちだが、どちらなのかははっきりしなかった。不格好に曲がった枝が不気味に絡み合っている。葉のあいだには、人がダンスか祭りで浮かれているかのように肌色が輝き、顔のようなものがいくつか挑発的にのぞいていた。木立ちの中心で赤い光が燃え、そのどぎつい色が上に広がって、絵の上部はバラ色に染まっていた。

だが、それはまだ序の口だった。エマの目を惹き、絵全体に奔放な印象を与えていたのは前景だった。

作者は持てるスキルのすべてを駆使して、異様な人間の顔を描いていた。木立ちとその周辺全体が美しい黄色い髪の毛のようにも見える若い男らしきその顔は、キャンバスからこちらをじっと見つめていた。梢《こずえ》や、霧や、浮かれ騒ぐ人々の動きに筆を払うような技法で加えられたいくつもの円形が、男の頭の周りで聖人の円光が光っているような効果をもたらしていることにエマは注目した。だが、この絵の中に神聖なものは一つもない。顔は白く、端正な目鼻立ちで、口は情熱的な緋色、やや大きすぎる目は遠くから見る海のように青く底知れず、吊り上がった眉の下で、欲望と憂いが奇妙に交じり合った光を放っている。希望を捨て去り哀れみを拒絶する勝ち誇った表情がうかがえる、畏怖さえ感じさせる目だ。エマは視線を逸らすことができなかった。小さくてわずかに尖った耳や、顎のなだらかなカーブに目をやろうとするのだが、まるで催眠術にかかったように、強烈でいながらまどろんでいるようなそのまなざしに引き戻されてしまう。

絵の背景の動的な筆致から、生命力がほとばしっていた。くっきりした線で描かれた頭部は明らかに静止しているのに、この動きのない肖像画の中にあるほかの人物たちが力を表現し、その力強さこそが、作品全体にどことなく淫《みだ》らな雰囲気を与えているのだ。エマは、耐えられないほど邪悪で猥褻《わいせつ》なものの中に自分が取り込まれていくような感覚に陥った。

「どう思います?」と、静かな声が言った。

ぎくりとした気持ちをできるだけ抑えながら、エマは振り向いた。椅子の背に片手を置いて、テーブルの向こうに男が立っていた。顎を引き、厳粛な面持ちで彼女を見下ろしている。

その瞬間、超人的な背丈の人だという印象を抱いた――が、のちに思い返してみると、確かに彼は長身だが、エマはそのとき椅子に座っていたので、そこまで大きくはなかったのだった。陰鬱《いんうつ》な部屋の中で、彼の服は鮮やかな差し色の効果を果たしていた。肩から足首まで真っすぐ襞のある、大学の卒業式で着るような黒いガウンの下に、首元までファスナーで留めた長袖の深紅のシャツを着て、黒のズボンにパンプスを履いていた。きれいに髭を剃った顔はとても青白く見えるが、もしかすると赤と黒の服がその青白さを強調しているのかもしれない。髪は鉄灰色にきらめき、若い頃は髪の毛よりも黒かったのではないかと思われる銀色がかった黒い眉の下で青い目が冷たく輝いている。ややくぼんだ頰とほっそりした顎。禁欲と情熱が混ざり合って、状況によって寛大にも厳格にもなりそうな、心乱される口元。これまで見た誰よりもハンサムだと、エマは思った。

「私の絵はお気に召しましたか？」と優しく言いながら、彼は椅子を引いて座り、大きくて細い両の手のひらをテーブルの上に乗せた。

エマは、重大な決断の縁に立たされている切迫感を覚えた。この人物に心を開いて、ありのままの自分になって本心を打ち明け、ミス・サーローの謎から抜け出せる見込みを占ってもらって解放されるか、それとも、ほかの人たちの前でしているように、彼に対しても気が弱くて自分勝手な思い違いをしがちな、取るに足らない少々愚かなオールドミスの役を演じるか。そうすれば、彼が油断する隙を与えられる可能性もある。だが、世の中をそれなりに知っているエマは、水晶占いなどをする人たちの中には、不思議な能力を持った人がいるかもしれないと思わないでもなかった。彼女がいくら装っても、グレイト・アンブロジオに正体を見抜かれてしまう恐れもある。でも、もしそうではなかったら？　彼がただのイカサマ師だったとしたら？　やはりここは、そう仮定して行動するのが妥当だろう。

「とても素晴らしいですわ」エマは息を吐いて、目を上げた。「こんな作品には出会ったことがありません」本当のことだったが、どうにでも取れる言葉だった。「誰――その、作者はどなたなんです

「私が描きました」温もりのある親しげな興味を示す表情で、首を少し傾《かし》げてこちらを見ている男が、か」

エマの目には魅力的に映った。自分こそが、彼が待ってくれていた顧客なのではないかという気がしてくる。

「まあ――なんてすてきな――ええと、その――お名前は――」

「アンブローズと呼んでください」と、彼は相変わらず穏やかなリラックスした口調で言った。「以前いたところでは、顧客が神秘的なものを好みましてね――エドワード・アンブローズより、グレイト・アンブロジオのほうが彼らの悩みには効果があったんですよ」――小ばかにするように、わずかに口元を歪めた――「だから、その名を名乗り続けているんです。アンブロジオというのが何者か、ご存じですか」

エマは驚いて首を振った。「いいえ、まったく。ええと――ただの職業上のお名前かと」

奇妙なことに、彼はそれには応えなかった。絵を見上げて厳しい顔つきになった。不意にエマの脳裏に、フラッグ夫人の下宿のダイニングにある食器棚の上に掛かっていた『騎士の徹夜の祈り』の複製画が浮かんだ。彼の横顔とそこにうかがえる崇敬の念がその絵を思い出させたのだろうが、目と口元は、十字軍兵士のものとは程遠かった。

「どういう意味ですの？」と、素早く息をついて言った。「この肖像画のモデルはどなたですか？なんて素晴らしい色彩でしょう！　彼の後ろの人たちは何をしているんです？　象徴かなにかなんですか？」

彼女に目を戻したアンブロジオの表情は緩んでいた。「この人物が誰で、どうしてこんな不気味な人たちと一緒になったのか、この絵にどんな意味があるのかを今お話しするのは難しいですね。この世界——無知で未熟な世界——には、彼の話を受け入れるのはまだ無理です。ですから、あなたのお耳を疲れさせるのはやめておきましょう。でも、そうですね——象徴と呼びましょう。あなたの受け取り方は、とても前向きだ。いうなれば、力の象徴《パワー》——ほとんど手つかずの力、われわれ一人一人の中に眠っている力、永遠にないがしろにするわけにはいかない、強く美しい潜在能力です」後半、朗々とした調子になった声が、再び会話口調に戻った。「こんな話、退屈ですよね」

「いいえ、全然」エマは内心ドキドキしながら当惑した顔を装った。「傑作だと思います——本当に興味深くて——とても——その——正直言って、少し恐ろしい感じもします。ひょっとして、これは未来派の作品と言っていいんでしょうか」

「ええ、まさに未来派です」と答えて、アンブロジオは太い声で短く笑った。

「でも」と、エマはおそるおそる言った。「下の縁にある厚紙——それが目を引いて、作品の効果を損なっているように思いませんか?」

アンブロジオは鋭い目で彼女を見てから、「画家の謙遜ですよ」と微笑んだ。「しかし、われわれは時間を無駄にしています——特にあなたのね。つたない画力に関心を示してくださって、私はうれしいですが」

エマは顔を赤らめた。「私が伺ったのは——ええと——手相を占っていただきたくて——」

「喜んで」と言いながらも、仮面のように無表情な顔からは本心はわからなかった。急に疲れたようにも見えた。「水晶占いもいかがですか。手相より面白くて、すぐに役立つことが多いんですよ」

「ええ——お願いします」水晶占いは、昔からエマの心を躍らせた。

ハンドバッグと手袋を脇へ押しやり、手のひらを上に両手を差し出して、掌線がくっきり見えるように力を緩めた。アンブロジオは手には触れず、まず彼女の顔を見た。

「手相を占ってもらったことがあるんですね」それは質問ではなく断定だった。

「ええ、そうなんです」エマはぎこちなく笑った。「それって――おわかりになるんですか」

「わかります。あなたは言われる前から手のひらをわずかにくぼませた。たいていの人はピンと張って、占いに大切な線を伸ばしてしまうんですよ」

エマは、あまり頭がいいと思われたくなかった。そこで、今の失敗を取り返そうと、何食わぬ顔で頭脳線と感情線と生命線がどれなのかを尋ね、いつもわからなくなってしまうのだと言った。

アンブロジオはあからさまな不信感は見せずに、微かに眉を寄せてエマをじっと見た。いくらなんでも愚かなふりをしすぎただろうか。演技をしながらの駆け引きは、なんて疲れるのだろう……。彼は、エマに触れるのは気乗りがしないとでもいうように、自分の手を見せて三本の線を指し示した。

「ここにあるのが丘です――私のは太陽丘、あなたの場合は木星丘が最も盛り上がっていますよね。それは深い信仰心を表します――が、正統な信仰とはかぎりません」

自分の手のひらを指すのをやめ、組んだ手をテーブルに置いて、冷静な表情でエマの手相を観察した。あまりにも長いこと黙っているので、彼女の人生の話をでっち上げるというより、自分の考え事に耽《ふけ》っているのかと思った。象牙に彫られたような動かない瞼《まぶた》と口元からは何も読み取れない。エマは周囲に視線をさまよわせたが、絵は背後にあり、テーブルの上のいくつかの品以外に気を紛らせるものはなかった。明らかに、頭を空っぽにさせて余計な考えを持たないよう意図してつくられた間合いで、精神科医が使う手法だ。

エマの目が、アンブロジオの肘元にある開いたメモ帳の上に留まった。薄く走り書きされた文字を初めはぼんやりと見ていたのだが、そのうちに眉を寄せた。逆さから読む言葉が頭の中で意味を成し始めたとき、アンブロジオが口を開いた。

「私が手相から読み取ったことをお話しする際は、口を挟まないでください。話の途中で間《ま》があっても、肯定したり否定したりしてはいけません。占い師の中には」――声が尊大さを帯びた――「依頼人がおのずと『はい』とか『いいえ』と呟いてしまうように、わざと言葉を切る者もいます。そういうちょっとしたひと言の中に、どれだけの情報が含まれていることか――それでは本当の解釈とは呼べない！『はい』や『いいえ』から、あなたの人生が透けて見えてしまうのです。それこそ、似非《えせ》占い師がそれらしく見せるために、なんとしても拾い上げようとする情報です。私には、そういった情報は必要ありません。ですから、どうぞ静かにしていてください」

依頼者からうまく引き出した情報を、時間をかけて神託のように告げては高い料金を取るやり方に慣れていたエマにとって、これは新たな手法だった。従来の手法を暴露することで先手を打つ大胆さはたいしたものだ。彼女は黙っていた。

やがて、アンブロジオは窓のほうへ目をやって再び話しだした。

「あなたは生活を維持するために苦労してきましたね――後半の人生では特にそのようです。ごく最近――ここ一か月以内だと思いますが――多少のリスクを伴う二つの選択肢を前に決断しなければならなかった。その選択にはあなたの将来がかかっていました。そしてあなたは片方を選び、今はそこに運命を委ねています。ここからの半年間は、あなたの人生にとって最も重要な時期です。これまではキャリアを積むのに主に女性に助けられてきました――今後は男性の影響力が支配的になるでしょう。ある男性の人間性に衝撃を受けたら、その感情に従ったほうがいい。はっきり言うと、そうするべきです。あなた自身の幸せと、ほかの人たちの将来の幸福が、その人物と進んで協力することにかかっているからです――これはきわめて重要なことです」アンブロジオは顔の筋肉一つ動かさず、話している内容にはあまり興味のない様子で、吟味するかのように自分の爪を触った。

「私がこの点を強調するのは、せっかく用意された運命の成就を、あなたの性格が妨げるかもしれないからです。通常の人間関係においては、あなたは非常に――柔軟性があります。しかし、この件についてては別です。それほど重要ではない事に対しては従順ですが、本当に重要な事柄と真剣に向き合う機会がほとんどないので、従順さが自分の人格の主要な要素だと思っているのです。しかし、それは重要な要素などではありません。大いなる抵抗力、多くのものを見ることができるのに、それに抗《あらが》おうとする頑固さをあなたは持っています――そう、そうやって人間は――台無しにしてしまうのです。いったん義務感が湧き上がると、自分のことも、あなたが正しいと信じるものに反する自己表現をする人のことも否定しかねません。あなたと言っていることに注目してください。なぜなら、あなたには潜在的に、倫理的な基準を普遍的なものにしようとする危険な人々と同じ傾向があるからです――自分と違う価値観を持つ人間もいるということを認めようとしない。わかりますか」

「ええ――なんとなく」エマは、困難な計画や演じようとしている役割が、やる前から剝ぎ取られていくような気がしてきた。「つまり、強情っぱりということですよね――前にもそう言われたことがあります」

アンブロジオは軽く手を動かした。「それは、私の解釈の正確性を損なう表現です。その無骨な言葉には心地よい響きがまったくありません――意見を曲げないあなたのやり方には、微笑ましく善良な面も見られます。しかし、ここに不測の事態の予兆が出ています」——エマの手の代わりに自分の手のひらを叩いてみせた——「抵抗は害を及ぼすとなっています。これから起きることを素直に受け入れることです——そうすれば、その先に幸福が待っているでしょう」

エマはうろたえた。「でも——だったら——出ているんですよね——」顔が火照った。「その、手相には、私がその影響力に違和感を覚えるだろうと——それに抵抗したがるだろうって出ているんじゃありませんの？」

「いいえ、違います」と優しく答えたが、驚いたことに彼の額には汗がにじんでいた。「そういうわけではありません。ただ、ご存じのとおり手相には性格が表れるものです。手相を学んだ者にははっきりとわかります。そして、あなたの性格からは、もたらされるはずの幸せを拒絶するかもしれないと読み取れるのです。そうすべきではない——それだけです」

「そんなことをしたがる人はいませんわ」と、エマは率直に言った。「でも、幸せは時に思わぬ姿をして現れます。それがいいものだとどうしたらわかるのですか」

「詳しいことまではわかりません——水晶が助けになるかもしれません。ですが、その時が来れば、間違う可能性は低いと思います。提案は簡単な形で目の前に現れるでしょう」

「それを直ちに受け入れるべきなんでしょうか」

「もし、幸せになりたいのなら——」

「その後いつまでも」と、ささやくように言葉を締めくくってから、驚いたようなアンブロジオの顔を見て小さく笑った。「物語の最後には、この言葉がつきものじゃありません？」

「確かに」アンブロジオの声が冷ややかになり、急に普通の手相占いのように話し始めた。それからの十分間、彼はエマの健康や富、仕事などについて機械的に説明した。

「物質的な境遇においても向上する見込みはあまりなさそうです——架空の夢として終わる可能性が高いでしょう。常に、どちらかといえば貧しい暮らしが続くと思います。しかし」不意に彼の瞳に最初に見せた親しげな関心が戻り、優しく言い添えた。「貧しいわれわれに恐れるものなどありません。愛、友情、あらゆる人間関係は、金銭的な興味から生まれるものではないからです。他人にどう見られているかを知らず、自分自身と財産との区別がつかない金持ちよりも、われわれは豊かなのです」アンブロジオはテーブルを覆うクロスをしげしげと見つめた。「あなたはずっと、自分のためだけに愛されるでしょう」

「まあ」エマは忍び笑いをしながらも真面目に言った。「そう願いたいですわ。実を言うと、昔からそれしか考えていませんでした」

アンブロジオは応えなかった。エマの肘が動き、バッグがテーブルの端に数インチ近づいた。それが当たってタンブラーがひっくり返り、黒いテーブルクロスに水が勢いよくこぼれた。

「あら——すみません!」エマは広がっていく水を慌ててハンカチで叩いたが、その程度ではとても間に合わなかった。「私ったら、何をやってるのかしら——まあ、どうしましょう!」

アンブロジオは、どうということはないからとエマをなだめ、彼女が自分の持ち物を拾い上げているあいだにタンブラーとメモ帳をテーブルから取り除いた。濡れた布を手に取って窓のところへ持っていき、窓を大きく開けてちらっと下を見てから、外に向かって布を振った。エマは初めて彼が積極的に行動するのを見ることができた。猫のように素早い軽やかな動きだった。

テーブルに戻る代わりに、アンブロジオは開き窓を閉めてタンブラーとメモ帳と布を、覆いの掛かったチェストの上に置き、窓の両側のベルベットのカーテンを引き寄せた。すると、それまで明るかった窓からは、ほんの数インチの細さの光しか入らなくなった。

「明るすぎると水晶にはよくないんですよ」戻ってきて手際よく布と閉じたメモ帳を肘元に整え、空のタンブラーをそのそばに置いた。「次は水晶で占ってみましょう」

アンブロジオは再び窓の下のチェストに向かった。覆いを取って蓋を開けると、健全な昼の光がほんの少ししか入らなくなり、エマの目にはあらためて部屋の様子が気味悪く映った。消すことのできない暗闇に、光が剣のように細く射し込んでいる。

意図的に暗くしているのだ、とエマは思った。ベルベットのカーテンを引かなければ、こんなに暗くはならない。意図的……故意に、光ではなく闇を選んでいる。エマは、あえて絵のほうを振り向かないようにした。

アンブロジオは黒い布で覆われた水晶をテーブルの上に置いた。すぐには覆いを外さず、水晶のカーブに指を這わせて両手を軽く布の上に広げた。ほの暗さの中で顔と手が奇妙に白く光り、まなざしは一点を見つめていた。

「あなたは今、トラブルに巻き込まれています」と、低い声で言った。「そうじゃありませんか?」

「はい」と、エマは認め、危険な賭けに出た。「あの――友人が病気なんです。私の住んでいるところに重病人がいるんです」

アンブロジオはおもむろに首を振った。「あなたは不必要に自分を苛立たせています。すべてうまくいきます。後悔する方向に足を踏み出さないことが大切です」

今後どうすべきかはっきりした考えがなかったエマには、奇妙なアドバイスに思えた。そこに脅しのようなニュアンスがあるように思うのは気のせいだろうか。「残念ながら、私にはたいしてできることがないんです」アンブロジオに揺さぶりをかけたいという思いから、とっさにこう付け加えた。「ドクターがきちんと診てくださっていますし、今は二人の看護婦が昼夜交代して付き添っていますから」

「その人は快復する運命にありますから、たとえ彼らが殺そうと思ったってできません」と、彼は言った。エマは鼻であしらわれているような気がした。「あなたも、あなたの家にいるほかの人たちも、何も心配する必要はありません。あなた方のいる場所に、いずれ死は訪れるでしょう――死神がやってくるのが見えます――ですが、それは暴力的なものではなく、通常の訪れ方のはずです」

エマは口を開きかけたが、思い直して黙ったままでいた。

アンブロジオが、水晶を覆っていた布をさっと取り去った。がらんとした部屋の中で一条の光を受け、水晶は柔らかな輝きを放った。若い頃、水晶はたくさん見たが、これほど大きいのは初めてだった。アンブロジオはそれを両手で大事そうに取り上げると、滑らかな底の曲線に沿って指を広げ、そっと回転させた。彼自身は、窓から射す光の外側に座って暗がりに溶け込んでいた。暗さのせいで顔はよく見えなかったが、両手をくっきり照らす細い光の筋が異様なほど手の白さを浮き立たせ、水晶の中心を炎のように赤く染めていた。

アンブロジオがエマの前に水晶を差し出した。「二、三分、これを持っていてもらえますか。何も考えずに」

エマは、彼がしたように手のひらを丸くして水晶を持った。重いうえに、ひどく冷たい。アンブロジオはエマにじっくり観察する暇を与えず、関係のない簡単な会話にすぐに彼女を引き込んだ。本人の言うとおり、依頼者の考えを吸い取ろうとするほかの占い師たちとは一線を画している、とエマは思った。占いのヒントになりそうな話題をわざと避けている。

準備が整うと彼は黙って水晶を受け取り、少しのあいだ何も言わずに頭をやや下に向けてじっと見つめた。ようやく口を開いたとき、その声は不思議な響きを帯びていた。彼自身か、それともエマが住んでいない四次元の世界の見えない相手と語り合っているかのようだった。

「部屋が見えます――たくさんの部屋だ――部屋のあいだの通路は入り組んでいる。そのすべての通路が、ある一つの部屋につながっています。雑然として芸術性のかけらもない――だがそこには、部屋に彩りを添える精神の持ち主が住んでいる……ほかの人たちの人生に奇妙な力を及ぼす人生絵巻が広がっているのが見えます――繊細で神秘的な、直接的に感じるのではない力。意図せずに邪悪なもののために――あくまでも、人間が言うところの悪のためにはたらいてしまう力。なぜなら、悪と善それ自体は取るに足らないものであって、充実した人生を実現する、力を実現する手段にすぎないからです。力――パ、ワ、ー……」

声が嗄《しゃが》れたささやきに変わった。エマは背筋が寒くなって、落ち着かない気分に陥った。少しでも動くと、ばつが悪くなるほど椅子が軋んだが、アンブロジオは気にも留めなかった。

「闇――暗闇――そして死――それが人々の人生の扉を開くのです。葬列が建物を出発し、石の遺跡を通り、木々や草のあいだを風が吹き抜ける……あなたはその葬列の仲間ではない――ですが、その場にいるのです。目の前を通り過ぎる人たちを見ている……再び暗闇が渦巻いています。雲がなくならないとこの先は見えない。雲が消えていきます――水のそばに灰色の高い建物があります。流れる水……ここに……」アンブロジオは口ごもって水晶を回した。彼の吐息が聞こえた。「ここに何かが見えます――敵意だ」と、ささやく。「はっきりとはわかりません――あなたは急いでその建物に向かっています――この建物は別の町にある――ぐずぐずしている暇はない。土はすべてを覆う。しかし、あなたは――あなたは――あなたは――」アンブロジオは身体の奥底から絞り出すような大声を出した。エマはすっかり怖くなり、自分でもよくわからない感情に困惑しながらその声を聞いていた。

テーブルに無造作に置かれていた布に水晶を戻して手を離し、アンブロジオは椅子の背に身を預けた。エマは彼の視線を感じた。

「興味深かったですか？」アンブロジオが静かに訊いた。「映像が消えると思い出せなくなるんですよ」と、低い声で愛想よく笑った。「ヒポクラテスの誓い――そんなものは、われわれのような千里眼を持つ者には必要ありません。本物の能力者ならば、鑑定が終わると同時にヴィジョンが溶けて、すべての秘密は消散するのです……。本当に面白かったですか？　時に私は支離滅裂になることがあるんですが」

「よくわかりませんでした」決して演技ではなく、震えながら両手を握り締めた。「でも――とても興味深かったですわ。ただ私には――少し不吉な感じに聞こえました」

「あなたには？」アンブロジオが鋭い視線を投げかけた。なぜ、そこを強調したのか、エマは不思議に思った。「そんなことはありません。救いはあなたの意志の中にあります。手相と水晶は同じことを言っているのです――自分自身をよく見つめてみてください。どちらか一方だけを受け取ってはいけません。両方の解釈に耳を傾けるのです」

「はい、わかりました」

「あなたも見てみますか？」アンブロジオはエマのほうに水晶を押し出した。「私がしたとおりにやってみましょう――両手で水晶を温めてください。あなたの生命をその中に吹き込むのです――ですが、思考を注いではいけません。できるかぎり頭の中を空にして身体をリラックスさせてください――怖がることはありません。見えたものをすべて記憶してください――何が見えるかはわかりません――必然的な運命というより、警告のようなものです。われわれのレベルであれば、用心すればたいてい罰は避けられます――そして、われわれがぼんやりとしか理解していないパワーは実に慈悲深いものです」

エマは水晶を両手で持ち、よく見るやり方で撫でてみた。光の屈折のせいだと思うが、炎のような不思議な輝きが見える。水晶を見つめていても、テーブルを挟んでアンブロジオが彼女に覆いかぶさるように立ち上がるのがわかった。詠唱するかのように抑揚をつけて、低い声で長く呟いている。目の端で黒いものが動いた。彼が両手を広げ、ガウンの袖をコウモリの翼のように広げたのだ。

エマはあえて目を上げなかった。上げるわけにはいかなかった。ここまできたらやり遂げなくてはならない。今まで気づかなかったが、この部屋はなんて寒くて息苦しいのだろう。窓が閉まっているうえに暗幕に覆われているのだから、もっと暑くてもおかしくないのに、そうではなかった。井戸のように冷たくて湿っていて――まるで遺体安置所のようだ。エマは身震いした……。

自分が置かれた状況とアンブロジオの意図が何なのかを考えるのに必死で、目の前のことに集中できなかった。水晶に反応が現れないのも当然だ。懸命に見つめたが、赤から金色、そしてピンクがかったグレーと目まぐるしく変わる色が中心に見えるだけだった。美しく魅惑的だったが、エマが期待しているのは映像だ……。

異変が起き始めた――部屋でも水晶でもない。水晶が脈打つ巨大な火の玉に膨れ上がったかと思うと、輝く球体はいきなり収縮し、すべての光が真っ暗な闇の中に吸い込まれていった。どんどん縮んで、炎は消え、ピンの先ほどのただの小さなガラス玉になった。すると再び膨れ、また萎《しぼ》んでいく……。

水晶が変化しているのではない。エマ自身に何かが起きているのだ。それは部屋の外で起きていた。彼女はつまずきながら必死に走っているのだが、なかなか前に進まない。足を取られ、身体が思うように動かず、胸がひどく苦しくて、時間だけが刻々と過ぎていく。行く手のどこかに救いがあるはずだ――「流れる水のそば」と繰り返す自分の声が聞こえる。どうにか集中して意識を室内に戻すと、両手に持った水晶は氷のように冷たく、最後のまばゆい光が目の前を横切ったとき、見覚えのあるずんぐりした四角い塔が見えた。

その場所を特定する前に、射し込んできた陽の光を浴びてエマはまばたきをした。アンブロジオが窓辺に立っていて、カーテンを引き窓を大きく開いた。気持ちのいい風が吹き込んできた。軽い眩暈《めまい》がする以外、気分の落ち着いたエマは、この機会を利用することにした。

テーブルにもたれかかって弱々しい声を出した。「まあ――ごめんなさい――一瞬、気を失いかけてしまって。大丈夫です――ちょっと待てば――水が飲みたいわ。少しでいいので、お水をいただけませんか」

狼狽したエマの口調にアンブロジオが振り向いた。何やら呟きながら急ぎ足で戻ってきてタンブラーに手を伸ばしたが、空になっていたことを思い出し、もどかしそうに手に取って絵画とは反対側の、ベルベットが掛かった壁に向かった。厚い布の一部を開けてその向こうに姿を消したが、今回はドアの開く音がはっきり聞こえた。

エマは時間を無駄にしなかった。気絶しかけたというのは演技だった。心臓が喉から飛び出そうなほど激しく脈打っている。本当に気を失ったわけではなかった——彼女の年齢なら気が遠くなるふりをするのはたやすいし、自分では経験がなくても、そうなった人を一度ならず見たことがある。彼女の演技が、アンブロジオの目には本物に映ったはずだという自信があった。怖いのは、今この瞬間も、どこかから見られているかもしれない危険性だった。急がなければならない。

すかさず手を伸ばしてメモ帳を引き寄せた。アンブロジオが戻ってくる前に確かめたいことがあった。震える指で表紙をめくり、走り書きを注視する。やはりそうだ。思ったとおりだった。ためらいも良心の呵責《かしゃく》もなく、彼女はそのページを破り取った。大きな破れ目に、恐怖で背筋が凍った。だが、とにかく手に入れたのだ。再び表紙を閉じて、アンブロジオの右側の元あった場所に押し戻した。そして、たった今気が遠くなったかのように椅子に沈み込んでテーブルからバッグを取り、紙きれを押し込んだ。バッグを閉じる前にアンブロジオが戻ってきた。彼が見たときには、エマはバッグの中からハンカチを取り出して目と口を拭っていた。

アンブロジオは心配して優しく接してくれたが、そばに立って水を手渡す彼の佇《たたず》まいとひらひらしたガウンは、獲物に向かって急降下する猛禽《もうきん》類を思わせた。

「啓示が」と、彼が言った。「おそらく強すぎたのでしょうね。何が見えたのか、ぜひ今度聞かせてください」

「いえ、そうでもありませんでした。そういうのではないんです」水を飲めたのが思った以上にありがたく、自分の頬の白さに感謝しながら、エマは小声で正直に言った。「暗くて——そして、その——閉ざされた雰囲気だったように思います」

「ああ、なるほど。暗闇ですか」彼女から飲み終わったタンブラーを受け取るアンブロジオの声は穏やかだった。「暗闇はわれわれにもまだよく理解できていないんです……パワーが解放されたときにはね」

エマは震えながら立ち上がってバッグを開けた。「私――よく知らないんですけど」と、うわの空で呟いた。「相談料は――」

アンブロジオは神のように超然と彼女を見下ろした。「一回目の相談には料金は発生しません。あなたは戻ってくる――何度もね。そのときにご自分で決めてください」

エマは抗議するように落ち着かない様子を見せたが、彼は意に介さなかった。笑みを浮かべて彼女を見下ろす顔は、能面のように白い。おずおずと目を合わせたエマは再び頬を赤く染め、自分でも内心驚いたのだが、信じやすいオールドミスという役を見事にやり遂げた自信があった。アンブロジオが絵に近づいて、下部を隠している厚紙を留めたピンを外し始めたときには、彼女の大胆な武勇への正当な報酬だと思った。

「画家の秘密を共有していただいてもかまわないでしょう」彼は愉《たの》しげに言いながら厚紙を取り去った。

間隔のあいた二インチほどの大きさの深紅の文字がエマの目に飛び込んできた。「アバドン」――。赤い文字は強烈なインパクトを放っていた。赤い色を見ると、いつも動悸が激しくなってたじろいでしまう。身動きせずに顔色を変えないよう努め、すぐに気持ちを立て直した。

「なんて大胆なサインなんでしょう！」と、茶化すような声を上げた。

アンブロジオは何も言わなかった。ちらっと目をやると、彼の顔に奇妙な興奮の色が浮かんでいた。

エマのことはすっかり忘れているようだった。自分自身の情熱を満足させるためだけに、彼にしかわからない衝動からタイトルを隠していた厚紙を剝がしたのだ。その目を見れば、エマのことなど眼中にないのは明らかだった。

が、次の瞬間、彼は丁重にエマをドアまで案内した。その態度は類を見ないほど思いやりに満ち、細かな心配りが感じられた。

「またいらしてくださいますよね――できるだけ早く。水晶は女性のように移り気で気まぐれなんですよ」と、愛撫するような優しい声で笑った。「毎日、ひょっとすると毎時間、変化するかもしれません」

「ええ、もちろんです」程よい熱心さがこもるように気をつけながら、エマは静かに言った。「必ずもう一度伺いますわ。あの――今日は無料で見ていただいてありがとうございました――私――」きまりが悪くなって口ごもった。

アンブロジオはエマのためにドアを開け、軽く屈んで彼女の手首をぽんぽんと叩いた。ここへ来てから彼に触れられたのは初めてだった。

「あなたと私のあいだで、そんな遠慮はなしです」と、彼はわざとらしく大胆な物言いをした。

エマの心臓の鼓動がますます速くなった。メモ帳から破り取った紙切れがバッグに押し込んであるということが頭にあって、一刻も早くこの場から立ち去りたくて仕方なかった。

「一階の動物たちのことは怖くないですよね？」と、アンブロジオが尋ねた。「依頼人の中には気にする人もいるんですが」

「いいえ、それほどでは」と、曖昧に答えた。「危険なものはいないんでしょう？」

「二、三匹、ヘビがいると思いますが、老人が安全に管理しています」

エマは身震いした。「そうであってほしいですわ。ヘビって——とても気味が悪いと思いません？ヘビを見ると、ぞっとするんです」踊り場への階段を下りる彼女に親切に手を貸しながら、アンブロジオは微笑んだ。

「私の威信を増大させてくれるかもしれませんけどね。ヘビは神託に関わる生き物ですから」

階段の上に立つ彼から離れ、エマは片側についている手すりを手探りでつかんで、真っ暗な階段を慎重に下り始めた。

ゆっくり進んでいる途中で、ふと何かを感じて一瞬後ろを振り向いた。

グレイト・アンブロジオはまだ階段の上に立っていた。だが今、エマを見つめるその顔には、激しい嫌悪の表情が浮かんでいた。

第十一章　風が起こる

聖ミカエル祭の前夜、風が起こり、セント・マーティン・バイ・ザ・ブルック教会周辺の広範囲に突風が吹き荒れた。廊下が入り組んでいるマルタンマスの校舎内にも風が吹き込み、あちこちで大きな音をたてていた。ドアは苦しそうに軋んだかと思うと、小さくぶつかるような音を出してさらに不安を煽り、煙突からは太い反響音が聞こえ、霊的な手に叩かれているかのように窓がガタガタ鳴り、廊下は静かな長いため息を吐き、マットが飛んで床を叩きつけ、階段の窓の外に植えられたシカモアカエデの枝は物悲しい音をたてながらガラスを撫でた。

「神経を逆撫でされるわ」スウェイン看護婦は、先の長い夜を思ってもどかしそうに呟いた。ミス・サーローが急に目を覚まして猫のように怒った声を上げたので、神経が静まりようもなかった。

寮母のノーナ・ディーキンは寮と病棟の前の廊下を夜の見回りで歩きながら、隙間風に吹かれつつ、各部屋のドアから頭を突っ込んで陽気に「おやすみ」と声をかけていた。その一方で、頭の中ではボールドが評判どおり腕の立つ医師なのかどうかをしきりに考えていた。まあ、それを証明する機会はすでに与えてあるのだが……。

スーザン・ポラードは煌々《こうこう》と明かりを灯した部屋で、ベッド脇にあった水差しに手を伸ばした。それは、昨日あったものとは違う水差しだった。喉の奥で激しく鼓動が脈打った……。風が廊下を通り抜けて鍵穴から吹き込む。スーザンは水を注がずに手を引っ込めた。

寮では生徒たちが寝返りを打ちながら布団で耳をふさぎ、外のうっとうしい物音に苛立っていた。天気がよければするはずだったテニスやピクニックやヒマラヤスギの下での授業にそっとさよならを告げ、クリスマスまでの土曜日があと何日あるか数えながら眠りに就いた。

一方、夢遊病を患っているドリー・フィンチは、しっかり目を開けて一人サナトリウムにいた。光の弱い常夜灯のせいで辺りの不気味さが増していた。風でうるさく鳴る窓も、建物内で起きているさまざまな音も怖くて仕方がない。頭のすぐ後ろで、ささやき声が聞こえる気がする。七月に雷雨が一晩中吹き荒れた日、オーペン先生が六年生に話してくれた内容は何だっただろう？　確か、風が起きたときは魔女が外にいるのだと言った……魔女は風を起こせる……風は不吉の象徴だ——悪霊……。魔女——魔術——東ウイングにいる老女。彼女は叫び声を上げるだろう——絶対にそうだ。ドリーはつかんだ掛け布団を口元に引き上げてくわえた。布団の端から覗くすべすべした顔は青ざめていた。

暗幕カーテンを揺らし、煙突から身震いするような突風が吹き込んできたが、エマを怖がらせたのは強風ではなかった。時折机が揺れるほどの風が校舎に吹きつけているものの、正体がわかっているので、そのために眠れないわけではない。それなのに彼女は、背筋の凍るような深い恐怖に襲われていた。

マルタンマスに来てから、自分がそこに織り込まれた一本の糸のように感じたのは二度目だった。一度目は、目的はわからないが部屋を荒らされ、グレイト・アンブロジオの広告がポケットに入っていたときだ。そして次は、アンブロジオの部屋でメモ帳に書かれた文字を見つけたとき。それを手に入れるのに、どれほど危険を冒したことか！　だが、持っているのも厄介だ。そのために、さらなる危険を承知で再び彼のもとを訪ねることになるかもしれない。アンブロジオがメモ帳の一ページがなくなったことに気づかないとは思えない。気づいたなら、誰が持ち去ったか見当がつくだろう。

とはいえ、確かにそれも恐ろしいには違いないが、彼女が発見した内容から這い上がってくる言いようのない恐怖に比べれば、小さくて断続的なものだった。メモ帳のページを持ち去ったことよりも、それを見つけたことのほうがずっと意義深い。しかし、エマの疑念は恐怖とともに恥じる気持ちも掻き立てた。きっと、眠れない夜じゅう彼女を苛み続ける疑いを晴らす、別の解釈があるはずだ。だが、新たな推理を組み立てようとすると同じところに立ち返る羽目になり、再び振り出しに戻ってしまうのだった。

翌日の日曜は、どんよりと曇って風が強かった。その日は、重要な意味を持つことになるグレイスとミス・ワンドの口論から始まるという不穏な一日となった。珍しい口論に興奮したノーナ・ディーキンが、朝食後にエマに一部始終を話して聞かせた。

「今朝打ち上がった花火、聞いた?」これみよがしにウインクをしながら、ノニーが尋ねた。

「いいえ、全然」と、エマは純粋に驚いて答えた。ひどい夜だったにもかかわらず、ビューグル周辺に訪れた夜明けとともに寝入ってしまったのか、それとも十一月を待てずに寮生たちが気の早いお祝いをしたのを見逃してしまったのだろうか。「どこで? 誰がやっていたの?」

ノニーがクスクス笑った。「ただの内輪揉めよ。アダム校長とワンドさんのね。あの二人が、どうしてあんなにカッカしたのかは知らないけど。教会に行く行かないで揉めてたみたい。二人ともすごい剣幕だったわ」

「まあ」エマは、ぼんやりと言った。「聞こえなかったわ。私の部屋はちょっと奥まってるし、西ウイングからは遠いから」

「そりゃあ、そうよね――それに、こっちはこっちで騒がしいものね」ノニーはうんざりした顔をした。「でも、向こうではね、誰もが部屋で満ち足りておとなしくしていたわけじゃないの。全然違うのよ。木曜日にワンディーは心臓の調子が悪かったんだけど、もうすっかり元気になったと思ったらしくて。それで、今朝、教会に行くって言いだして、校長が止めたの――上り坂があるから危険だって。そうしたら、口論に発展してしまってね」

「確かに、坂道を上るのは賢明とは言えない気はするけど。ほかに教会へ行く道はないの？」

「遠回りをすれば行けるけど――でも三倍も遠いの。年寄りのワンディーには無理ね」

「車は？」教会へ行くことに熱心なエマには、ワンドの気持ちがよくわかった。

「あら、いやだ」ノニーは驚いた表情をした。「ガソリン代がかかるじゃない――それに、あのワンディーときたら……」

エマは、言葉の端に小ばかにしているような嫌な響きを感じた。「ワンドさんが何だっていうの？」と、きっぱりした口調で言った。「病気の老婦人だという以外に、何かあるわけ？」

ノニーは恥じ入った顔をするだけのたしなみを持っていた。「そんなつもりじゃないのよ。彼女はいろいろな面で愉快な人だわ――ちょっと子供っぽいところがあって。ただ、長生きしすぎたお婆さんっていうのはみんな、頭のほうが少々弱くなってしまうでしょう。いえね、私が言いたかったのは――あの彼女が、車を雇ったり学校にガソリン代を払ったりはしないだろうってこと。彼女、お金にうるさいのよ。サーローと違ってね」

「まあ、そうなの。でも、それは理由があってのことなんじゃない？　たぶん、サーローさんほど裕福ではないんじゃないのかしら」

「むしろ彼女のほうがお金持ちだって、アラム校長は言ってる。ただの性分なのよ——『三つ子の魂百まで』って言うじゃない。生まれついてのケチだから、いくら大金があろうと彼女が気前よくなることはないでしょうよ。そういう性格なんですもの。だから、サーローは週十二ギニー払っているのに、病院を譲り受けて学校にしたとき、ワンディーはそれまでの三ギニーを二ギニー十シリングに値切ったのよ。それをのんだ校長もどうかしてるわ——サーローみたいな厄介者ではないけど、大きな責任を負う羽目になるのに。でも、彼女ってそういう人なの——女王陛下のことよ——いざとなると気が弱くて、若かろうが年寄りだろうが、腹黒い女にいいように言いくるめられてしまうんだから」

エマはミス・ワンドに会ったことがなかったが、腹黒い女というイメージはなんとなくしっくりこなかった。それに、リンダ・ハートを即刻退学処分にしたことを思うと、グレイスが人に感化されやすいとも思えなかった。

「アラム校長が親切を後悔することはないと思う」と、彼女は言った。

「それがね——あの二人に関してはしょっちゅう後悔しているのよ。一週間前、私に言ったの——あなたが来る一日か二日前だったかしら——ワンドさんに退去を言い渡せたらいいのにって。サーローの間違いじゃないのって訊いたら、そうじゃなくてワンディーのほうだって、はっきりと。サーローに対しても彼女に対しても、これほどまでに責任を負う必要はないと思うって言うから、だったらそのとおりにすればいいんじゃないかって言ったのよ。そうしたら、何て答えたと思う？」

意味のない質問にエマはただ首を振った。

「できないんですって——彼女自身が若い頃住んでいた家で経験した、ひどい疎外感が忘れられないらしいの。私は感傷的な人間じゃないから、それが現在の件と何の関係があるのかって言ってやったのよ。いくら若いときの傷を思い出すからって、年寄りはそういうことには無神経なのよ、ってね」

「いいことだと私は思う」と、エマは澄ました顔で言った。「校長が来る何年も前から、ここがワンドさんの唯一の家なんですもの」

ノニーは肩をすくめた。「どうやら、それももう終わりそうよ」

「まあ――どうして？」

「ワンドさんが実力行使に出たの。カンカンに怒って、出ていくって――あら、あ、あなた、いきなりどこから出てきたの？」

教会用の服を着たグレイスがそこにいた。落ち着いて穏やかそうだったが、エマにはノーナ・ディーキンに厳しい視線を注いでいるように思えた。

「誰が出ていくんですって？　ねえ、ノニー――生徒たちと教会へ向かってくれないかしら。ベット、あなたは私と行くわよね？」

「ええ、もうこんな時間だったのね」と、エマは言い、直後に「ワンドさんは？」と、ノニーと声が揃った。

「ああ、そのこと」と、グレイスが言った。「それならうまく収まったわ。本当にほっとしたわよ――彼女が出ていくって言ってくれて。ただ、身体のためを思えばもっと冷静でいてほしかったけど。私はボールド先生の指示を重視しただけ――絶対安静、階段は避けるように、っていうね。セント・マーティンまで空中を移動できるのでなければ、教会へ行くことも禁止された行為に入ると思う」

「私の禁止行為にも入っていればいいのに」と、ノニーは不敬なことを口にして仕事に向かった。

「知らなかったわ」エマはグレイスに話しかけた。「ワンドさんが出ていくのを、あなたが喜ぶとは」

「そうでしょうね——サーローさんのほうが心配の種だったから、ワンドさんのことをちゃんと考える時間がなかったの。でも、心臓に持病を抱えた人の責任を持つのは、あまりいいことじゃないでしょう——ワンディーみたいに恐ろしくケチな老女なら、なおさらね。みんな、彼女のことは結構好きなのよ——面白いし、サーローみたいに問題を起こさないように気をつけてくれているし。ただ、学校にとっては損にしかならなくて、あの二人の面倒を四か月みてきて、私の我慢はもう限界。契約を解消して二人に出ていってもらうしかないわ」

「八十代の人たちにはちょっと酷なんじゃない?」と、エマはおずおずと意見を口にした。

「私もそう思ってた。だから何もしなかったんだけど、ワンドさんが自分から言い出したからには引き留めるつもりはないわ。明日になって気が変わらないでくれればいいと願うだけ——まあ、おそらく大丈夫でしょう。彼女はサーローほど気まぐれではないから。私に食ってかかったときの剣幕といったら——心臓発作を起こすんじゃないかと本気で心配したわ。それで、万が一に備えてノニーを呼んだの。でも、なだめようとする私たちの努力はわかってもらえなくて、結局二人とも彼女を置いて出てきてしまったけれど。メイドの一人に今、様子を見に行ってもらってる。私たちが彼女を支配しようとしていると言って聞かないのよ——そもそも、ここは私の学校で、彼女とサーローはお情けで置いてあげているのに」

エマは首を振った。「マルタンマスを選んだのがいけなかったわね、グレイス」

「わかってる」グレイスは腹立たしそうに言った。「確かにそうよ——だけど、過去の過ちを嘆いたって仕方ないじゃない。さあベット、急いで——遅れるわよ」

「私を待っていたらあなたまで遅れてしまうわ。先に行っててちょうだい。朝の祈りには間に合わないけど、十一時半の聖餐式には必ず行くわ。一時間もあれば支度が整うから――」

「だめよ、ベット――今、来てくれなくちゃ。あなたが必要なの。気が動転するような状況に陥っている最中ですもの。あなたをワンディーとサーローとスーザンと看護婦たちだけにするわけにはいかないわ。早くして――すぐに出かけるわよ」

グレイスは昔から変わらない有無を言わせぬ口調で言った。エマはそれ以上抵抗するのを諦めた――それに、礼拝に出席するかしないかは、さしあたって彼女にはどちらでもいいことだった――そこで、支度をしに部屋へ向かった。グレイスはエマについてきてベッドに腰かけ、熱心にその様子を見守っていた。

教会までの道のりは十分ほどで、エマはそれほど険しい坂道だと感じなかったが、心臓の悪い人にはきついかもしれないと思い直した。雲が空を覆い、芝生の上を強い風が吹いていた。グレイスに同行することで、昨夜ずっと頭から離れなかったことから少し距離をおけた。グレイスが、心の痛手を負っていると言いたげに、おおっぴらにしがみついてくるのがエマには少々不思議だったが、彼女にとって、脆《もろ》く崩れゆく流砂の中でエマが唯一頼りにしている安心できる存在なのかもしれないと思うと、まんざらでもない気がした。

メイクウェイズ・スクールの職員と生徒たちでほぼいっぱいの小さな教会での朝の礼拝は、ごく平凡なものだった。ただ一度、動揺させる瞬間に出くわしたことを除けば……。それは礼拝中ではなく、教会に到着する前の出来事だった。西端にあるずんぐりした塔を見て前日の記憶がよみがえり、エマを頼りにしているグレイスの期待を裏切ってしまいそうなほど、言いようのない恐怖に襲われたのだった。

それはまさしく、アンブロジオの部屋で見た塔だった——両手に水晶を持って、われに返る直前、まばゆい光の中ではっきり見た。きっと——駅から歩いた日に、垣根の向こうにあの塔がちらっと見えたんだわ、とエマは思った。それなら説明がつく。無意識に目に入って脳に記憶されていたに違いない——どこかわからないが、目にした映像を一生しまっておく場所があるのだろう——あの奇妙な催眠状態で、一瞬それが顔を出したのだ。水晶は、見たことのない光景を生み出すのと同じくらい、そうした以前の記憶を呼び覚ますと聞いたことがある。墓地にはライムやクリやブナの木々が立ち並んでいて、ライムはすでに葉を落とし、ほかの木は紅葉が始まったばかりで、上のほうの枝の葉が風に揺れていた。少なくとも水晶の予言に関して早々に答えが見つかって、エマは心から胸を撫で下ろした。灰色の高い建物と流れる水は今のところ見えないが、もし今後も現れないとすれば、おそらく意味はないのだろう。

午後、グレイスは頭痛がするからと横になりに行った。一人になったエマは、再び疑念に苦しめられた。こういう感情の起伏が彼女を不安にさせた。人と話していると気が紛れるが、誰もいなくなったとたんに疑いの気持ちがよみがえってくる。部屋に戻って、記者が「マルタンマス事件」と銘打ちそうな一連の出来事に関して、頭に浮かぶことを思いつくままに書き留めた。だが、書いたものをあらためて見るとなんとなく気が咎《とが》めて、いったんすべて消し、また一から書き起こした。

窓の下で声がして、エマはそちらへ向かった。ジュリー・ランクレが、日曜の午後の散歩のために子供たちを整列させていた。服装も体格も肌の色もまちまちな生徒たちは、校風を守ろうとして外見が人と似ないように努力しているようだった。一行は、庭と放牧地を抜けて見えなくなった。マドモアゼル・ランクレの人を寄せつけない断固とした姿がしんがりを務め、その傍らを、見覚えのない背が低くてのっそりした、顔の青白い生徒が歩いていた。

彼女たちがいなくなって校舎は静かになった。音も動きも止まったようだ。寮母のノニーは自室で手紙を書き、リリアン・オーペンはスーザンを見舞い、コリンズ看護婦は不愛想極まりないサーローに本を読んで聞かせ、隣の化粧室ではスウェイン看護婦が異常な眠気を満足させているに違いない。エマは作業に集中し、数分後、書いたものを見直した。

一、フィールディング医師が病気になり、急に診療を辞めた。

二、フィールディング医師が診ていたときは、サーローさんは元気だった。（つまり、現在のような症状は出ていなかった）

三、ボールド医師があとを引き継いだ。彼は若く、頭が切れて冷淡だという評判が高い。

四、サーローさんが被害妄想ぎみなのは周知の事実だ。

五、サーローさんが最初に毒を盛られたのは、ボールド医師が着任して一週間も経たないときだった。

六、最初の発作のあと、ヒ素が見つかった。

七、ヒ素はいつも、食べ残しや、多くは飲み残しの中に含まれている。食べたり飲んだりしたあとで、何者かが容器の底にスプーン一杯ほどのヒ素を入れたと考えるのが自然だ。

八、毒の痕跡は見つかっても、今のところサーローさんは毒を口にしていないとスウェイン看護婦は主張している。毒を盛られたと彼女が叫び声を上げて騒いでは、毒が発見されている。騒ぎを起こしても毒が見つからないこともある。
九、サーローさんはいつ殺されてもおかしくない状況にあるのに、実際には殺されていない。なぜなのか？（冷酷に聞こえるが、この点が最も不可解だ。注目と同情を浴びたくて自作自演しているのならわかるが、それなら、なぜ彼女はあんなに怖がっているのか？）
十、殺害が企てられているとすれば、サーローさんを殺す動機は何なのか？　お金？　イギリス国内のどこかにいるらしい妹以外、彼女が死んで得をする人間はいないと言われている。一方、彼女が生きていれば学校にはお金が入り続け、雇われている職員にとっても利益になる。個人的な恨みか？　いや、その線はかなり薄い。ワンドさんを除けば四か月前まで職員の誰もサーローさんと知り合いではなかったし、たとえ彼女を邪魔に思ったとしても、現在の部屋の配置では完全に隔離されているからだ。
十一、サーローさんは、彼女とワンドさんの世話をしていたエッジワース看護婦とメイドのバーサ・グラスを、数日のうちに立て続けに解雇している。その後、新しいメイドは雇われていない。
十二、サーローさんはスーザン・ポラードがお気に入りだ。昔亡くなった親戚に似ているらしい。
十三、スーザン・ポラードはブランドフォードに友人がいる。
十四、サーローさんの代わりに占い師のもとを訪ねていたリンダ・ハートは、マルタンマスを退学になってブランドフォードへ行った。
十五、スーザンは金曜の夜、胃炎に似た深刻な症状で倒れた。
十六、金曜の夜、誰かが侵入し私の部屋を荒らした。（なぜ、午後スウェイン看護婦と一緒にビューグルへ出かけていたときに侵入しなかったのだろう？　スーザンが倒れた十分後に部屋へ戻っ

たときには、棚の上の箱は動かされていなかった。それは間違いない）
十七、私の部屋に侵入したのはスーザン・ポラードではない。（なぜ違うのか？ 十六番参照。だが、それ以外にも根拠はある。私がビューグルに着ていった上着のポケットに、アンブロジオの広告が入れられていた。スーザンがベッドに運ばれるまで、あの上着を脱いでいない。彼女は本当に具合が悪くて――それに、ずっと誰かが様子を見守っていた――広告の紙をポケットに忍ばせることなどできなかったはずだ。何者かがスーザンが倒れた騒ぎを利用して入れたのか？ いや、違う。なぜなら、（a）部屋に戻る前にグレイスとノニーを呼びに行ったが、上着を脱ぐまでスーザンとコリンズ看護婦以外は近づかなかった。（b）アンブロジオの広告はハンカチと香水の瓶の下、にあって、私が奥まで手を入れなければ見つからなかった。

十八、スーザンの部屋へ戻ると、グレイス、ノニー、メイドの三人が、グレイスが電話で呼んだボールド医師の到着を待っていた。私は、医師に何か質問されるかもしれないと思って、彼が来るまでスーザンの部屋にいた。医師が来るまでのあいだ、ずっとそばにいたのは寮母のノニーだ。ほかの人たち――グレイス、お湯を持ってきたメイド、夜勤に就こうとしていたスウェイン看護婦、勤務を終えたコリンズ看護婦――は、待っていたあいだもそのあとも、スーザンの部屋を出たり入ったりしていた。この中の誰にも、あるいはミス・オーペンやマドモアゼルやそのほかの使用人にも、私の部屋に侵入する時間は充分にあった。（この「容疑者」のリストに、サーローさんとワンドさんも加えなければ！ ただ、サーローさんは問題の時間、絶えずどちらかの看護婦に見張られていたので、容疑は薄い）

注目点――二人の人間が別々に私の部屋に侵入したと考えるのは突飛なので、アンブロジオの広告をポケットに入れたのと、引き出しを荒らし衣装簞笥の箱を動かしたのは同一人物のはずだ。容疑者リストから外れるのは、スーザン・ポラードとノーナ・ディーキン——そしてもう一人は、サーローさんだ。

十九、スーザンはおそらく毒を飲んだ。（注目点——金曜に口にしたと言っていた食べ物や飲み物と水差し）この点に関しては、次回、医師が来たときにはっきりするだろう。

二十、スウェイン看護婦によれば、マルタンマスに来てからいつも眠いという。ほかの場所では、これほど眠気に襲われたことはないそうだ。

二十一、アンブロジオは、なぜ——、

（a）メモ帳になぜあんな走り書きをしたのか？　問題は、どうやって彼がそのメモを残せたかということだ。（答えは一つしかないように思えるが、それを口にするのは怖い）

（b）私の人生に現れる人物に従う必要性をなぜ強調したのか？

（c）私を待ち構えている幸せについて「その後いつまでも」という言葉を使ったとき、なぜ急に冷ややかな態度になったのか？

（d）私が住んでいる場所に訪れる死は、変死ではなくなぜ通常の死だと言ったのか？　変死の可能性があることについては、誰からも聞いていないはずだ。（サーローさんが死んで、それが自然死に見えるということだろうか。これまでの経緯を考えれば、あり得ない）

（e）水晶が私には陰気な結果を出したように思えたと言ったとき、なぜ「あなたには？」という不思議な反応をしたのか？　私以外に誰がいるというのだろう？

（f）私が階段を下りているとき、なぜ憎悪の表情で見ていたのか？

注目点――（a）、（b）、（d）、（e）は、アンブロジオが本物の透視能力者だとすれば説明がつくのかもしれない。でも私は、それが答えだとは思わない。昨日の占いの場にいた人なら、誰でも私に同意するだろう。

エマは納得がいかないまま紙を押しやった。どう考えても自分は探偵に向いていない。そう感じたからこそ、さっきは、書いたものを消さなくてはいけない気になったのかもしれない。

彼女は思い直して紙を手に取るとベッドの下からスーツケースを引っぱり出し、人には見られたくない『ウイングズ・オブ・フレンドシップ』の八月号、九月号とともに、しっかりしまって鍵を掛けた。

第十二章　静かなる死

夕方にはいったん静まった風が、夜、再び吹き始めた。エマは暗闇の中で目を覚まし、マルタンマスと海のあいだに広がる丘陵地帯や、その合間にひっそりと佇《たたず》む集落を越えて勢いを増す風の音に耳を澄ました。

海……ウィンビーと〈パクト・アンド・ピクチャー・クラブ〉。ブライトンで営業していたのに、それを辞めてビューグルのような小さな町の片隅に腰を落ち着けたアンブロジオ。もっと以前の、清々しく魅惑的な光景——イタリアの保養地リミニの海岸沿いで目にした、ゆったりと揺れるアドリア海の水面。ジブラルタルからジェノバに向かう船旅で、六月の朝に通り過ぎたバレアレス諸島。遠くに停泊していたパドル船と縞模様の日よけ、バケツに入ったエビと、ワンピースを半ズボンに突っ込んで、気持ちのいい湿った砂を熊手で掻いている幼い自分。遠い昔の記憶……けれど、今夜はなんだかそう思えない。過去は終わっていない。決して終わることはないのだ。それは間違いない。彼女の過去は、すぐそこにある。今週、今日、いや、たった今この校舎で起きている何よりも、切迫して生き生きと息づいた現実味のある存在として、すぐそばにある。もっとリアルで——もっと重要で。もちろん、そんなのはばかげている。だが、執拗に頭に浮かぶその想いにエマはベッドで起き上がり、大事なことのような気がするのに、具体的に何なのかはっきりしない不安で胸の鼓動が速くなった。

ベッドから出て暗幕カーテンを整え直すと、ランプをつけて時間を確認した。月曜の午前二時四十分だった。

手が震えていた。こんな奇妙な興奮を覚えるのは風のせいかもしれない。自分でもよくわからなかった。校舎内は静まり返っている。雷鳴を遮るように時折襲う激しい風の音がするだけだ。吹きつける風が窓を叩き、机を震わせた。以前から建てつけが悪く、前方に圧がかかるとがたつくので、後ろ脚に何か噛ませなければいけないと思っていた家具だ。

エマは周囲を見まわした。手近にあるのは燭台のそばのマッチ箱だけだった。確か、箱の中には三、四本のマッチが残っていたはずだ。明日、新しい箱を持ってきてその中に入れよう。箱を傾けてマッチを取り出すと、空箱を平らに潰し、机の脇にひざまずいて後ろ脚の下に押し入れた。

メイドたちの仕事のいい加減さには気づいていたが、これほど埃が多いと、さすがに唖然とする。柔らかなふわふわした埃の塊が指に触れた。すると指先に何か別のものが当たった――堅くて光沢があって、真ん中で二つに折れている。机のがたつきが気になった誰かが、脚の下に差し込んだのだ。エマはそれを引っ張り出し、埃を吹き払って平らに広げた。

写真だ。だが、暗くてよく見えない。しっかり確かめようとランプのそばに持っていった。半世紀以上前のものと思われるセピア色の写真はひどく色褪《あ》せていて、写っている人物はほとんどわからなかった。ほとんどであって、まったくというわけではない。少女の顔だというのはわかった。にこりともせず、小鬼のように見える。見覚えのある、微かに人を嘲るような表情が浮かんでいる気もするが、口元の部分に折り目が入ってしまったためにはっきりしなかった。その周辺に皺が広がっているのだが写真の上下は傷んでおらず、右隅の、首から肩にかけての滑らかな肌に巻き毛が触れている辺りにメッセージが書かれていた。ランプの明かりでは何が書いてあるのか読み取れなかった。「愛を込めて」という文字だけは読める。朝になれば、愛を込めて自分の写真を送った亡霊がよみがえることだろう。

ベッドに戻ったエマを、失われた夢のように捉えどころのないものが悩ませた。ひょっとしたら、本当にそうなのかもしれない――たった今夢から覚めて、それが思い出せないでいるのだ。

だが、ほかに憶えていることはたくさんある。彼女の心を悩ませた昨日の恐怖と疑念、そしてグレイスに話していないことすべてに対する悔恨の想い。もちろん、それはグレイスのせいでもある。エマはあまりにも無頓着だった。土曜に一緒にお茶を飲んだ際には、リリアン・オーペンがいたのでアンブロジオを訪問したことについて話せなかったのだが、きっとグレイスは内心イライラしながら、その話題を待っていたに違いない。だが、いざその話をしたとき、エマは思いのほか平然としていた。心の中に渦巻く不安に気を取られるあまり、むしろ淡々とした態度になって、面談内容の説明を無難に切り抜けた。騙そうとしたわけではなく、アンブロジオがメモ帳に残していた走り書きを見つけ、自分がまだ理解していない出来事にできるだけ慎重に対処しなくてはならないと感じていたのだ。サーローさんを訪ねてほしいというグレイスの提案についても、用心深く行動していた。昼間はコリンズ看護婦が面倒をみるようになり、訪ねるなら夜になってしまうため、当初は医師の指示に逆らってそんな時間にこっそり部屋へ入るのかと思うと気が進まなかったからだったが、今となっては、言われたとおりサーローさんに会えば罠《わな》にはまる可能性が出てきた。ようやく疑り深くなったエマは、恐怖からというより、その考えそのものに鼓動が速くなった。

ベッドに深くもぐり込んで顔をうずめた。着ている服を抱き締めるように握って心を落ち着ける。

もう一度大きな音が響いたあと一、二分して、どうやら風が校舎を逸れたのか、遥か彼方で鳴る太鼓のようなゴロゴロという音にエマは眠気さえ催してきた。

実際眠りかけたようで、いつの間にかエマはおかしな夢の中に引き込まれていた。サーローさんが大きな紫色のパラソルを回しながら会釈をしてエマに流し目を送ったかと思うと、その顔が寝室のドアから垣間見た恐怖におののく表情に変わった。嫌悪感を覚える奇妙な形に口が開いて、耳をつんざくような悲鳴を上げた。「今行くわ――すぐに行くわ！」と彼女に向かって大声で呼びかけたところで、エマは目が覚めた。震えながらベッドから半身を出して、呼吸は荒くなっていた。夢で口にした叫び声を喘ぐようにのみ込む。「待って――お願いだから待って――今行くわ！」という言葉だったと思う。夢うつつで起き上がって床に足を下ろすと、二度目の悲鳴が辺りを引き裂き、三度目は激しく泣きじゃくる声に変わり、さらに悲鳴が起きた――そしてもう一度――もう一度。その時点で、エマは最初の悲鳴が現実だったことに気づいた。

それからの数分間は、エマにとって筋道を立てて考えることができないほどの悪夢だった。だが、のちにそうせざるを得なくなったとき、その夜の人々の行動によって何が起きたかが明らかになった。エマはガウンをつかみ、冷たい足をスリッパに押し込んで、明かりもつけずに部屋を飛び出して通路を走り、メイン廊下に出た。すると、ミス・サーローの部屋の開いたドアから明かりが漏れているのが見え、哀願したり、せっついたり、せがんだりする声が聞こえたが、それに対する返事はなかった。その間《かん》ずっと誰かが悲鳴を上げているのだが、このウイングではなく、この階でもない。鋭い悲鳴からついには人間のものとは思えないような響きに変わった声が上がっているのは、下の階だ。あちこちでドアが勢いよく閉まり、走る足音や、押し殺した声や、訳がわからずに何かを問う緊迫した声が聞こえる。少し前まで死んだように静まり返っていた建物内が、突然、活気を帯びた。その騒ぎに唯一対抗できる風は、妬ましそうに抗議する呟きくらいに収まっていた。

息を切らしながら、エマはサーローの部屋の戸口からおそるおそる中を覗いた。室内にいたのはグレイスとスウェイン看護婦だった——ほかには誰もいない。グレイスはパジャマの上にガウンを羽織っていた。聞こえていた声はグレイスのものだった。なおも話しかけている——手足を投げ出してスウェインが座っている椅子の前に屈み込んで、身体を揺さぶり、励まし、立ち上がらせようとしていた。白い顔をエマに向けたグレイスが目を見開いた。彼女が動いたために、スウェインの顔が見えた——奇妙な顔色をし、口が開いて、ゆっくりとした大きな呼吸が漏れている。

「ベット」グレイスがかすれた声で怒鳴った。「サーローを捜して——いなくなっちゃったの——ノニーを見つけて——誰でもいいわ——彼女の悲鳴をやめさせてちょうだい——彼女の悲鳴を止めて。スウェイン看護婦が薬を飲んだの。このままだと死んでしまうかもしれない!」

だが実際に死んだのはスウェインでもサーローでもなかった。

夜の恐怖が和らいで、誰がそこに加わっていなかったかを思い出す余裕が出ると、みんなはミス・ワンドの部屋へ向かった。アンブロジオの予言どおり、マルタンマスに死が訪れていた。しかも詳細まで当たっていた。その日の夕方訪れたボールド医師の検死によると、自然死ということだった。

第十三章　鏡の中の顔

のちに、その夜の出来事の記憶は一つ一つはっきりとよみがえってきた。あのときのエマには、どれも関連性がなく、ただ恐ろしく思え、漠然として薄気味悪い走馬灯の中であがいているような気分だった。だが、一度ならず何度も思い出さなければいけない状況になってみると、自分でも驚くほど明確に説明できた。恐怖と絶望、そしてすべてを知った彼女は深い後悔の念に襲われたが、それでもきちんと話ができた。

しかも、すべて時間の経過に沿って憶えていた……。

最初に現れたのはノニーだった。ガウンの上に羽織った上着をケープのように翻しながら大股に廊下を歩いてミス・サーローの部屋のほうにやってきて、手にしていた懐中電灯をエマに向かって振ったので、明かりの中に彼女の姿が奇妙に浮かび上がった——狂女と化したギリシャ神話のマイナスが風に煽られたかのように振り乱した茶色の短い髪、薄いストライプのパジャマ、筋肉質で大きな両手、常にうわべだけの陽気さをまとった感傷に流されない顔……でも、今は違う、とエマは思った。今はそうじゃない……そして、ノニーが懐中電灯を消して廊下の薄暗い電球の明かりをつける直前、眼球に一瞬、不穏な光がきらめき、怯えているように見えた。

「どうしたっていうの?」彼女は拳を両耳に当て、懐中電灯がユニコーンの角のように突き出した状態で、不愉快な顔をした。「あの悲鳴――あの悲鳴ときたら――なんで誰も止めないの?」

「スウェイン看護婦がね――アラム校長が起こしても目を覚まさないの――サーローさんがいなくなってしまって」エマは背後を指さしながら、早口に説明した。

「なんですって、死んだの?」ノニーが、ほかの音をすべてかき消すほどの大声を出した。

「いいえ――そうじゃなくて」エマは激しく首を横に振り、急に、ばかげたゲームかなにかの中で自分とノニーがパートナーを組んでいるような気がしてきた。「姿を消したの!」

「だから何?」ノニーは憎々しげに言い返した。「いなくなったらいけないの? ここでの退屈な日々の中で聞いた最良のニュースだわ。それを言ったら、ほかにもいなくなった人がいるわよ――ドリー・フィンチがサナトリウムにいないの――また夢遊病でうろついているんだわ!」彼女は勢いよくサーローの部屋へ入っていった。

　別の方角へ駆けだしたエマの心臓は早鐘のように打っていた。玄関へ下りる階段のてっぺんに着いて明かりをつけると、悲鳴がやんだ。突然の静寂に不意を突かれ、階段の上でつんのめって劇場の幕が下りるように崩れ落ちた。おぞましい叫び声が、水道の蛇口を閉めるかのようにいきなり止まったのだ。まるで……ほっとした気持ちを言い表す喩《たと》えを探した……何時間も苦しめられた歯の痛みが消えたときのように、膝の力が緩んだ感じだ。階段の手すりに寄りかかり、下りる前に深呼吸をして気持ちを整えた。遠くの寮から、ハト小屋の騒がしい鳴き声にも似たざわめきが聞こえる。そのはっきりとしないくぐもったトーンが神経を休めてくれた。階段に足を下ろそうとしたそのとき、すべての明かりが消えた。

　それまで光があふれていただけに周囲の暗闇は深く、滑り落ちないよう必死だった。目を閉じて壁にぴったりと身体を寄せた。誰かの激しい息遣いが足元のほうから聞こえたのは、そのときだった。

あの瞬間のことを思い出すと、心の底から恐怖に襲われた感覚がまざまざとよみがえってくる。それでも廊下の避難所に隠れなかったのは、階段に背を向けて引き返すことになぜか強い反発を覚えたからだと、のちにエマは語った。確か、階段を十段ほど下りると二人がようやくすれ違えるくらいの狭い踊り場があり、そこから、さらに長い階段が下まで伸びていたはずだ。下にいるのが誰かわからないが、踊り場にいるのは間違いなかった。

エマは、つま先で行く手を探りながら前に踏み出した。手すりを握る右手をぎこちなく滑らせ、左手はガウンの喉元をつかんでいた。息が詰まるような暗闇の中を慎重に一歩一歩踏みしめ、勇気を振り絞って声を出した。

「サーローさん」と、静かな口調で呼びかける。「サーローさん……大丈夫……今、行くわ」

夢で見たのと同じ言葉を使って話しかけたことに気がついたのは、ずっとあとのことだ。

しかも、踊り場にたどり着くまで名乗ることも忘れていた。最後の段を下りると、手探りで両手をサーローのほうへ伸ばした。

「私よ——ベットニーよ……」

そう言ってから、サーローは自分のことを知らないのだと思い出した。

エマが階段を下り始めてからずっと息を殺していた踊り場の見えない人影が、ようやく震えるように大きく息を吐いた。エマの指が、ややざらついた生地の袖を探り当ててその下の腕をつかんだ。これはサーローではないと確信したとたん、それを察知したかのようにかすれ声がささやいた。

「モン《あ》・ジュ《あ》ー——私——訳がわからない。ベットニーさん、ランクレよ。階段を上っていたら、突然——明かりが消えたの。誰かが動く気配がして——呼吸が聞こえて——壁に手をついたまま動けなくなったの」

「私もよ」と、エマはささやいた。暗闇は異様な緊張感を煽る。「あなたの息遣いが聞こえたわ。てっきり私は——あなたが——」

自分は何を恐れていたのだろう。いったい誰を？　今にもヒステリーを起こしそうだった精神状態を客観的に振り返り、急に込み上げてきた笑いを押し殺した。だが、年配の二人の女——とりあえず、一人は間違いなく年配だ——が、数ヤード離れた場所で互いに恐怖におののいていた状況を思うとどうにも可笑しくて、笑いをこらえて身体が少し震えた。

「どうしたの？」自分をつかむエマの手が震えているのを感じて、ジュリー・ランクレが呟いた。

「なんでもないわ」エマは気を取り直した。「サーローさんは、どこ？」

「わからない。たぶん、ここへ上がってきたんじゃないかしら。私は別の階段を下りてきたんだけど、ここに来たとたん、悲鳴が止まったから。私、アラム校長を捜していたの——部屋へ行ったら、ベッドが——寝ていた様子が全然なくて」

「彼女なら大丈夫よ」と、エマはすかさず言った。「ノニーと一緒にスウェイン看護婦の手当てをしているわ」

ささやくような声でエマはスウェインの状態を説明した。二人はそろそろと階段を下りた。腕を取り合い、話をすることで、信頼感が芽生えてきた。

階段を下りきると左に折れて、校舎の正面に沿って伸びるメイン廊下へ出た。半分ほど行ったところに、玄関に通じる小さな部屋があり、電話の設置されたその部屋をグレイスはオフィスとして使っていた。半開きのドアから漏れた明かりが、暗い廊下の床に黄色い楔形《くさび》を描いていた。

チーズみたい、とエマは場違いなことを思った。彼女は声に出して言った。「この廊下のスイッチはどこ？　明かりがつくはずだわ。オフィスの明かりが灯っているんですもの。階段と廊下の明かりは、校長や寮母や最後に寝る人たちが上っていったあとで消せるように、上の階にスイッチがあるのよね。誰かがそのスイッチを切ったんだわ――生徒かもしれないわね」

マドモアゼルは頷いた。「スイッチならここに――いいえ、こっち」壁に手を這わせてスイッチを入れた。とたんにまぶしい光が辺りにあふれた。小さいながらも聞き取れる声がオフィスから聞こえてきた。受話器を置く音がし、明かりが消えて、戸口に人影が現れた。

「あら、どうも」スーザン・ポラードはばつが悪そうに言った。

身構えるように代わる代わる二人を見つめた。厚いキルトのガウンをしっかりと着込んだその顔は、首元のハクチョウの綿毛飾りよりも青白かった。大きく見開いた瞳は輝き、真っ暗なオフィスを背景に、ほのかな円光をまとっているように髪が光って見える。円光。はからずもエマは、アンブロジオの絵に描かれていた邪悪な雰囲気の黄色い髪を思い出した。

「ドクターに電話をかけていたんです」と、スーザンは言った。まるでエマたちに責められたかのように、喧嘩腰の口調だった。さらに、余計な説明まで加えた。「アラム校長に指示されたんです。ドクターはすぐに来ます。サーローさんは見つかったんですか？」

「いいえ」と、マドモアゼルとエマは同時に答えた。

奇妙な組み合わせだ、とエマは思った。一見落ち着いているが張り詰めた面持ちで直立している若い女と、当惑して無防備な態度で彼女と向かい合っている二人の年かさの女。スーザンが一瞬、責められているように感じて、逆にこちらを責める態度にすり替えたとしたら。

三人を包んでいた静けさを、三十分を知らせる玄関の時計の鐘が破った。その人間味のない澄んだ音が緊張感を解いた。

「四時半です」またもやスーザンは訊かれもしないのに説明した。「あの恐ろしい悲鳴のせいで四時二十分に目が覚めたんです」有無を言わせない断固とした足取りで二人の脇をすり抜けた。「私は下の階の部屋を捜します」

「だったら、あっちをお願い」エマは自分たちが来たほうを指さした。「私たちはこちらから行くわ」

本当は体調について尋ねて、こんな寒い時間に廊下をうろつくのをやめるよう忠告したかったのだが、その気遣いがかえって誤解されそうな気がしたのだった。

彼女たちは二手に分かれ、スーザンはサーローの名前をそっと呼びながら左側の応接室に入っていった。エマはマドモアゼルと並んで廊下を進んだ。上階が再び騒がしくなり、捜索をせっつかれているようで、気持ちが焦った。思わず玄関に向かって駆けだし、不快な音を出して軋む扉を開けた。裏から逃げ出して玄関に回り込み、外に出たかもしれないと思ったのだが、ポーチに人影はなかった。湿った風が芝生の上を吹き抜け、ヒマラヤスギが風に揺れて悲しげな音を出しているだけだ。暗闇に目が慣れてきて、木々が黒々と密集している根元もどうにか見分けることができた。

「風邪を引くわよ」と、ランクレが陰鬱《いんうつ》な声を出したので、エマは中へ戻って扉の閂《かんぬき》を掛け直した。

マドモアゼルはポーチの右手にある小さな教室に入った。ブラインドが上がったままで、ほのかな月明かりが部屋を照らし、昼間とさほど変わらないくらいに室内の様子が見えたので明かりはつけなかった。

「外には誰もいないわ」と言ってから、エマはふと付け加えた。「ドクターがこっちへ向かってくれてよかったわね」

マドモアゼルが不満げな声を出した。顔つきも声も疲れを感じさせ、個人的な偏見ではなく、ただ純粋に賛同できないという目でエマを見た。

「ラ・メディサン《ドクター》？　ああ——そうね！　でも、医者に向かって『ねえ、あなた』と呼びかけるのは普通じゃない——たとえイギリスでも、アン《そうでしょう》？」

言葉の裏に感じられるのは、悪意というより、どこまでも投げやりな冷淡さだった。エマは黙っていた。彼女も、スーザンの電話での会話を聞いていたからだ。

通路の突き当たりの、寮へ上がる階段があるところまで二人は各ドアを開けて室内を覗き、ブラインドが下りている部屋では懐中電灯をつけ、ぼんやりと四角く見える窓が室内の様子を浮かび上がらせている部屋では電灯をつけずに、サーローが出てきやすいよう呼びかけたりなだめたりしながら進んでいった。そのあいだずっと、上の階では奇妙な騒ぎが続いていた。まるで除霊者がサーローを見つけようと手当たり次第に家具をひっくり返しているかのようだった。

「ここにはいないようね」寒さに震えながらエマは言った。「寮生の面倒をみる人がいなくて、上では大騒ぎしているみたいだわ。スーザンはどこにいるのかしら。私——」

エマは誰もいない空間に向かって話しかけていた。マドモアゼルの姿が消えたのだ。たった今閉めた教員控室のドアを再び開け、隣の音楽室を素早く見まわした。ランクレはそこにもいなかった。きっと自分と同じことを思いついて上へ行ったのだろう。エマもあとを追うことにした。

この階段を上る際には明かりを持ち歩いてはいけないことになっていた。シカモアカエデが見える窓が中途半端な位置にあるため、灯火管制用の暗幕がついていないからだ。エマは前もって通路の端で懐中電灯を消してから階段を上り始めた。

「明かりを消さなくては、ちゃんと明かりを消さなくては」と呟く。夜の残りの時間は、もうさほどないように思えた。

窓の脇を通らなければならないので身を屈めようとしたそのとき、小走りに駆け下りる小さな足音が上から聞こえてきた。白っぽい人影が跳びはねるようにこちらへ向かってきて、エマはぶつからないように慌てて脇に避《よ》けた。寮の廊下は真っ暗だったため、たぶん生徒の一人だろうとしか思わなかった。両腕をつかんで抱きかかえると、相手はもがいて金切り声を上げた。恐怖からというより、興奮と、大声を出す機会を得た喜びがあふれ出したという感じだった。

「なんなの！」と、相手は喘ぎながら言った。「脅かさないでよ……誰……なんで……校長先生はどこ？」

「あなたは誰？」

「シスリーよ――ああ――ああ――」

名前を聞いてもエマには誰だかわからなかった。ガウンも羽織らずにパジャマ姿で裸足のままなのを見て、エマは思い違いをした。引きずるようにして階段の上まで連れていくと、シスリーは不満をぶちまけて不機嫌に抵抗した。

「放して――放してよ！――あなた――あなたには――わかってないんだわ！　放してって言ってるでしょ！　いったい誰なのよ――校長先生を見つけなきゃ――校舎が火事なの！」

「いい加減になさい」古き良き時代の学校で広く知られた古き良き時代のやり方で、エマはぴしゃりと言い放った。自立を大切にするメイクウェイズ・スクールでは、どんな問題が起きようと、これまで教師がこういう言い方をしたことがなかった。効果は絶大で、シスリーはとたんにおとなしくなり、大きく息を吸って黙ってエマの横に並んだ。

「あなたの部屋はどこなの？」自信を得たエマは尋ねた。ささやき声や、クスクス笑う声とともに、ほかの生徒たちの頭が出たり引っ込んだりした。

「ここよ」シスリーは沈んだ声でむっつりと言った。「いいわよ――どうしても信じてくれないんなら」――敵意が解けて泣き声に変わった――「みんなベッドの上で焼け死ぬんだわ！」

ドアから覗く頭がさらに増え、裸足でパタパタ走る足音や、わざとらしい悲嘆の声が聞こえて、シスリーの部屋の向かいの一インチほど開いているドアからは忍び笑いが起こった。すると、聞き慣れた力強い声がして、エマは心からほっとした。

「ほら、あなたたち――ベッドに戻りなさい！」現れたのはノニーだった。それぞれの囲いに真っすぐ家畜を追い込む犬のように、しっかりした足取りで廊下を歩いて部屋のドアを開けていく。「ベッドで焼け死ぬなんてばかな話、いったいどういうこと？　誰かがマッチをくすねたの？　さあ、正直に白状なさい！」

廊下にいるエマの耳に、生徒たちが口々に抗弁しているのが聞こえた。「いいえ、ノニー――私たちじゃないわ――ノニー、違うの――本当に私たちは何もしてないのよ――そんなの、ずっと前のことじゃないの――ねえノニー、信じて――ノニー、オーペン先生よ――先生の部屋が燃えてるの！　本当よ――嘘なんて言わないわ――マーガレットがドリーを捜していたときに臭いに気づいたの――」

生徒たちの陰気な声を遮るように、部屋のドアを勢いよく閉めてノニーが中に入った。外で待つエマは胸騒ぎを覚えていた。ただの子供の冗談の可能性はある。本当だとしたら上がってもおかしくない悲鳴が、まったく聞こえない。いずれにしても、エマはオーペンの部屋がどこにあるか知らなかった。

ノニーが荒々しく部屋から出てきた。「今夜はこれ以上、あなたたちの話は一切聞かないわよ」彼女はドアを思いきり閉めると、エマの腕をつかんだ。

「放っておかないほうがよさそうよ」と口早に言って、エマを連れて走りだした。「ひょっとすると――子供たちの言うことは正しいかもしれない――今回にかぎっては。つまりね――上級生たちがオーペンの部屋のドアをノックしたんですって――ドリー・フィンチを捜していて――そしたら返事がなくて――焦げくさい臭いがしたらしいの――マーガレットが――いつも分別のある生徒なんだけど――有毒なものが燃えているんじゃないかって――タールに似ているけれど、もっと嫌な臭いみたい。ドアを開けて中を覗く勇気はなかったらしいわ――オーペンは生徒たちに怖がられているから……さあ、着いたわ。あらまあ、今度は何？」

少し先の細い通路のほうで言い争う声がし、ノニーはエマを急《せ》かしてそちらへ向かった。私たち何をやっているのかしら、とエマは思った――小さなネズミが羽目板の剝がれる音を聞いたときみたいに、みんなで大騒ぎしてあちこち駆けずりまわったあげく、どこへ行ってもこんなふうにぶつかり合う場面にしか出くわさないなんて。学校全体に邪悪な魔力がかけられているようだわ――そしてすぐに、彼女のその思いがさらに強まることになった。

エマたちが近づくと、開いていたドアが目の前でバタンと閉まった。ドアが閉じても、訛りのある大きな声は消えなかった。マドモアゼル・ランクレに違いない。

ノニーが荒々しくノックした。「臭わない？」鼻に皺を寄せてそう言うと、おざなりに叩いただけで、返事を待たずにドアを開けて中へ入った。戸口に立ったエマは、リリアン・オーペンの部屋でくすぶっている火を消さないまでも、敢然と立ち向かってくれる冷気に、その夜初めて感謝した。

「いったい、何を燃やしてるの？」ノニーは目の前で繰り広げられている口論は完全に無視し、顔をしかめて口をすぼめると、その表情豊かな顔を犬のようにさりげなく横に傾けた。

確かに、ただ事ではなかった。そこは小さな部屋で、いかにも不似合いな、たっぷりした襞《ひだ》の分厚い黒のカーテンが窓を覆っていた。鼻をつく黒い煙が室内に充満し、ロンドン名物の霧さながらに、狡猾そうに刻々と形を変えている。樹脂が焼けたような、息が詰まるほどの悪臭が漂っていた。煤《すす》けたヴェールのような煙の奥で、憎しみに燃えた二つの顔が互いを睨《ね》めつけ合い、激しく言い争っていた。深紅のガウンを着たリリアン・オーペンは、今にもマドモアゼルに咬みつこうとする毒ヘビのように見えた。一方のジュリー・ランクレは、服のようなものを両手に握り締めて顔の前で振りながら、フランス語でわめいている。

「ディーキンさん」オーペンが冷ややかに言った。「私の部屋を寮とお間違えのようですわね。侵入者に説明することは何もありません」

「冗談はやめて」と、ノニーは怯まず言い返した。「堅苦しい言い方はやめてちょうだい――私は頭が悪いんですからね。目の前であなたとマドモアゼルが一触即発の状態で睨み合っていて、生徒たちは校舎が燃えていると思い込んで大騒ぎしてるのよ――説明してもらって当然でしょう！」

「エ・ビヤン《いいわ》」感情の昂《たか》ぶりに震えながら、ランクレが叫んだ。「私が説明します！」怒りが多少薄らいだのか、英語が口から出てきた。「レ・アンファン《子供たち》――彼女たちから、校舎が燃えているって聞いたの！　でも、そうじゃなかった！　彼女は、悪魔のためにキャンドルに火をつけたのよ！　私の服を盗んで、私の魂を燃やそうとしたの！」彼女はエマの顔の前でシュミーズを振りまわした。室内で燃えているほの暗い火の灯りが天井に大きな影を映し出し、シュミーズの両袖部分が立ち上がって巨大なロバの耳のように見えた。頰にかかった髪の毛を、皮膚が硬くなった筋張った手で払う。「あそこを見て――自分たちの目で確かめて！」

「この人、頭がおかしいのよ」オーペンは吐き捨てるように言った。「何を言ってるのか、自分でもわかっていないんだわ。あなたが洗濯物を取り出したときに、間違えて彼女の下着を私の衣類の中に入れたのなら仕方がないけど。私――そんな服、見たことがないわ」

だが、ノニーとエマの目は、彼女の背後に吸い寄せられていた。

化粧テーブルには通常あるはずのものが何もなかった。黒い布が掛かっただけのテーブルの両端に、ずんぐりしたキャンドルが一本ずつ立った真鍮の燭台があるのだが、その存在よりも、異様なのはキャンドル本体だった。悪臭のする脂っぽい黒い物質でできていて、濁ったスレート色の炎が上がっていた。二本のキャンドルのあいだには、食料品店にある天秤ばかりの皿にも似た浅い銅のフライパンが置かれ、その中でつい今しがた何かを燃やした形跡が見られた。底に白い灰がたまっているだけでなく、どろどろした堆積物が残っていたのだ。これが部屋に充満して喉をひりつかせている煙の元だと、エマは即断した。黒い物質が垂れて不格好に醜く膨れ上がったキャンドルに再び目をやった。滴り落ちた物質によって布に染みができている。

「捨ててちょうだい」と、エマは自分でも驚くような高い声を出した。

「触ったら汚《けが》れそうだわ」と言ってノニーは部屋の明かりをつけると、つかつかとキャンドルに歩み寄り、二本とも吹き消した。強い臭気に、手で口を押えて後退《あとずさ》る。

オーペンは、怒りに毛を逆立てた猫のように鋭くノニーに向き直った。「何がいけないの？　私が燃やしたキャンドルの色？　学校中を大騒ぎに巻き込んで、頭のおかしな人たちと一緒になって『マンハント』《行方不明者捜し》に繰り出すほうが、よっぽど害なんじゃない？　私の部屋から出ていって。全員。いいこと、ここから――」

「まあ、まあ、まあ」ノニーが腹立たしいくらいに穏やかな口調でなだめた。「落ち着いて、オーペン。サーローさんは『マン』じゃなくて『ウーマン』よ――それに、目の色と同じように、誰もあなたのキャンドルの色なんて気にしていないわ――どうして普通の蠟《ろう》のものにしなかったのとは思うけど。ただ、これ」――化粧テーブルを叩いてみせた――「これは学校の備品なのよ。すっかり汚れてしまったじゃない。さあ、いい子だから全部片づけて寝てちょうだい。もう五時になるわ。みんなくたくたなのよ」

「その人はいい子なんかじゃない」ランクレが低い声で言い放った。「ディアブル《悪魔》に祈りを捧げていたのよ！　私は……モン・ジュー――モン・ジュー――」

「出てって！」オーペンは金切り声を上げて回れ右をすると、素早くキャンドルの一つをつかんだ。ノニーが彼女の手首を取って締め上げ、エマはマドモアゼルの肘をつかんで部屋の外へ連れ出した。マドモアゼルは怒りが萎えたようで、諦めを絵に描いたようにだらしなく袖がぶら下がった皺くちゃのシュミーズを巨大なハンカチのように顔に当てて、おとなしく従った。

「シュミーズだけど」あくまでも事務的なノニーが背後から声をかけた。「名前のラベルでわかるから――本当にあなたのものかどうか。あとで、みんなでおいしいお茶を飲みましょう」

夢遊病のドリー・フィンチに話しかけるときと同じ口調でオーペンを諭す声が聞こえ、やがてノニーは通路のエマたちと合流した。

「伝染病を発生させそうな代物だったわね」と、彼女は陽気に言った。「とんだティー・パーティーだわ！」大きなあくびをすると、マドモアゼルのこわばった背中を怪訝そうに見やった。エマは首を横に振ってみせ、歩調を緩めてノニーがそばに来るのを待った。ノニーは唇を引き締め、ぐるりと目を回して、呆《ほう》けたようなあからさまな訳知り顔をつくった。マドモアゼルは黙ったままぼんやりと前を歩き、自分の部屋へ向かった。

本人が何をしたかったにせよ、オーペンの気味の悪い行為が、その夜のおぞましい出来事の締めくくりだった。ひと息ついたときにノニーから聞いた話では、ミス・サーローは這いつくばりながら真っ暗な階段を上がって、自分の部屋のバスルームに逃げ込んでいたそうだ。捜索に加わるのが嫌で、できるだけゆっくり服の片づけをしてからようやく捜し始めたメイドたちが発見したのだという。個人の責任を問われないよう、みんなで一緒に見つけたと口裏を合わせているらしい。今は湯たんぽを入れたベッドで眠っていて、グレイスと、ほかの仲間たちよりは肝の据わったメイドが一人付き添っていた。

スウェイン看護婦は空き部屋に運ばれ、ノニーがいいと言うまで、料理人ともう一人のメイドが嫌々ながら見張りにつかされていた。

思いのほかおとなしく、やけに控えめな様子のスーザンは、もうほとんど朝だったが少しでも眠るよう説得されて、それに従った。ノニーは彼女にホットミルクを持っていってやり、てきぱきと世話を焼いた。ほかの人たちの問題に自由に口出しできるこの騒動が楽しくて、明らかに反応のないスーザンの様子には気づかなかった。

実際、ノニーにしては珍しく迂闊《うかつ》だったようで、誘拐まで疑って彼女が懸命に捜していたドリー・フィンチは、結局ジュリー・ランクレの部屋で無事に確保されたのだった——しかも、あろうことか——ドリーが見つかったのはベッドの下だった。どうしてそんな場所に行ったのかは、現時点では誰も知らなかった。マドモアゼルが彼女を見つけたことをすぐに報告しなかったことに、グレイスはおかんむりだった。ちょうどボールド医師が到着した気配が聞こえたので邪魔しないほうがいいと思ったのと、ドリーがとても動転していて逃げ出すのではないかと心配して三十分ほど部屋で休ませたのだと、本人は説明した。規則に反すると主張したグレイスを除いては、賢明な判断だったと誰もが思った。

「そんな規則なんてないのにね」ミルクと湯たんぽを与えたあと、ドリーをベッドに寝かせながらノニーは言った。ドリーは哀れなほど精神状態が不安定だった。なぜマドモアゼルの部屋に隠れていたのかはどうしても言おうとしなかったが、部屋に入ったときには彼女は不在で、しばらくしてから戻ってきて、下にいる自分に気づかずにベッドに横になったと証言した。それからあとのことはよく覚えていないので、たぶん、そのまま眠ってしまったのだと思うが、恐ろしい叫び声が聞こえて懐中電灯が「不気味な丸い光」で部屋を照らすのに気づいて目覚め、オーペンが椅子に掛けてあった「寝間着」をつかんで飛び出していくのを見たという。そのとき、マドモアゼルの姿はなかった。「果てしない時間」が経ってから部屋に戻った彼女が、ベッドの下から突き出しているドリーの足に気づいて引きずり出したのだった。どうしてオーペンだとわかったのか尋ねると、職員全員の脚を言い当てられるのだと答えた。「脚ですって?」と、グレイスは問い詰めた。「あなたの目はどこについているの? 高価な石でできた天国の床をいつも見つめていたマモン神じゃあるまいし」するとドリーが泣きだしてしまい、それ以上はそっとしておかざるを得なくなった。

さまざまな角度から見た話は興味深い。少なくともエマにはそう思えたが、いつものように快活にエマに状況を報告するノニーは、ところどころに毒舌を交えながら、単なる夢遊病として簡単に話を片づけた。

ボールド医師は五時二十分に来て一時間半滞在し、ミス・サーローを転院させる算段についてグレイスと話し合った。処遇が決まるまで、数日間入院することになるようだった。ボールドがハートルプールにいる妹とサーローの代理人の住所を知りたがったので、グレイスは、予防措置としてウィック医師から預かっていた二人の住所を教えた。

部屋を丹念に調べた結果、これまでいちばんひどかった今回のサーローの「騒ぎ」に関して見つかった毒物は、スウェイン看護婦が服用したモルヒネだけだとわかった。幸い、スウェインの状態は深刻ではなく、午後にはすっかり元気になるだろうと、ボールド医師が太鼓判を押した。

不思議なことに、彼が心配したのはスーザンのほうだった。金曜に見舞われた発作はずいぶんよくなっていたのだが、月曜の午前六時半の今、前夜の災難のせいでまた悪化したようで、ボールドは病院に行くように強く勧めた。スーザンは頑《かたく》なにこれに反発し、グレイスは苛立たしげに彼女を擁護した。

「病院に行く必要があるなら、こんなに元気になる前にとっくに行ってます」

ボールドはあからさまに不満を口にした。「あの時点で彼女を動かす危険を冒すほど私が愚かだと思っていたんじゃないだろうね」

「そうじゃありません」グレイスより早くスーザンが答えた。「でも先生、もう平気です。サーローさんがいなくなれば、私は大丈夫です」

一瞬、微妙な空気が流れた。グレイスが鋭い視線をスーザンに向け、「どういうこと?」と、おもむろに訊いた。

スーザンは両手を広げてにっこり微笑んだ。「ええと――わかりません」と、髪の色と同じくらい明るい調子で言った。

ボールド医師は何も言わなかった。

こうしたさまざまな経緯を考えれば、八時まで誰もミス・ワンドのことを思い出さなかったのも無理はないと言えるかもしれない。

だいたい八時前後に――メイクウェイズ・スクールのキッチンでは、その辺の時間設定は厳密ではなかった――担当のメイドが、ワンドに朝の紅茶を持っていくのが常だった。昨夜の十時半以降、彼女に注意を払っていた者が誰もいなかったことをノニーが指摘したため、その朝、メイドは早めに紅茶を運んだ。

きっかり三分後、彼女はトレイの上に紅茶をこぼし、新たな禍《わざわい》によるショックで身体を震わせながら真っ青な顔で戻ってきた。

「そんなことあるわけないでしょう」メイドの支離滅裂な話をノニーが途中で遮った。「あなた、ほとんど部屋にいずに戻ってきたじゃない! いいわ――私が行く。たぶん、また発作が起きたんでしょう」

ノニーは猛スピードで階段を駆け上がった。

間違いではなかった。弱っておとなしくなったサーローを迎えに、九時にビューグルからの救急車が到着したときには、校舎の反対側で別の老婦人が死んでいることが学校中に知れ渡っていた。

月曜と火曜の二日間、マルタンマスは深い沈黙に包まれた。降る雪と同じように前触れなく静かに訪れた静寂の中では、ちょっとした動きや言葉も、妙に意味ありげに響いた。ミス・ワンドに対する敬意からというわけではなかった。校内の大半の人間にとって、ワンドはほとんど知らない存在で、親しく付き合っていた者はいなかった。彼女の死の報せは、季節の移ろいや、渡り鳥の飛翔や、何日も経ったバラの花びらが萎《しお》れて落ちたことを告げるような、通常のニュースの一つでしかなかったのだ。誰もが感じてもいない悲しみを口にする不誠実なことはせず、ひっそりとした沈痛な空気は、悲しみよりも疲労によるところが大きかった。

ミス・サーローはいなくなった。それは、ワンドの死よりもずっと重要な事実だった。サーローがいなくなった——恐怖とヒステリーでいつも話を誇張してきた老女。サーローがいなくなった——認めたくなかった毒物事件と、それを盛った犯人の脅威とともに。サーローがいなくなった——マルタンマスは思考と感情が停止し、無感覚状態に陥った奇妙な無力感の中にあった。

エマが抱いていた疑念さえ、一時中断した。ずっと頭から離れずにいた疑惑は、ライオンのように猛々《たけだけ》しく現れて子羊のように弱々しく去っていった、あのサーローがいなくなったことで、ついにレゾンデートル《存在理由》を失ったのだった。困惑は残るかもしれないが、芯を抜いたキャンドルのように消えてなくなった事件に、エマがこれ以上関わらなくて済むのは間違いない。肩透かしを食らったような気がしないでもないが、ほっとしたのは確かだった。

月曜の午後と夕方は、ありがたいほど静かに過ぎていった。授業は取りやめになり、急遽ピクニックが二つ用意された。一つは上級生のためのものでリリアン・オーペンが引率をし、もう一つは下級生用でノニーが担当した。上級生たちはピクニックの代わりにビューグルに行かせてほしいと頼んだが、グレイスは聞き入れなかった。マドモアゼルは一人で散歩をしたあと、頭痛を訴えて部屋に残った。ベッドに横になっていたスーザンとドリー・フィンチは、それぞれ物思いに耽《ふけ》っていた。お茶の時間近くになってようやく目を覚ましたスウェイン看護婦は前の晩と変わらないくらい元気になり、仕事を辞める決意を固めたあとで、すでに自分がクビになったことを知ってうろたえた。

生徒たちが出かけているあいだ、校内の出入りは数えるほどで、事務的な足音がミス・ワンドの部屋に続く階段を控えめに上り下りしていた。葬儀は水曜の午後二時半から行われることになった。

火曜日の昼食後、ある出来事が一時間ほど校内の沈滞ムードを吹き飛ばした。ドリー・フィンチの両親がレディングから車で到着し、娘を連れ帰ると宣言したのだ。当惑したグレイスは、このところの学校の不祥事をどうやって彼らが知ったのか尋ねた。すると父親が、前日の午後受け取った電報を取り出してグレイスに手渡した。そこには、こう書かれていた。「どうかドリーを迎えに来てください。身の安全を安定させることができません」。差出人の名はなく、日付は九月三十日となっており、マルタンマスから二マイルほど南に行ったところにあるアンダーバロウ民間受託郵便局で月曜の午後三時十分に出されていた。

フィンチ一家がよそよそしい態度で帰っていったあとで、グレイスは匿名の電報のことをエマに報告した。

「身の安全を——安定させる?」エマは文言を繰り返した。「変な文章ね。本当に父親のフィンチさんに間違いなかったの？　まさか――」

「間違いないわ」と、グレイスは不機嫌に答えた。「ドリーをよく知っていたなら、そんな質問はしないはずよ。彼女は億万長者の相続人じゃないし、多額の身代金に見合う子でもないわ、絶対に！」大金を嘲笑《あざ》いながらも、それを持っていない人間を軽蔑するような言い方だった。

そうかといって、ドリーが誰にも知られずに校舎を出て自分で電報を打ちに行くのは不可能だ。

「いずれにしても真相を突き止めてやる」と、グレイスは言った。「ドリーは惜しくないけれど、こういうことを許すわけにはいかないもの。事態が収束したら、この学校が今と同じように存続することはないでしょうけど。オーペンとマドモアゼルには、もう解雇予告をしたわ」

学校の終焉が近づいているのに平然としている様子が、以前のグレイスの態度とは対照的だった。サーローがいなくなって一時的に動揺しているせいだと思い、あとになって大きなショックに見舞われるのではないかと、エマは不安になった。

「でも、もう終わったんでしょう？」希望を込めて、思いきって訊いた。

「たぶん」と、グレイスは曖昧に答えた。

彼女の瞳には、昔の思索的な光が宿っていた。内にこもって、感情をまったく表に出さない。だが、これまで見たことのない快活さが漂っているようにも見えた。グレイスが人の死と退去を自分とビジネスのために役立てるプランをすでに思いついていたとしても、驚きはしない。エマはため息をついた。そのほうがいいのかもしれない。利己心には、耐えがたいストレスですり減った神経を回復させる力がある。

グレイスは葬儀の手配をした。葬儀に参列するのは彼女とノニーだった――「ベット、よければあなたも出てくれていいのよ。最初に教会で礼拝をするの」生徒を代表して風紀委員の上級生二人が出席するが、参列者はそれで全員だった。ワンドの代理人も電報で呼んだのだが、葬儀には間に合わなそうだった。すっかり体調が戻ったスウェイン看護婦は、今夜出ていく予定だった。葬儀のある午後は、スーザンとマドモアゼルの監督の下、十二人前後の生徒が校舎に残ることになる。スーザンは、今日はもうベッドから起き上がっていた。料理人とメイドたちと雑用係の少年は水曜の午後休みを取ると言いだし、なだめるそぶりを見せたところで、どうせ無駄だろうとグレイスは諦めていた。学校に残っている上級生たちがスーザンとともにお茶の用意をし、全員で軽い夕食を摂るしかない。

火曜日、エマは一日中ジュリー・ランクレに言葉をかけようとしたが、叶《かな》わなかった。日曜に共感を覚えて以来、彼女に対して新たな興味が湧いていたのだ。だが、エマがいくら距離を縮めようとしても、当のフランス人教師は相手にしてくれなかった。食事の際に無表情で黙っているのも、遠くを見るような目をして本心を明かさないのも、決して敵意からではないとエマは思った。歩み寄りに抵抗するのは、彼女の性格の一部なのだ。友情に期待していないために、どんな申し出も疑ってしまうのだろう。

午後六時、初めてワンドへ贈る花が大きな箱で届いた。誰もが驚いたことに、贈り主はミス・サーローだった。

「彼女には知らせていなかったのに」と、グレイスは言った。「でも、校舎内で人が死んだなんて噂は、あっという間に広まるのよね」

献花は大輪の白いユリで、面白味のない質素な花が、頭がくらくらするほどの芳香を放っていた。

「一晩中、温室みたいに匂いが充満しそうね」と、ノニーが言った。「朝まで待ってくれたってよかったのに――いいえ、違うわね。やっぱり、どうしても自分の花がいちばんに着かないと気が済まなかったんだわ」彼女はメッセージカードを読んだ。「本人の字じゃないわ――『悲しむ友より心をこめて、マリア・サーロー』ですって。ふん――女狐《めぎつね》が――でも、もし本当にそう思ってるのだとしたら、ワンディーを殺してしまって良心が咎《とが》めているからでしょう」

エマはぞっとしてノニーを見た。

ノニーは笑って、はしゃぐ気持ちを押し殺すように早口に言った。「だって、そうでしょう？　あんな大騒ぎの中で彼女がたてた悲鳴を耳にしたら、健康な心臓だっておかしくなるわよ！　とにかく私、ユリは嫌い――なんだか邪悪な気分にさせられるの。葬儀にはもっと明るい花がいいわ。特にワンディーみたいな陽気な人を送るにはね。ユリの花はあまりにも美しすぎて。子供たちはキクを供えるんですって。ブロンズ色のね――寒い日を明るくしてくれそうでしょ」

エマも、ユリについてもキクについても同意見だった。清々しい、微かに金属に似たユリの香りは、少しの不正も許さない厳粛で一途《いちず》な花をイメージさせた。

ノニーが花輪を手に上の階へ行くと、校舎内はしんと静まり返った。

午後七時、エマは繕っていた手袋を脇へ置き、マドモアゼルの部屋へ向かった。すべてが空気の抜けた萎《しぼ》んだ風船と化した今、アンブロジオを訪ねたことを隠す必要はなくなった。「私は……モン・ジュー――モン・ジュー」と叫んだランクレは、向こう見ずにも邪悪な部屋を共有した人間に、心の安らぎを求めたのではないだろうか。

エマは、これまで一度しか来たことのない西ウイングに足を踏み入れた。グレイスの部屋は知っている。ランクレの部屋は、そのそばのはずだ。

それにしても、こちらのウイングはなんて静かなのだろう……外では風が木々を揺らし、秋の夕暮れの薄い陽光が壁や廊下をちらちらと照らしているが、呼吸が止まったように穏やかだ。静寂が当然であるかのようだった。もうずいぶん前のような気がするが、チャーチウェイでの午後、フラッグ夫人の下宿の屋根裏に続く踊り場から、人生を変える手紙を読みに部屋へ入ったときのことを思い出した。今、彼女はまたも岐路に立たされている。メイクウェイズは崩壊寸前だ。自分は必要とされていなかった。彼女の力はそもそも要らなかったのだ。それでもグレイスは愛想よく接してくれて、ストレスが解消されたここ二日間はことさら親切にしてくれている……。

ユリの酔うような芳香が鼻についた。ここには死がある。それを忘れてはいけない。短い階段の上にあるグレイスの部屋の前をそっと通り過ぎると、ドアの閉まった部屋が並んでいた。エマは自信がなくてためらった。「マドモアゼルの部屋はあそこよ」と、前にグレイスが彼女を案内してくれたときのおぼろげな記憶を頼りに、天井が低く小部屋ほどの広さがある四角い踊り場まで来た。中央に敷物があって、壁沿いにいくつか戸棚が並んでいる。踊り場の周囲には部屋があり、北側に位置する突き当たりの窓から明かりが射し込んでいた。すると、胸がむかつくほど強い香水の匂いが漂ってきた。

エマは左右を見まわした。部屋の割り当てが社会的序列に比例することを長年の経験で知っている彼女は、二段下の古ぼけたドアがマドモアゼルのものだと確信した。少し開いているところを見ると、彼女は部屋にいるようだ。

エマは階段を下り、ノックするために片手を上げて「マドモアゼル、入ってもいいかしら？」と声をかけようとした。

が、その言葉は、発する前に消えた。たぶん彼女が下りてきたときの風のせいだと思うが、ドアがさらに大きく開いた。見えない手が招き入れようとしているかのようだった。部屋は暗く、昼間もカーテンを閉めていて秘密の隠れ家のような雰囲気だ。だが、ほの暗さもかび臭さも、彼女が目にしたものの前に吹き飛んでしまった。室内には、戸口の向かいの手が届きそうな距離に、マホガニー製の巨大な姿見があった。少し前に傾いている。輝く真鍮のついた、黒くて滑らかで艶のあるものが、部屋のぼんやりした暗がりを背景に浮かび上がるように鏡に映っていた。滑らかで艶があって黒く、中は白い……その白い部分の先端に、顔が微かに光って見える。昼間のようにはっきりと、見間違えようのない顔が……。

茎のてっぺんに咲いている花のようだ、とエマは思った。冷静に落ち着いている自分が怖くなった。茎に咲く花のようだ。エマはメアリー・シャグリーンの閉じた目に微笑みかけた。

足音も、ほかのどんな音も、死の静寂を破ることはなかった。エマは室内に足を踏み入れた。無意識に背後のドアを閉めた。すぐにまた開いたことには気づかなかった。頭のてっぺんから足の先まで震え、全身が冷たくなっていたのだが、それさえもわかっていなかった。

棺が横たわるベッドと鏡のあいだに立ち尽くす。死がシャグリーンの顔から老いと疲労を拭い去っていた。復元できない肌艶の代わりに、死神は生きている人間にはない優しさと神々しい若々しさを残してくれていた。年月が花びらのように舞い落ち、人格だけがそこにあった。微かに口を歪めた懐かしい微笑み、鼻、顎の傾斜、萎《しな》びた胸の上でおとなしく組むことを頑《かたく》なに拒否している湾曲した小さな手に、彼女の人格の名残があった。確かに、ここにあるのは、かつて大陸を熱狂させた彼女の亡《なき》骸《がら》かもしれない。だがそれは、完璧な亡骸だった。彼女の最後の恋人となった死神が残した年老いた老女ではなく、メアリー・シャグリーンそのものだ。彼女こそ、愛を込めて自分の写真を送った亡霊その人だった。

気づくべきだった。その機会はいくらでもあった。混乱して怯えていた愚かで無力だったあのとき、たぶん何かを感じ取っていたのだと思う。だから、清々しい香りで部屋を満たすユリの花が不似合いだという意見に同意したのだ。バラやスイカズラやスミレやオダマキといった、モントルーのナルシス祭りで使われる花こそふさわしい――「カーネーションが鼻に当たって、紙吹雪がたくさん首から伝い落ちていた――それでも彼女は笑っていたわ……」

ようやくぼんやりと理解し始めた事態の途方もない残酷さに、エマは吐き気を催した。ベッドの脇を回り込み、化粧テーブルに手をついて身体を支える。何か小さくて硬いものに指が触れた。冷たいその感触に、はっとして目をやった。それはフランス製の懐中時計だった――シャグリーンの時計だ。彼女はこれを五十年以上大切に持っていたのだ。この時計を触った子供のときのわくわくした喜びがよみがえる。小さな文字盤、繊細な装飾、羊飼いの女と華奢《きゃしゃ》な子羊たちのこのうえない優雅さ、花をかたどった鎖と恋結びのリボン。薄暗い中でも全部はっきり見えた。確か、装飾の施されたケースに入っていたはずだ――エマはテーブルを探った。やっぱり、あった――サメ皮で金の浮かし彫りが施されていて、とても古くて――「本物の上流階級の時計なのよ」シャグリーン叔母さんはエマを抱き締めて言った。「私みたいな成り上がりの小物とは違うの！」

一六四〇年製の表面に一八八四年に刻まれた「AからM・Sへ」という文字を指でそっとなぞる。「A」という人物については知らないが、その時計を見て父が顔を赤らめ、母が見下したような顔をし、エマ自身は、どうしてこんなすてきなものを見て大人は妙な反応をするのだろうと首を傾《かし》げたのを憶えている。だが、シャグリーンの魅力が、そんな微妙な雰囲気を和らげたのだった。

時計を手に、茶化すような遺体の口元を見つめていつまでも立ち尽くしているわけにはいかない。やらなければならないことが、止めなければならないことがある。なんとしても、グレイスに会って話をしなければ――ベッドの足元を回り込んで戻りかけたときに、遺体の冷たい両手に軽く触れた。ふと顔を上げると、グレイスがいた。

シャグリーンを映しているまさにその鏡に、彼女の姿が映っていた。開いた戸口に立つ彼女の顔は、エマにはとても白く見えた。次の瞬間、本当にそうだったのか自信がなくなった。そこには誰もおらず、どこかでドアのゆっくりと閉まる音が聞こえただけだった。

「グレイス、グレイス！」と叫んだつもりが、唇から漏れたのはささやき声だった。遺体が横たわる部屋のドアを閉めて、再び階段を上がった。大きな姿見はエマの行動を映し出し、鏡の中で、生きている者を外に出す形でラッチが閉まった。半ば走るように踊り場まで来た。あれがマドモアゼルのドアだろう――たぶん。自信はない。もはや、すべてのものに確信が持てなかった。背後では何やら音がしているが、今はランクレのことを考えている時間はない。変化しながら通路を照らしている陽光は、ここにあるかと思えば指からすり抜けてしまう、過去の宝石を呼び起こす記憶という炎の揺らめきのようだった。メアリー……メアリー・シャグリーン。

グレイスの部屋まで来て、ノックすると同時にドアを開けた。中には誰もいなかった。急いで階段へ向かう。

耳にしたのは、襲撃者の息遣いだけだった。頭の中で何かが音をたてて壊れ、太陽と壁と揺れ動く木々が目の前の光の中で一つになって、足が宙に浮いたかと思うと、身体が落ちていく感覚に陥った……身体が、落ちていく。

第十四章　葬列の出発

白い四角形が浮かび小さく点になって消えた。すると再び真っ暗になった。現実が手のひらから滑り落ちていく。世界をその手につかんだと思ったとたん、魚のようにするりと逃げていく。銀の鱗をきらめかせる魚のように。一枚の鱗が星のごとくまぶしく光る魚のように――そして小さな点になって消え、再び暗闇が訪れる。

だが、待ち受けていた眠りの闇は、温かくも深くもなかった。この闇は不安定極まりなかった。絶えず動き続けている。まさに永久運動だ。水のように動いて、長くゆったりとした波が連続して押し寄せ、寄せては引き、同じリズムを永遠に繰り返す――流れ、混ざり合い、消え、また流れ……きらめく体、そこに棲む魚の体が水を貫き、その素早い動きが銀色の帯となって、緩慢な水の渦巻きとともに鮮明なコントラストを形成していた。水を切り裂き、暗闇から暗闇へ飛びながら辺りかまわず泳ぎまわり、やがて一匹の魚になっていく――そして、再び世界が手の中に戻ってくる。

それは、夜に燃えるランプ――神が天空に示した道標《しるべ》のように、しっかりとした状態にまで膨らんだ。正しく善良なもので、角があり輪郭がはっきりしている……。

白い四角形が浮かび小さく点になって消えた。すると再び真っ暗になった。現実が手のひらから滑り落ちていく……。

彼女の手の中で膨らんだのは、水銀のように流れ落ちていく水晶なのだろうか？　いや、違う。水晶は地球のように丸い。これには鋭角な角があり、波を捕らえようとして捕らえられなかった目にはありがたい、動かない面がある……。

気がつくとエマはじっと窓を見つめていた。

激動の一日に蓋をするように目を閉じる。だが、もう渦巻く水と銀色の魚の暗い世界に沈み込むことはなかった。頭がひどく痛む。目を閉じたまま、おずおずと手を上げ、最初は枕を、次に包帯を、そしてその下にある左耳の周りの腫れに触れた。無造作に触れたために痛みで身体がすくんだ。

次に目を開けたとき、見えたのはただの窓ではなく、自分の部屋の窓だった。少しずつ頭がはっきりしてきた。今は夜ではなく、明らかに昼間だ。だが、東に面している部屋なのに陽射しが入ってこないので朝ではない。エマは何が起きたのか思い出そうとした。頭がさらに痛んだが、懸命に考えた。確か――西ウイングの通路を照らす陽光の中に何かがあった。太陽――西ウイング。西の太陽。ということは、あれは夕方だったのだ。だが昨日なのか、今日なのか、先週なのか――いつ？　もう少しで思い出せそうなのに、するりと記憶が逃げていく。魚のように、水晶のように、水銀のように、昼間の暖かな陽射しのように。すると、ユリの香りを思い出し、すべてがよみがえってきた……。

もしかしたら、エマ・ベットニーという人間の最大の長所は、優しさでも忍耐強さでも常識的な人間愛でもなく、やらなければならない仕事は必ず遂行する義務感かもしれなかった。だとすると、この学校にとどまればとどまるほど、出ていくチャンスが減っていくに違いない。自分を死に追いやる企てが進行しているのだと、エマは確信した。彼らが医者を呼んで手厚く頭の手当てをし、できるだけ快適な状態に置いたのは確かだ。犬を殺すにはもっと別な方法があるということか……。

ひとまず隠れている危険が再び押し寄せてくることは考えないようにして覚悟を決め、頭を動かして部屋の様子を観察した。きちんと片づいていて、荒らされてはいないようだ。手の届くところに水の入ったグラスがあり、その二インチ向こうには、なくなったときに注《っ》ぎ足すため、なみなみと水の入った水差しが置かれていた。エマは身震いした。このところ、寝室の水差しは縁起の悪いものだからだ。中の水はまったくの無害に見える――だが、何も混入されていないとは言い切れない。そのリスクを冒すくらいなら、この吐き気と口の渇きを我慢するほうがいい……。

起き上がって着替えなければ。校舎内は静かだったが、外から人の声と思われる断続的な音が聞こえた。光の感じからすると、午後だと思う。ということは、今日は水曜だ――水曜の午後、ちょうど葬儀が行われる時間だ。

絶望の波がエマを包んだ。ベッドの上に起き上がった彼女は、膝を立てて傷を負った頭を抱えた。止めるつもりだったのに、間に合わなかった。頭を下げて光から目を外すと、アンブロジオの言葉が浮かんできた。「土はすべてを覆う。しかし、あなたは――あなたは――あなたは――」

土はすべてを覆った。メアリー・シャグリーンの遺体は永遠に土に覆われることになる。だが自分は、エマ・ベットニーはここにいる。自分は生きている。頭の中で冷静に繰り返した。「しかし」と言ったアンブロジオの言葉の中に、素直にエマは紛れもない正しさを感じた。

あとになって振り返っても、どうやって着替えたのか思い出せなかった。あのときは何も考えず、ただ習慣に従ってなんとかできたのだと思う。おぼつかない手つきでベッドの柱やテーブルにつかまりながら、やっとのことで動いたのだった。水を飲みたい欲求に駆られたが、必死に我慢した。蛇口から直接飲むのでなければ、マルタンマスでは二度と水を口にはしない。

荷物のことは考えないほうがいい。スーツケースごとここに置いていこう。生きていればいつか取り戻せるだろう。ただし、どうしても持っていかなければならないものがある。屈むと気分が悪くなり、絶望に震える脚で立ち上がるのには時間がかかったが、懸命にスーツケースを引っ張って『ウイングズ・オブ・フレンドシップ』誌を取り出した。授業に必要な書類を入れて持ち運んでいた小さなランチケースが、エマが持ち出せるすべてだった。その中に、結婚紹介雑誌と一緒に、フレームに入れて飾っていた両親とシャグリーンの写真と、机の脚の下から見つけた写真を押し込んだ。昼の陽光の中で見ると、驚くほどはっきり顔がわかった。書き込まれた文字も読める。「メアリーよりロナルドへ、愛を込めて」

歯ブラシと洗面用具はなんとか入った。寝間着は今夜たどり着く場所で買うしかない。エマはハンドバッグの中を覗いた。持参した現金が五ポンド以上は入っている。内ポケットに、最初の給料の前渡しだと言ってグレイスから渡された十ポンドの小切手があった。それを取り出すと、念入りに細かくちぎり、ゴミ箱に捨てた。

冷たい水で顔と手を洗って、包帯のせいでブラシをかけられない髪を整え、匂い袋に入れてあったハンカチをランチケースの中に加えて外出用の身支度をした。頭は自然と動いているようだったが、少なくともこうした作業とそれに伴う思考のおかげで、間隔をおいて襲ってくる吐き気に耐えることができた。

校舎から出るのは思ったほどたやすいことではないかもしれない。葬儀に参列するのは誰で、残る人間は誰だったかを思い出そうとした。だが、個々の名前を思い浮かべると余計なことまでよみがえって身体が震えてくる。

エマはドアを開けて耳を澄ました。一週間前、最初にここに来た夜に聞いた、水道から滴り落ちる水の音しか聞こえない。そのリズミカルな音は、ＢＢＣラジオの番組の合間に流れる信号音のようだった。

ここで行かなければチャンスはない。小さなランチケースとハンドバッグと傘を手に、かつてシャグリーンがいて、今、自分が後にする部屋をもう一度振り返り、エマは別れを告げるようにドアを閉めた。メインの廊下につながる狭い通路を、荷物を持って壁伝いにバランスを取りながら、揺れる列車の通路を歩くようにそろそろと進んだ。メアリー・シャグリーンが同じことをしていた映像が突然、脳裏をよぎった――一週間前のことだ。黄色いショールを頭に巻いた小柄な老婆が、まだ軽やかさの残る足取りで、移動したことを忘れて、彼女が長年住んでいた部屋に戻ってきたのだ……。（どうして私は、あのとき気づかなかったのだろう……）

踊り場の窓から、校舎の裏庭にいるスーザン・ポラードと年少の生徒たちの姿が見えた。起立して紙に書かれたものを読んでいる。生徒の一人がカエルを真似てしゃがんで跳ねていた。劇の練習をしているのだろう。頭を引っ込めて階段の窓の横を通り、階下へ向かった。スーザンはこちらに背中を向けているかもしれないが、安全策を取るに越したことはない。

通路に人影はなかったが、オフィスに近づいたとき、エマは縮み上がった。いきなり電話のベルが鳴りだしたのだ。二度目のコールを聞いた瞬間、とっさに機転を利かせ、応接室のドアを開けてこっそり滑り込んだ。ブラインドを上げていない室内は寒く、洞穴を思わせた。ドア横の壁で身体を支え、扉を完全には閉めずに内側のノブに手を置いた。頭がひどく痛み、閉じた瞼《まぶた》の裏がじんじんする。

誰かが教室のほうから玄関を横切ってオフィスへやってきた。ベルが再び鳴った。声が聞こえた。

「アロー――アロー」あれはマドモアゼルだ。素早い判断ができる状態ではないが、今すぐ決断しなければ。このまま隠れていれば、部屋に私がいないことに誰かが気づいてしまう危険性が高まる。当然、見張っておくように言われている人間がいるはずだ。一方、オフィスの前を忍び足で通れば、電話を終えたランクレと鉢合わせになるかもしれない。それでも、二つ目の選択肢を取るしかない。マルタンマスに少しでも長居をすると思っただけで、数分ごとに苦しめられている痛みと同じくらい耐えがたい嫌悪感に襲われる。マドモアゼルの声が遠くのほうでくぐもった響きに変わった。つまり、オフィスのドアを閉めたということだ。エマは思いきって部屋を出た。

玄関へ曲がる前に新たな問題が起きた。トレイの上で食器がたてるカチャカチャという音が大きく響いて聞こえてきて、より近くに感じられたのだ。使用人たちは当初の予定どおりに外出しなかったのか。あるいは、残ることになった者がいるのかもしれない。エマの「事故」のせいで計画が狂ったのだろう。皿洗いのメイドの甲高い声が聞こえた。「あんたが持ってってよ――あたしは三時までに湯たんぽを持って上がらなきゃならないんだから」

きっと、私のためのものだ。ドリーは去り、スーザンは起き上がって歩きまわれるようになっていて、それ以外に昨夜から体調を崩した人が出た可能性は低く、湯たんぽを必要とするのはおそらく私しかいない。

足を速めて玄関を抜け、ドアへ向かった。相変わらず恭《うやうや》しく前傾した年配女性の痩せた姿は、きちんとした身なりなので人の目に留まりにくく、慌てたようには見えないはずだ。丁寧にまとめた傘、上品なハンドバッグとランチケース、包帯が帽子の下から一、二インチ見えているだけで、胸が激しく動悸を打っていることは絶対に傍目《はた》にはわからないだろう。

私道に出ると、うめき声にも似た大きなため息をついた。門までしっかりとした足取りでゆっくり歩くよう心がけた。だが、背後で窓を上に引き上げる耳障りな音がした。エマは振り返らなかった。彼女を呼ぶ声が聞こえた。「ベットニーさん――ベットニーさーん――戻ってきて！　メ・ノン《ねえ、だめよ》――走らないで――ジュ・ヴ・ドネレ《あなたに渡すものがあるの》――」一陣の風が吹いて、最後はかき消された。エマは品位を保つ決意も忘れ、よろめきながら駆けだした。頭の芯が燃えるように熱く、視界はぼんやりし、さっきまでの歩き方が嘘のように、足がもつれそうだった。

二本の門柱のあいだを通り、木々のトンネルを通り抜けるまで走るのをやめなかった。今、弱気になったら、ここで終わってしまう。最初の計画では、アンダーバロウ・ホルトでビューグル行きの次の列車を待つつもりだった。そこからソールズベリー経由でロンドンへ向かう列車に乗る。だが、ここへきて、それは危険だと思った。彼らがエマを捜すとしたら、ホルト駅だろう。人があまり訪れないあんな場所では、彼女の人相はすぐに特定されてしまう。街道沿いのガソリンスタンドでタクシーを頼んで、直接ビューグルへ行ったほうがいい。線路と平行に走るこの道を真っすぐ歩いて五十ヤードほど先のアーチをくぐれば、ガソリンスタンドに着くはずだ。街道は線路の反対側でビューグルへ向かう道路とつながっている。万が一、ロンドン行きの列車が終わっていた場合は、今夜は諦めてビューグルに泊まるしかない。

自由へ近づく道を一歩一歩、懸命に集中して歩いていたおかげで、少し力が湧いてきた。逃亡という過酷な現実と向き合う人間は、どんなに痛かろうと身体の不調を気にしてはいられない。ひっきりなしに頭に走る刺すような痛みと視界の悪さで思考が中断することはあっても、集中力は決して失わなかった。

ガソリンスタンドまで来ると、別のアイデアが浮かんだ。ここは葬列のルートだ。エマはシャグリーンの墓を見てみたい衝動に駆られた。生きている彼女には、あえて冒険をすることだってできる。あいにくセント・マーティン・バイ・ザ・ブルック教会はビューグルとは反対方向だった。そろそろ葬儀は終わっている頃だが、今からタクシーで教会の墓地へ行けば、戻ってくる葬列と出くわすかもしれない。まさか私がそちらへ向かってくるとは誰も思わないだろう。後ろに上体を倒して、運転手にスピードを上げてもらえば……それに、葬列は野原の道を通って学校に戻る可能性が高いのではないか。いや、絶対にそうだ。

ガソリンスタンドの経営者もタクシーの運転手も、ありがたいことに料金に対しては無頓着だった。エマの年齢に加え、コップ一杯の水も含めて彼女の依頼がごくささやかなものだったために、吹っかけても仕方がないと判断したのだ。動かない足を必死に奮い立たせなくても移動できることに心底ほっとしながら、エマは五分ほど車で走った。

街道は教会墓地の門の前を通っていた。エマは運転手に支えられながらでないと車を降りられなかった。両手を丸めてつけた煙草の火を守りながら、運転手はエマの奇妙な行動を見守った。彼女は墓地に直接入らずにイチイの生け垣に沿って歩き、その先にある柵状の門へ向かった。鎖が緩く掛かっているだけだったので、エマはすぐに中に入り、墓地の縁を歩いてマルタンマス牧草地のほうへ開かれた小さな北門へ向かった。墓に誰も残っていないことを確認しなければならない。

死者は別として、墓地は空だった。いや、正確には違う——墓掘り人が作業の手を休めて死者に背中を向け、遠くの塀のところにいる知り合いとお喋りしながら、手のひらに唾を吐きかけて冗談を交わしていた。死者はしょっちゅう来るが、生きている人間が通りかかるのは珍しいのだろう。

長い年月で苔《こけ》むし今にも崩れそうな墓石の、たくさんの文字が刻まれた表面が陽の光に照らされて緑の花のようにきらめき、クリやライムやブナの木が風にさらさらとそよいで生け垣のイチイだけが風をものともせずしっかりと生えている静かな墓地で、シャグリーンの墓は簡単に見つかった。芝生の中で新しく掘り返した土が目立ち、供えられた花が場違いなくらいエキゾチックに見える。花の香りが、彼女が横たわる小さなスペースの上に暖かな雲のように漂っていた。学校から贈られたキクとガラスの覆いが必要なのではと思うほどの強い匂いで圧倒する大理石のようなユリ、ピンクと白の小さなバラ、グレイスとノニーが供えたささやかな花輪――どれもシャグリーンには似つかわしくない。エマは一分しかそこにいなかった。埋葬地の手前の、まだ土で汚れていない真鍮のプレートに刻まれた嘘を読むには、それで充分だった。「メアリー・ワンド、一九四〇年」。その場から立ち去る前、西の境界の壁から一輪のヤナギタンポポを摘んだ。ほっそりとした花びらに情熱を秘め、冷たい秋の空に向かって焚《た》き火のように力強く伸び上がる花。この花も、長いこと咲いている。この花も、小さな火炎のようだ。エマはそれをシャグリーンの棺の上にそっと落とした。

午後四時十分前、ビューグル駅のプラットホームは一週間前より賑《にぎ》わっていた。ちょうど軍用列車から荷が降ろされている最中で、乗り継ぎを待つ軍服姿の兵士たちがうろうろしていた。彼らの中に紛れることができるのはありがたい。これなら目立たずに済みそうだ。

調べたところ、四時二十二分発のソールズベリー行きに乗って、そこでロンドン行きの列車を一時間半待つか、ここで時間を潰してロンドンへの直通列車に乗るかのいずれかのようだった。エマは即座に決断した。はっきり言って、選択肢は一つに等しかった。彼女の目的は、一刻も早く遠くへ行くことだった。ソールズベリーで待つほうが恐怖は格段に減る。

お茶を飲んでひと息つくだけの時間はあった。こめかみの下から頬骨にかけて包帯に染みが広がっているのではないかと不安になったが、今はどうすることもできない。きちんと手当てしてもらってゆっくり眠れるときが来るまでは、なんとか我慢しなくては。

レストランは混み合っていたが、ちょうど軽食を食べ終えるところだった二人の兵士が、エマにテーブルを譲ってくれた。遠慮するふりさえせずに彼らの言葉に甘えたのは、はしたない気もしたが、今にも気を失いそうな状態だったのだ。どうにか注文を済ませて頭を下げ、膝の上のバッグに目を落としているうちに、耳のそばで聞こえていた周囲のざわめきや冗談やカップのたてる音が徐々に遠のき、やがて潮が引くように薄れていった。

エマは紅茶を二杯飲んで無理してビスケットを一枚食べ、周りを見ずにできるだけ長い時間そこに静かに座って、これから先の旅のために気持ちを奮い立たせようとした。ようやく目を上げると、隣のテーブルの男女が心配そうな顔でエマを見ていた。彼女と目が合うと二人は視線を逸らした。だが、勘定を払い終えてソールズベリーまでの切符をより安全なバッグの中にしまっていたとき、そばで音がして、見上げると女性のほうが横に立っていた。

「突然すみません」女性の口調はぶっきらぼうなようで、それでいて穏やかだった。「どうかなさいました？　お力になりましょうか」

彼女は、エマの顔に雲のように広がった恐怖の色を見逃さなかった。

「ああ、いえ――ありがとうございます。次の列車に乗らなければならないんです。その――ちょっとした事故に遭って――たいしたことはありません。確かに見た目は――ひどいかもしれませんけれど――」

「お一人なんですか」

「本当に大丈夫です――乗り換えはほとんどありませんから」

「私の夫は医者なんです」

それはなおさらまずい。エマはふらつきながら立ち上がった。椅子の背をしっかり握る。「ご主人にご迷惑はおかけしませんわ」――言い方を間違えたと思った――「本当に、その必要はありません」思いやりのこもった相手の顔を、初めてまともに見た。「ご親切に感謝します――もう行かなくては。実はその――生死に係わる問題なんです……」笑みを浮かべて徐々に離れながら、このまま黙って見逃してくれることを切に願った。

いかにも疑わしそうな顔をした女性は、すでに立ち上がっていた夫のもとにゆっくりと戻り、夫婦は、エマを逃してはいけないと言いたげな視線を素早く交わした。エマはできるだけ急いでプラットホームに出た。

ホームはとても混んでいたが、エマの乗る列車が煙を吐いて入ってくると、乗客の大半は次の列車を待っていることが明らかになった。喫茶室での出来事のせいで、彼女はかなり動揺していた。見ず知らずの人からの思いがけない親切には、いつも少しうろたえてしまう。殺される恐怖を味わったあとだけに、どうしても人を疑う気持ちが先に立ち、彼女の包帯姿を目にしたら、あれこれ邪推されるのではないかと気が気ではない。人に押し流されるように列車に乗り込んだエマの頬を涙が伝い落ち、それを拭う気力も、もう残っていなかった。

ふと、誰かに名前を呼ばれたように思った。だが、耳がおかしくなっている気もする。恐怖のあまり、最悪の事態を想像してしまっているのだろう。とにかく車両に入り、それ以上動ける余力がなかったので、ホームに近い隅の席に身体を沈めた。人目につかないことを祈り、必要以上に堂々とした駅舎とそこにひしめき合っている人々を遮るように目を閉じる。再び彼女の名を呼ぶ声がした。

「ベットニーさん——ああ、ベットニーさん！」それはマドモアゼルだった。目を開けると、ジュリー・ランクレが兵士たちのあいだをかき分けてこちらへ向かってくるのが見えた。陰気で疲れた内向的な顔が、エマをしっかり見つめている。列車が動いてくれることを祈った。その祈りが届いたのか、駅員が緑の旗を振り、群集のざわめきを引き裂くように笛の音が響いた。列車ががくんと揺れ、しばらく前後に揺れたあと、滑るようにゆっくり動き始めた——なんてゆっくりなのだろう——早く出て。だが、ランクレはすでに窓の外に追いついて、窓枠をつかんで何かを叫んでいた。声は聞こえなかったが、何かを伝えようと必死に口を動かしている。その姿はひどく不気味に見えた。

「お友達が呼んでますよ」向かいに座っていた女性が怒ったように言って、窓を勢いよく下ろした。ランクレが走りながら窓から手を差し込んできた。茶色い紙で急いでくるんだだけの小さなものを持っている。

「あなたのよ」と、喘ぎながら言った——「あなたが倒れたときに手にしていたものよ……壊れてはいないと思うわ……ほかの人には渡せない……ああ、マ・シェール《親愛なる友》——ボン・ボヤージュ《よい旅を》！」

エマがその荷物を受け取った瞬間、二人の指が触れた。そのとたん、世界が遠のいていくようにランクレが後ろに下がっていき、列車は速度を上げて駅を後にした。

向かいの女性はエマに責めるような視線を向け、窓を閉め直した。

エマは彼女の視線に気づいていなかった。謎めいた荷物をくるむ紙を剝がすのに夢中だったのだ。

中には石鹸の箱があった。蓋を開けて指を入れる。箱の中に入っていたものを取り出して膝の上に置いた。それは、革のケースに入ったシャグリーンのフランス製の時計だった……。

すべてをきちんと片づけて、手袋をはめた手を膝に乗せて落ち着くと、疲労しきったエマはまどろみかけた。それでもまだ頭の中の一部は目覚めていて、眩暈《めまい》がしていることを認識しているのだが、どうすることもできなかった。

気がつくと彼女は呟いていた。支離滅裂な言葉が止まらなかった。必死に気持ちを立て直し、この恐ろしい独白《モノローグ》を消し去るために、声を出して向かいの女性に話しかけた。

「テムズ川のことを『流れる水』とも言いますよね?」エマはぼんやり訊いた。

遠くにあった女性の顔が、急にこちらに近づいた。

「何とおっしゃいました?」と、怪訝そうな表情で訊き返す。

「そして、ロンドン警視庁《スコットランドヤード》は灰色の高い建物」エマは無意識に口走った。

「あの、よくわかりま――」

「そういうことだわ。流れる水のそばの灰色の建物――エンバンクメントにあるロンドン警視庁――」エマの声は尻すぼみになって消えた。

口をつぐんだエマのあとを引き受けるように、列車の音が響いた。「なが――れる――みず、なが――れる――みず……」向かいの女性はひどく戸惑っていた。彼女は次の駅で降りる自分の星まわりに感謝した。初めから妙だと思っていたのだ――あの包帯、窓の外の外国人、イギリス人らしくない、張りつめた彼女たちの顔。だが、まさかロンドン警視庁の話が出てくるとは……。

第十五章　流れる水

「つまり」と、ダン・パードウ警部は言った。「そういうことだ。ミス・ベットニーからは、今後二週間は話を聞けない——少なくともだ。いいな？　ああ、トミー、わかってる——いちばんにハート卿夫人に当たるべきなのと同じで、例の夢遊病の娘にとって彼女はなくてはならない存在だが、ほかの連中の聴取と一緒にして幸運を祈るしかない。その点は病院側が譲らないんだ。脳震盪《のうしんとう》——ショック状態——内部の損傷——そんな状態にもかかわらず、必死にわれわれに話を理解させようとしていたとは。女性は強いよ——年配の女性は特にな」

警部は不機嫌な顔でカレンダーの十月三日のところを見た。二週間後というと——十月十七日だ。ソルト部長刑事が低く唸った。

「なんと、治療よりもわれわれへの話を優先したんですからね。まさか、そんなことをするとは思わないじゃないですか」

「頭がおかしいと思ったんだろう？　きちんとした根拠を聞くまでは。やつらをエマ・ベットニーの殺人未遂で逮捕するぞ。証言者もいる——そっちは今、ドーセット警察が確認してくれている。ボールド医師への最初の通報では、階段で足を滑らせて真っ逆さまに落ちたという話だった。だが、アラム校長とフランス人教師が駆けつけたとき、彼女はうつ伏せで倒れていて、近くに何も落ちていないのに後頭部から出血していたんだ」

「ええ。老婦人のほうはどうします?」

「遺体を掘り起こす」

ソルトが眉を上げた。

「難しくはないさ、トミー。エマ・ベットニーは生存している唯一の彼女の肉親だし、彼女の代理人を務めて年四回の手当てを支給していた弁護士のポケットは難色を示しているが、妨害したりはしないだろう。私が説得する」

「夫たちは?」ふさぎ込んだ顔でソルトが言った。「シャグリーンには、何人も夫がいたんですよね」

「伝説ではな。とりあえず、最後の三人とは法律上、別居の形を取っている――たぶん、その三人だけだったんじゃないかな。誰も彼女の所有権を主張していない。今も生存がわかっているのは一人だけだ――ワイヴォー伯爵はもう九十を越えていて、結婚していたことも忘れているようだ。そんなことを忘れる人間がいるとはな。はっきり言って、ほかを当たる必要はないだろう。彼女には友人も、連絡を取っている肉親もいない――誘惑に駆られる人間がいるのも頷けるよな」

「動機は? 金ですか」

パードウ警部は肩をすくめた。「それを突き止めるのがわれわれの仕事だ」


こうして物語は水のように流れ始めた。徐々に嵩《かさ》とスピードを増し、人々の人生と人格、希望と恐れ、愛情、嫉妬、憎しみ、野望、そして死神がもはや腹も立てない、生きている人間たちのずうずうしさといった漂流物を運びながら。物語は流れていく――水のように――流れる水のように。

ロンドン警視庁《スコットランドヤード》のそばを流れるテムズ川の水のように。

ドリー・フィンチの父親は不審そうな表情だった。夫人は所在なげにそわそわしながら、夫が話しだすのを待っていた。フィンチが口を開いた。

「先がまったく見えないんですよ、刑事さん。娘は恐ろしく神経が張りつめていて、それがますますひどくなっているんです。質問は最小限にしていただけると――」

「時系列についてです」クレイン刑事は断言した。「いつ、どこへ行って、誰を見たか。それだけです」

「それと」夫人が甲高い声で叫ぶように言った。「幽霊とかゴブリンとか吸血鬼とか悪魔とか魔法使いとか――そういうことは絶対に訊かないでくださいよ！」

「もちろんです」と、刑事は驚いて言った。「そういうものはわれわれの管轄《かんかつ》ではありません」だが、彼のその言葉は間違っていた。

ドリーは小石のように丸くて用心深い目をした、ひどく青白い不健康そうな顔の少女だった。十二歳にしては幼い体つきだが、それ以外はどこを取っても大人びていた。

「私はいつも眠りながら歩いているの」と、胸を張って言う。「誰も私を止められないの。メイクウエイズでは、みんな無理だったもの。私、前はよく、とても怖気づいていたわ」

クレイン刑事は慎重に話を日曜の夜のことに持っていった。

「どうしてランクレ先生の部屋に隠れたんだい？」

ドリーは瞼《まぶた》がおかしいとでもいうように神経質にパチパチまばたきをしたが、視線は逸らさなかった。すると、それが当惑する効果をもたらした。母性愛に燃えるフィンチ夫人が声を上げて突進しようとしたのだ。すんでのところで夫がそれを引き留めた。

「いちばん近かったから」と、ドリーが答えた。

「何にいちばん近かったんだい？」

「私が逃げられる、いちばん近い場所だったの」

「ドリー！」と、夫人が声を上げた。

「ドロシー、時間を無駄にするな」と、父親も言った。

「何から逃げられる、いちばん近い場所だったのかな」クレイン刑事が尋ねた。

「魔女からよ」

カナリアばりの金切り声を上げた夫人を、クレインが手で制止した。

「お願いです、奥さん——私に任せてください。そうか——魔女か。なるほど。それで、それはどの魔女だった？」クレインは魔法使いや魔女たちと知り合いであるかのように気さくに訊いた。

「そうねえ——」笑えるものなら笑ってみろと言わんばかりの態度で、ドリーは答えた。「アラム校長先生だったわ。でも週末はずっとひどい風が吹いていて、そういうときは彼女たちがうろつくんだってオーペン先生が言うの——魔女たちがね。魔女は誰にでもなれるのよ——今この瞬間、私がそうかもしれないし、あなたがそうかもしれない」サディスティックな薄笑いを浮かべて母親に顔を向けた。夫人が再び金切り声を上げた。夫はイライラと前後に揺れながら、今すぐ他人になってくれないかと願うように妻を見た。

クレイン刑事は辛抱強く続けた。「魔女のように見えるアラム先生を、どこで見たんだい？」

「アラム先生のように見える魔女でしょ」と、ドリーが訂正した。「お婆さんの部屋から出てくるところだった——死んだお婆さんの部屋。私たちはとっても大きなブロンズ色のキクの花を贈って、もう一人のお婆さんも花輪を贈ったんだけど、私たちのがいちばん大きくて、アイリーンが——風紀委員なんだけど——そのアイリーンが言うには——」

クレインは、アラム校長がミス・ワンドの部屋から出てきたところへ話を戻した。

「おぞましい顔をしていたわ」と言って、ドリーは再び母親を見た。夫人が金切り声を上げ、ドリーは笑みを浮かべた。父親は頭の後ろを掻いた。

「どうやって彼女の姿が見えたのかな」と、クレインは尋ねた。

「踊り場に窓があるの——とっても不気味なのよ」ドリーは唇を舐めた。「いいわ」——急に気前よく話しだした。「ぜーんぶ話してあげる」

あとでパードウ警部が彼女の話を整理した。さすがのドリーも充分満足するくらい不吉な雰囲気の漂う、奇妙な話だった。それは彼女の夢遊病とともに始まった。どれくらい眠りながら歩いていたのかははっきりしない——たぶん、さほど長い時間ではなかった。ドリーはオーペンの部屋へと曲がる角を通り過ぎて、階段を上り、西ウイングのアラム校長とマドモアゼルとミス・ワンドが眠るエリアへ足を踏み入れたらしかった。ふと目覚めると——夢遊病で歩きまわっている最中に時々あるそうだ——四角い窓から射し込む青白い光に顔を照らされて、マドモアゼルの部屋のそばの薄暗い踊り場にいた。おそらく、月明かりで目覚めたのだろう。そうでないとしたら、本当は初めから何もかもわかって行動していたことになる——パードウは、彼女ならやりかねないとも思った。ドリーが言うには、ミス・ワンドの部屋で物音がした。その音を聞いて彼女は怖くなった。——ものすごく——すっかり怖気づいてしまったの——。恐怖のあまり彼女は半ば死んだように、人目につかない大きな戸棚の陰にへたり込んだ。ワンドの部屋からはまだ物音がしていた。——何の音か？　声だったかって？——いいえ、声じゃなかった——。服が動いているような、静かだが不気味な音で、人間のものとは思えなかった。三回目の鐘が聞こえたのと同時にワンドの部屋のドアが開いた。——ああ！　どんなに恐ろしくて、心底怖気づいたことか——。そして魔女が出てきた。もちろん、アラム校長の格好をして。——何？　ああ、ガウンとパジャマよ。そんなの、魔女にとっては簡単なことだもの。マドモアゼルの部屋のドアをじっと見ていたわ。それはもう恐ろしい顔でね（ママ、悲鳴を上げたら？）——。彼女はドリーには気づいておらず、ドリーは息を殺して怖気づいていた。すると、彼女はおかしなことをした。——彼女っていうのは魔女のことよ。何をしたかって？　回れ右をして、ワンドさんのドアにそっと鍵を掛けたの——。それから、大股で歩いて通路へ向かって自分の部屋には戻らなかった。なぜ、ドリーにそれがわかったのか？　部屋に戻ったらドアが閉まる音がするはずだからだ。そして階段を下りて反対側のウイングのほうへ行く足音が聞こえた。それで、マドモアゼルの部屋に隠れた。——なぜかって？　だってアラム先生——先生に成りすました魔女が——校舎のどこかにいるんだもの、寮に戻るなんてできなかった——。ドリーがマドモアゼルのベッドの下にもぐって隠れていると、マドモアゼルが帰ってきて彼女に気づかずにベッドに入り、やがて悲鳴を聞いて起きた。何時だったかはわからなかった（「みんなの話を突き合わせると、悲鳴が始まったのは四時十五分だった」と、パードウは補足した）が、懐中電灯の光が部屋じゅうに恐ろしい人魂《ひとだま》を浮かび上がらせて——。

「何を浮かび上がらせたって？」

「人魂よ」と、ドリーは大きな声で繰り返した。「人魂を知らないの？」

――そしてオーペンがマドモアゼルの服を盗んで（ひどく、ぱっとしない服だったそうだ）急いで部屋を出ていき、それからずいぶん経ってからマドモアゼルが戻ってきた。それでドリーはベッドの下から出て、泣きながら彼女にすべてを話し、そのまましばらく部屋にいた。とても怖気づいて。するとマドモアゼルは、このことはまだ誰にも言わずに黙っておくようにと言った。ただし、警察に話すなとは言われなかった。そのあと先生たちにベッドに寝かしつけられ、火曜日に両親が迎えに来るまでずっとそこにいた。

「で、君は怖気づいているのか？」と、パードウが訊いた。

「もちろんですよ」クレイン刑事はにんまり笑った。「フィンチ夫人もね」


ドリーの話はジュリー・ランクレの説明と合致していた。

日曜の夜、彼女は眠れずにいた。――不眠症の理由ですか？　ええ、あります。でも珍しいことではありません。戦争が再び起きてから、ずっとそうなんです――。真夜中すぎ、ミス・ワンドの部屋から話し声が聞こえた。――いいえ、会話ではありません。一人がとりとめのないことを喋っていて、時折、甲高い声になっていました――。それは三十分以上続いた。ランクレは何もしなかった。自分には関係ないと思ったのだ。ワンドとは一度も話したことがない。――あの老婦人のことは――何て言うんでしたっけ？――そう、少々風変わりだとは感じていましたが、特に気にかけてはいませんでした。ほかの誰のことも気にかけたことがありません――手遅れになってしまうまで。今では申し訳なく思っています――。十二時半を回った頃、ぱたりと静かになった。だが、彼女はやはり眠れなかった。午前二時半、踊り場で物音がしたように思った。通路に出てみると、ワンドの部屋のドアが閉まるのが聞こえた。誰も出てこなかったので、中から閉めたに違いない。普段、あのドアはたいてい少し開いているのだった。ドリー・フィンチの話を聞くまで、彼女はそれ以上その件について深くは考えなかった。

ところが、踊り場に立っていると、何かが燃える臭いがする気がした。ごく微かだが、間違いなく何かが燃えるときの臭いだった。ランクレはガウンを羽織り、臭いのするほうへ向かった。アラム校長の部屋の前を通るとき、臭いが強くなった。こんなに近くにいるのだから、校長に報告するのが自分の義務だと思い、ドアをノックして、返事がないので中に入ってみた。窓の暗幕カーテンが閉まっていて、三度名前を呼んでから明かりをつけた。部屋には誰もおらず、ベッドカバーはめくられていたものの、人が寝た形跡はなかった。明かりを消してドアを閉め、再び通路に出ると、燃える臭いがする場所を特定しようと校舎を歩きまわった。だが見つからなかった。その時間、建物内はまだ薄暗い。西ウイングと寮の床がはっきり見えるようになるのは、四時半を過ぎてからだ。辺りに人影はなく、平穏で何も起きていないように思われた。

だが、ランクレは不安な気持ちに襲われた。——なぜかって？　だって、校舎内には何人もの人が眠っているんですから、中には奇妙な行動を取る人間が二、三人いてもおかしくはないと思ったんです。その人たちの不注意のせいで何かが燃えている可能性も考えられなくはないじゃありませんか——。バスルームの中を覗いていたとき、時計の鐘が午前三時を知らせ、その数分後（「これで、同じく歩きまわっていたアラム校長と出くわさなかった説明がつく」と、パードゥは言葉を挟んだ）、部屋に戻ったランクレは、ドリーがベッドの下にいるなどとは思いもしなかった。彼女の時計によると四時少しすぎまでうとうとし、音がして目が覚めた——何かはわからなかったが、踊り場の窓のブラインドかもしれないと思った。前の晩の強風で外れて、ローラーがぶつかったのだろう。確かめようと部屋を出ると、また焦げる臭いを感じた。踊り場を横切り、数時間前の喋り声のことを思い出して、ミス・ワンドの無事を確認しようと彼女の部屋に足を向けた。驚いたことに、ドアは開かなかった。いつもは閉まらなくて困っているドアなのに。ノブをガチャガチャと回したが、ドアは施錠されていた。ランクレは、腹を立てたワンドがわざと鍵を掛けたのだろうと結論づけた。彼女はアラム校長の部屋へ急ぎ、先ほどと同じことをした——が、結果も同じだった。室内は無人で、やはりベッドに人が寝た形跡はなかった。オーペンの部屋の前を通ることになる階段は下りずに、臭いがキッチンから出ていた場合を考えて使用人たちの部屋があるセクションへ曲がり、従業員専用階段を下りた。悲鳴が上がったのはそのときだった。途中、誰も見なかったし、火元も見つからなかった——そのときは、と彼女は険しい顔で言った。

そのあとの説明は、ベットニー、ディーキン、オーペン、ドリーの話を裏づけるものだった。ドリーに黙っておくように言ったのは、興奮している彼女をなだめたかったのと、校舎内でおかしなことが起きていると思ったので、職員の動きについて迂闊《うかつ》に喋らせないほうが賢明だと感じたからだった。だが、ドリーが黙っていられる子ではないと気づいて、月曜の午後、ほかの人たちがピクニックに出かけているあいだに、アンダーバロウまで歩いて父親のフィンチに電報を送ったのは、彼女だった。

「しかし、どうしてドリーが安全ではないとほのめかす内容にしたのですか」

マドモアゼルは眉を曇らせて顔を赤らめた。「そうすれば、ご両親がきっとあの子を連れて帰るでしょうから」刑事たちが疑っていると感じたのか、彼女は自分から付け加えた。「だって——ワンドさんが死んだんですよ。私は月曜にそれを知りました。彼女の部屋のドアは午前四時には鍵が掛かっていました――ドリーは三時だって言ってますけど。それなのに、八時にワンドさんが見つかったとき、鍵は開いていたんです。私、恐ろしくなってしまって」

「実を言いますとね」と、エッジワース看護婦はきびきびした口ぶりで言った。「最初に行動を起こしたのは私のほうなんですよ。クビにされたわけじゃありません。それしかないと思ったので、自分から辞めると言って、決心が変わらないうちに急いで出てきたんです。三年も彼女のお世話をしましたけど、そうするしかありませんでした」

「なぜです?」パードウ警部は興味を惹かれて尋ねた。エッジワースの冷静沈着な若い顔つきと、彼の名刺をじっくり見ている落ち着いた態度に、パードウは好感を持った。

「あんなにも嫌悪感をぶつけられたら、たまったもんじゃありません――こういう妄想ぎみの患者さんは、強迫観念《イデー・フィークス》にとらわれるようになるんです。あれ以上あそこにいたら、私がまいっていたでしょう。でも、私がいなくなっても、なんとかなっていたようですけれど。サーローさんが実際に亡くなったのには本当に驚いています」

パードウは叫びそうになるのをこらえた。「どうしてサーローさんが亡くなったと思うのですか」

エッジワースは呆気に取られてパードウを見つめた。「今、何ておっしゃいました? そのためにいらしたんじゃないんですか? マルタンマス病院の患者だった老婦人の死について捜査しているとおっしゃったので――それに、サーローさんのことをお尋ねでしたし」

「そうですよね。論理的な推測と言えます。ですが、サーローさんはちゃんと生きていらっしゃいますよ」

「ということは？」

「亡くなったのはワンドさんです」

「まあ」エッジワース看護婦は静かな声で言った。「そうなんですか。お気の毒です。でも、それほどの驚きはありません」

「驚かない？　その理由を教えていただけますか」

「ワンドさんは心臓病を患っていました――私がお世話をしていたときには、ひどく深刻な状態にはなりませんでしたけど、時々発作に見舞われていました。それに当然、あの嘔吐《おうと》のストレスが彼女に悪影響を及ぼしていましたから」

「どの嘔吐ですか」

「私がマルタンマスにいたときには一度しかありませんでした。フィールディング医師が去ることになった週のことです。先生が心配なさってました」

「なんですって？　ワンドさんのことをですか」

エッジワースは頷いた。「彼女が毒を飲んだのではないかと疑っていたほどです。食中毒のようなものかもしれなかったんですが、ほかの人にはまったく症状が出てなかったので。ワンドさんはかなりひどい吐き気を催したんです。もし毒だったとしたら、激しい嘔吐のおかげで助かったのだと思います。先生は検体と、その日彼女が口にした食べ物や飲み物のサンプルを採取しました」

「結果はどうだったんですか」

「わかりません。二日後にフィールディング先生が大きな手術を受けることになってしまったので。助からないかもしれないと思ったんですが、幸いにもお元気になられたそうですね」

「本当に幸運でしたね」と、パードウは言った。「エッジワースさん、ボールド医師が引き継いだとき、彼はワンドさんの疑われた毒について、どの程度あなたに相談しました？」

「相談されませんでした。誤解しないでください。私はサーローさんのお世話をするために病院に雇われていたのであって、ワンドさんの担当ではありません。ワンドさんは常に注意を払う必要のある人ではなかったというか、彼女が要求しなかったんです。でも、私は彼女が好きでしたから、気にはしていました。学校がマルタンマスを買い取って、残ってほしいとサーローさんに頼まれてからは、きっと寂しいだろうと思ってそれまでよりもワンドさんの面倒をみるようになりましたが、厳密に言うと、彼女は私の患者さんではありません。ですから、ボールド先生がいらしたとき、私からは言いださなかったんです。先生が彼女の病気の件を口にするのを待っていたんです――フィールディング先生から詳細をお聞きになっているだろうと思いましたし――それでも何もおっしゃらずに淡々と診療を続けていたので、私が口を出すことではないと考えたんです。先生は、どう見ても戸惑っていないようでした――それに私が退職するまでの二週間、ワンドさんが再び体調を崩すことはありませんでしたから」

パードウは一瞬、口をつぐんだ。「つまり、あなたが辞めるとき、ワンドさんの病気については誰とも医学的な話はしなかったんですね？」

「フィールディング先生とだけです――その件があった直後にいらっしゃらなくなってしまいましたけれど。なにしろ、私がいた最後の週に手がかかったのはサーローさんだったんです。でも、私が突然いなくなっても、そのあとワンドさんをお世話するメイドがいてくれると思うと、少しほっとしました」

「バーサ・グラスのことですか？」と、パードゥは訊いた。「彼女なら、あなたがいなくなった二日後にマルタンマスを去りました」

エッジワースは大きく目を瞠《みは》った。「そんな、何があったんですか」

「サーローさんが、あなたのときと同じようなことをして彼女を追いだしたんです」

「なんてことでしょう！　彼女はどちらかというとワンドさんのメイドで、サーローさんよりもワンドさんに尽くしていたのに。もちろん、誰だってそうするでしょうけどね。警部さん──詮索するようで心苦しいんですけど──警察はどうしてワンドさんの死因に関心を寄せているんです？」

「自然死ではないと考える根拠があるからです」

「狭心症ではないと？」

「そのとおりです。現段階では、はっきりしたことは言えませんが、またお話を伺うことになると思います。あなたが非常に重要な助けになってくれるかもしれません」

「私がですか？　生きていようと死んでいようと、ワンドさんのためになるなら何だってしますわ。そういう気にさせる人なんです。はっきり言って、あの人が自分で命を絶つとは思えません」

パードゥはまたもや、はやる気持ちを抑えた。「どうしてですか」

「ワンドさんはとても陽気で明るくて凛々《りり》しい女性でした。年を取ったからといって縮こまってしまう人を嫌っていました。退屈な時なんてこれっぽっちもない充実した幸せな人生を送ってきて、年を取るのに気づく暇がなかったことに感謝しているって、よく言ってました。心臓病のせいで落ち込むことはあっても、決して俯《うつむ》いたままでいるような人ではありません。勇ましい精神の持ち主だったんです」

「それは実に心のこもったお言葉です、エッジワースさん。では、ワンドさんが自殺したのではないと言ったら、喜んでいただけそうですね」

「でしたら――事故かなにか――?」

「違います」

エッジワース看護婦は真剣な目でパードウを見つめていたが、やがておもむろに口を開いた。「自殺ではなくて――事故でもない……とすると――」

「われわれは殺人を疑っています」

「まあ――そんな」

「そうではないことを願いましょう。ですが、これであなたが助けになるかもしれない理由はおわかりですね」

エッジワースは青ざめたが、まだ落ち着いていた。「考えたこともありません――そんな可能性はまったく――フィールディング先生も疑っていなかったと思います」

「その点については、今は置いておきましょう。すぐに力になっていただける方法がほかにもあるはずです」

「できるだけのことはやってみます」と、彼女はぽつりと言った。

「ではまず――ワンドさんの心臓病に対して、薬は処方されていましたか」

「ええ、ニトログリセリンを。〇・〇一グレーンをタブレットで服用していました」

「それは、その都度手渡されていたのですか。それとも本人が持っていて、発作が起きそうになったときに自分で飲んでいたのですか」

「はい——その、ご自分で飲んでいました。食事の前後に胃腸薬も服用していたはずですけど、ニトログリセリンは間違いなく本人が管理していて、夜はベッド脇に置いていました」

「狭心症というのは、発作が起きる予兆があるんでしょうか」

「通常はそうです。ワンドさんの場合は病状がそれほど深刻な段階ではなかったので、いつも気分が悪くなるまでわかりませんでした——でも、そうなったあとはひどい発作に襲われました——つまり、心臓発作です」

「ですが普通は、間に合うようにタブレットを飲めたのですね？」

「身につけていたか手近にあったのなら、そのはずです。ケースを違う場所に置き間違える可能性はありますけど」

「そうですね。では別の質問ですが、あなたがマルタンマスにいた三年間に、ワンドさんが遺言書を書いたかどうかご存じですか」

エッジワースは、興味を新たにしてパードウを見た。眉を寄せて数秒黙って考え込んだ。「思いがけない質問だわ——訊かれなかったら、あらためて考えることもなかったでしょう。だから、弁護士が彼女を訪ねてきたのね——いつだったかしら——そう、七月だったと思います。ひどい発作が起きる一か月近く前でした。そのときに遺言書を作ったとは言い切れませんけど、弁護士が来る前日に私に話した内容は憶えています」

「何と言ったんです？」

「おやすみを言うために部屋に顔を出したときでした——いつもそうしていましたから。その時間のワンドさんは、子猫のように茶目っ気があって愉快だったんです。彼女は『私みたいな移り気な乙女が遺言書を書くって言ったら、どう思う？』と言いました。若くても年を取っていても、それは悪いことではないというようなことを答えると、『あら、あなたってきちんとした子なのね』と、私をからかいました。『ディーキンさんとそっくりだわ』――ディーキンさんというのは寮母さんです――『実はね、私のはたいして面倒じゃないのよ』――彼女の遺言書のことです――『だって、身内はこの世にたった一人しかいなくて、彼女が生きているか死んでいるかも知らないんだもの！』そして陽気に笑いながらこう言いました。『だから、彼女にとっても面倒じゃないの！』」

「どういう意味だと思いました？」

「そうですね――特に何も。そう言ったときの彼女は、単純に悪戯《いたずら》っ子のように見えました」

「ディーキンさんについての言及がどういう意味だったかはご存じなんですか」

エッジワースはためらいを見せた。

すかさずパードウが促した。「真実は誰も傷つけたりしませんよ」

「たいしたことじゃないんです。部屋を出ようとしたら、ばったりディーキンさんと出くわして言われたんです。『ワンドさんはもうベッドに入ってる？　大事な日の前だから早く寝なければいけないの。いい子にして、きちんとした遺言書を作ってもらわなくちゃ』半分は私に、半分はワンドさんに聞こえるように大きな声を出していました。いつもの彼女のやり方です。ワンドさんのプライバシーの問題なので、私は何も言いませんでした。ただ、ワンドさんが遺言書を作成する気になったのは、ディーキンさんのアドバイスがあったからで、それで彼女のことをきちんとした人だと言ったのではないかと思いました」

パードウは曖昧な声を出して手帳のページをめくった。

エッジワースが腕時計に目をやった。「あと五分で」と、静かに言った。「勤務時間になります。ほかにお訊きになりたいことはございますか」

「では急ぎましょう。先ほど、よくわからないことをおっしゃいました。あなたは、サーローさんが実際に亡くなったことに驚いたと言いましたね。どうしてですか」

初めてエッジワースが苛立ったそぶりを見せた。

「だって、ワンドさんのことをおっしゃっていると思っていなかったのはおわかりでしょう」

「すみません――こう考えてください。もし、亡くなったのがサーローさんだったとしたら、何が驚きだったのですか」

「それは、その――彼女はどこも悪くなかったんですもの」

視線を合わせる二人のあいだに、短い沈黙が流れた。

「ですが、嘔吐については？」と、パードウは言った。「毒の痕跡が見つかったんですよね」

「どちらも事実です」と、エッジワース看護婦は答えた。「そして、その二つはまったく無関係です。サーローさんは確かに嘔吐しました――警部さんももうご存じですから、患者さんの病状をお話ししてもかまいませんよね――毒の痕跡も間違いなく見つかりました。でも、ボールド先生が両者に関連性はないと確認したんです」

今度ばかりはパードウも驚きを隠しきれなかった。「だったら、なぜ吐いたんです？」

エッジワースは肩をすくめた。「サーローさんには珍しいことじゃありませんでした。私が知るかぎり、彼女は食欲旺盛で見境なく食べる人でした――悪食家と言ってもいいでしょう。あの週に初めて襲われた、それまででいちばんひどい吐き気は、単に胃が暴食に耐えられなくなったからです。それからというもの――まあ、警部さんのほうが私よりよくご存じでしょうけど、嘔吐剤なんかなくても、思いのままに吐けるようになったんです。サーローさんがやっていたのはそれなのだと、ドクターも私も考えていました。もちろん、彼女は私のせいにしましたけど」

「しかし、なぜそんなことをしたのでしょう」

「失いつつある同情を引くためです。それと――嫉妬ですね。二人の老婦人のあいだには常にある種の競争意識がありました。サーローさん側に、です。その一週間くらい前、ワンドさんが本当に恐ろしい発作を起こして、当然、アラム校長以下全員がうろたえました――それでサーローさんは、自分への注目度が低くなっていると思い込んだんでしょう」

「ですが」と、パードウは指摘した。「毒が見つかったんですよね」

「ええ、そうです。サーローさんが口にした食べ物や飲み物の残りに――そして、彼女が口にしなかったものからも。けれど、どのケースでも、サーローさんの胃に毒は入らなかったとドクターは確信していました」

パードウは頷いて目を輝かせた。エッジワース看護婦は、興味をそそるはずの個々の事案について彼が説明を求めないことに注目した。

「もう一点だけ」と、彼は言った。「これで終わりにします。お話しくださった内容に感謝しています。あと、これだけ訊かせてください――シャグリーンという名前を聞いたことはありますか」

エッジワースは、突然の無関係な問いに不意を突かれたようだった。

「メアリー・シャグリーンです」警部が回答を促した。

「いいえ」彼女は首を振り、もう一度、反芻《はんすう》するように言った。「いいえ。ただ――なんとなく――

よくわからないんですけど――夢で見たのに忘れてしまったものみたいな感じがします」
「真実に近づいている証拠ですよ」と、パードウは言った。「夢で見たのに――忘れてしまったもの、ですか」

初秋の陽だまりの中、病後療養所の長いベランダの下でテーブル脇にある低い椅子に腰かけた老人は、話の筋道を見失って口ごもった。

パードウ警部は、たくさんの皺が走って肌からすっかり張りが失われた、弱々しい疲れた青白い顔に再び目をやった。ゆっくりと傾いていく陽射し以外にまるで関心のない、余命数か月の人ならではのそこはかとない無力感で目が曇っている。パードウの心に浮かんだのは哀れみだけではなかった。この老人が息絶え絶えに話す言葉を陪審員が耳にする前に、彼の命が尽きてしまうのではないかと思ったのだ。だが、証言はすでに得ていた。それに、分析官の名前と住所を書き留めさえすれば、生きた証拠をつかんだも同然だ。

「私――私の記憶は、もはやお役に立ちません」年老いたか細い声が続けた。「ですが、ボールド先生が住所を確認してくれるでしょう」

「ありがとうございます。あなたご自身が病に倒れる日まで、夏のあいだサーローさんに何があったのか教えていただけますか」

「いいえ――何も。彼女らしい、いつもの妄想だけです。注意が必要なのはワンドさんのほうでした」

「そうですよね。それで、フィールディング先生、あなたがワンドさんの嘔吐に関して分析のためにサンプルを手に入れたことを、エッジワース看護婦のほかに知っている人はいましたか」

「いません。看護婦に言って採取してもらったのですが、単に私が疑っていただけだったので、学校の責任者たちを不安にさせたくなかったのです。お——おわかりでしょう、警部——すぐに騒ぎ立てる必要はなかった——たとえ、本当にあのとき私が考えていた食中毒だったとしても、ワ——ワ——ワンドさんと同じ症状が出た者はいませんでした。ですから、分析結果が出るまで黙っているのがいいと判断したのです。大混乱になりかねませんから」

フィールディング医師は、いったん言葉を切って浅い呼吸をした。長い血管が浮き上がった皺だらけの両手が、椅子の肘掛けの上で震えている。

「だ——だ——誰も知りませんでした」力なく繰り返したかと思うと突然口をつぐんで、間違ったことを言ったのに気づいたような、はっとした怪訝そうなまなざしをパードウに向けた。パードウ警部は少しのあいだ次の言葉を待っていた。

「フィールディング先生」とうとうしびれを切らして、静かな声で訊いた。「分析官が何を発見したのか覚えていますか」

「ええ——ええ——ええ」言葉を繰り返すごとに苛立たしげに頷いた。「ヒ素です……食べ残しと吐いた物の中にヒ素が見つかりました。すべて報告書に書かれています——」フィールディングは震えながら長いため息をついた。

これ以上の聴取は控えたほうがいいだろうと、パードウは思った。「もう一つお訊きします」と、口早に言った。「あなたが分析官の報告書を受け取った日がいつだったかわかりますか」

「ええ、わかりますとも」フィールディングは指で両こめかみを押さえ、唇を湿らせた。「私のせいです。あれは――わ――わ――私が診療所で意識不明になった日でした。そのまま搬送されて――な――何もする時間がなかったのです。ボ――ボールド医師に引き継ぐ手配を二週間前にしていたのですが、結局、急に去らなければならなくなってしまった。だから、代診を頼んだボールド医師には会っていません――彼は私がいなくなった翌日にやってきたのです……あれ以来、私はワンドさんのことを思い出さなかった……すべては――不運な巡り合わせでした……」

彼の声は言い訳めいた自己弁護をしているようでもあり、もはや興味のない、薄れゆく過去を嘆いているようでもあった。

「ご自分を責めないでください」と言いながら、パードウは立ち上がった。「実際のところ、あなたが八月に抱いた疑惑に対して即座に行動を起こしたことが、事件の解決に大いに役立つかもしれません」

「事実が揃ってきたな」殺人の疑いがあることを告げられて思考の池にできた波紋が早くも消えかけてしまって、再び陽だまりの中で静かに頷き始めた老人のもとを後にし、パードウはソルト部長刑事に言った。「自分でも知らないうちにフィールディング医師がワンドへの最初の攻撃の――なんていうのか――そう、誘発剤になっていたとしたら、今度も知らないうちに計画を成功させないことでそれを償ったことになる――毒を盛った犯人の計画をな」

ソルトは異論を唱えたそうだった。「言いたくはありませんが、私には引退したただの老人に見えますがね。じゃあ、もし最初からボールドが担当医だったとしたら――」

「今頃、われわれにとってはありがたくないことになっていただろう」

「そうですか?」

「ああ。よく考えてみろよ、トミー」

「先生、メアリー・シャー——ワンドさんの死亡推定時刻は何時頃でしたか」

「真夜中すぎ——一時半より前だ。信じようと信じまいとな」ボールドは吐き捨てるように言った。「その前に日曜の朝の件があった——アラム校長は、そのときの口論が発作を引き起こしたのではないかと言っている。あり得る話だ」

パードウは考え込んでいるようだった。「十四時間もあとにですか。狭心症の発作なら、もっと早く起きませんかね」

答えを待つことはしなかった。ボールドは案の定、エゴイストしか引っかからないようなわざとらしい罠《わな》に反応して腹を立てていて、非難めいたことをいくら繰り返しても無駄なことはわかっていた。

「一時半に死んだとしましょう——できるだけみなさんの意見を尊重して。午前三時にはドアの鍵が閉まっていた——」

「ガキの言うことだ」

「いいでしょう。できるだけあなたの意見を尊重しますよ。実際にドアを開けようとしたランクレさんの話では、午前四時にドアには鍵が掛かっていました。それならいいですか」

「いいことなんかあるものか」怒りに燃えたボールドは唸った。どうしても敗北を受け入れることができなかったのだ。「君はこの私が女の一味に踊らされたと言いたいのか——」

「一味ではありません。正確には一人です——」

「私が着任したその日から？」ボールドが咬みついた。「サーローさんに危害を加えるつもりはなく、しかも彼女の自作自演ではなかったというのか？　最初から、私が仕事を引き継ぐ前から、ワンドさんが狙いだったと？　だったら、なぜ――」

「まあまあ、落ち着いてください。われわれの考えは、こうです。フィールディング医師は――高齢で、重い病を抱えていました」扱いにくい問題なのでパードウは言いよどんだ。「決して賢明だったとは言えませんが、彼は勇敢にも自分の健康状態について口外せずに仕事を続けていました。どこか悪いところがあるのは周囲も薄々わかっていましたが、彼が突然去ることになったのは青天の霹靂《へきれき》でした。彼が退任する前、すでに一度ワンドさんは襲われていました。フィールディング医師が見落とすだろうと思ってのことです。もし彼が診療を続けられていたら、サーローさんがこの件に登場することはなかったでしょう。フィールディング医師がいなくなったせいで、直接ワンドさんを狙うという当初の計画は断念せざるを得なくなり、サーローさんが吐き気を訴えるようになったのにつけ込んで、新たな計画を考えたのです」

「だが、なぜだ？」

「まったく」怒りがこみ上げてきて、パードウは思わず大声を出した。「いちいち明確に示して――お世辞を言って――一からわかりやすく説明しなければならないんですか？　この件に関して、あなたが腹を立てることなど一つもないんですよ――赴任する前からあなたの評判が彼らの耳に届いていたために、ワンドさんをそっとしておく必要が出てきたんです。高齢と持病とで診断を間違えてくれると思っていたフィールディング医師と違って、あなたならすぐに重大な殺人計画に気づいたでしょうからね――」

「なるほど」と、ボールドはぶすりと言った。

「おわかりいただけてよかったです。そこで、サーローさんに白羽の矢が立った――」

「その点がわからない。なぜ彼女に？　彼女だったら、なぜ私には見抜けないことになるんだ？」

「見抜けたはずですよ――ただ、本当の目的には気づかなかったでしょう。あなたが見つけ出すものはすべてペテンなんですから。偽の殺人――偽の自殺――どちらを選んでもね。実際、そうだったんじゃありませんか？」

ボールドは頷いて、再び毒づいた。「そして本物の計画は私の鼻先で進行していた――この私の鼻先で実行されたのだ。無礼千万な！」

パードウは笑いを嚙み殺した。「そのとおり。だが、あなたはワンドさんに関心がなかった。関心を持っていた人はいなかった――ほとんどね」

「私が関心を寄せていたのはサーローさんだった――それも多大な関心を。校内のほかのどんなこととも比べ物にならんように思えたのだ」

「そう見えるように仕向けられていたんです。実は、興味深いことなど何もなかった。すべてフェイクだったんですから――老婦人本人を除いては」

「それこそが最大のフェイクだろう」と、ボールドが言った。

「彼女の恐怖のことですよ。サーローさんが選ばれたのは、被害妄想の初期段階にあったため、でっち上げの被害者としてうってつけだったからです」

「私は、てっきり彼女の狂言だと思っていた」

「でも、誰かほかの人間の仕業かもしれないとも考えていたのですね？」

「ああそうだ――念のためな。悪魔に魂を売った人間がいないともかぎらん。万が一、何者かが彼女を殺そうと企てて――ヘマを繰り返しているのだとしたら――私が何もかも見抜いていることを犯人に知らしめようと考えたのだ。正直言って、とても気にかかっていた。今になってみると、その件に頭を悩ますように誘導されて、犯人の手の上で踊らされていたのだな。だが、どうしようもなかった――どう見ても彼女が自分でやっているはずなのに、それは考えにくかったからな」

「というと?」

「彼女のような被害妄想のタイプには、自殺傾向はないものなのだ。その点が実に不可解だった――それで大いに興味をそそられて、彼女の件に没頭してしまった。もし君の言うことが正しいとしたら、私はなんと愚かだったのだろう! もしも君が正しければ――彼女が選ばれたのは、彼女が死を恐れ、救われたいと強く願っていて、誰かに殺されると思い込んだら、われわれを巻き込むに違いないからだったのだ――要するに、医者の注目を独り占めにしたがる人間だったからだ!」

「ようやく理解していただけたようですね」と、パードゥは言った。「これで、なぜ彼女が一度も毒を飲んでいなかったのかおわかりでしょう。犯人にその意図がなかったからです。毒を飲んだように見せかけたかっただけなのですから」

「だが、どうやって彼女に飲ませないようにしたのだろう?」

「残り物に入れたんですよ。残っていない場合には自分で作ったんです――ほかの人間が飲まないようにスプーン一杯くらいの量だけを残して水を捨て、大量にヒ素を混入させるといったようにね。看護婦に睡眠薬を飲ませたときに混ぜたり、キッチンに食べ残しを持って下りた際に入れたり、悲鳴騒ぎのあとの混乱に乗じて細工したりしたんでしょう。彼女の悲鳴ですが――毒の影響ではなく原因だったのはおわかりですよね？　彼女が叫びだした機会をうまく利用して、あなたに毒のせいだと思わせようとしたのです。スウェイン看護婦の話では、悲鳴を上げても毒が見つからないこともあったそうです。それはそうですよ――毎回毒を仕込むのは容易ではない」

「しかし、別の人間が部屋で細工をしていたら、サーローさんが気づくはずじゃないか。彼女は睡眠薬を飲んでいなかったんだから」

「そのとおりです。彼女は知っていたんですよ。食べ過ぎで吐いた最初のときから、誰か――彼女に毒を警戒するようわざわざ警告を与えた人間がいた――毒を摂取しないためにはどうすべきか教えた人間がね――スウェイン看護婦が、サーローさんが寝言で誰かに水差しの水を捨てろと言ったのを聞いていましたよね？　何者かがサーローさんに、毒を入れる悪い犯人を早く捕まえるために秘密にするようにと吹き込んだのです。それで彼女は毒を盛られたと大騒ぎして、エッジワース看護婦やバーサ・グラスはもちろん、自分を殺そうとしている誰ともわからない人々に対する不信感や恐怖や憎しみに絶えず怯えていたわけです。うまい策略だったとは言えませんがね。しょせん、心神が耗弱《こうじゃく》した老女がすることです……。ただ、先生、あなたに対しては不信感も憎しみも恐怖も感じてはいなかった――むしろその逆の感情を抱いていて、いつもあなたの注意を惹こうとしていたのです。ワンドさんを狙っている人間がいるなどと、あなたの考えが及ばないように」

「なんて狡猾なやつらだ！……それで彼女は、本当は何者だったって？」

「誰のことです？」

「ワンドさんだよ」

「メアリー・シャグリーン。有名なダンサーです」

「ほう……ああ、そうだ。名前は聞いたことがある。確か祖父が彼女の絵葉書を持っていた」

「そうでしょうね。ヒ素についてですが――」

「分析結果では、どのヒ素も炭、藍、煤《すす》といった商業的な色づけがされていない無色のものだった。それがもう一つの謎だった――つまり、通常の合法的手段では購入できない代物だからな」

「その点は今、捜査中です。見つけにくいものではないんですよね？」

「まあ、そうだ。水にはきわめて溶けにくい――特に、水差しだとどうしても底に澱《おり》が残るから、隠《いん》蔽《ぺい》するのは難しい。もしも君の推理が正しければ、ここも合点がいくな。私が見逃さないように意図していたのだ」

「スーザン・ポラードのほうはどうでした？」

「ヒ素だった――同じものだ。水差しに入っていた。寮母が怪しんで取っておいたのだ。かなりの量を摂取していた。老婦人と違って実際に口にしてしまったんだ。だが、どうも動機がわからん」

「彼女は退学処分になったリンダ・ハートという生徒と親しくしていました。本人の話では、リンダがブランドフォードを発つ前に会いに行くつもりだと、金曜日にうっかり漏らしたそうなんです。それが悪いところへ伝わってしまったわけです。殺すのが目的ではなく、どこにも行かせないようにしたかったのでしょう。スーザンは老婦人――つまりサーローさんのお気に入りでしたから、一連の謎の中に彼女を巻き込んでおきたかったのだと思います」

「自殺を図ったように見せかけるためにか？」ボールドが眉を上げた。「老婦人と喧嘩したあとに後悔の念に駆られて衝動的にやったと？」

「たぶん。はっきり言えるのは、彼らがスーザンを自分たちの思う場所にとどめておきたかったということです――ブランドフォードへ出かけて余計なことを耳にしないよう、ベッドの上に」

「『彼ら』と呼ぶのはやめてくれないか」ボールドは不機嫌に言った。「聞こえがよすぎる」

「ええ、やめますよ」と、パードウは言った。「ワンドさんの遺体が掘り起こされたらね」


メイドは言った。「ドアに鍵は掛かっていませんでした。閉じてさえいなかったんです。一インチくらい開いていました。たいてい、いつもそうでした。普段はもっと開いていました」

「そうなんですよ」と、ノニーも口を揃えた。「この子が肝を潰して力いっぱい閉めたものだから、その勢いで跳ね返ったみたいで、二分後に私が駆けつけたときは、かなり開いてました。いいえ、内側に鍵が差さっていたかどうかは見ていません――少なくとも外側にはありませんでした。施錠してあったことなんてこれっぽっちも知りませんでしたから、鍵は捜さなかったんです」

「問題ありません」と、パードウは言った。「部屋に鍵がなかったとしたら興味深いですがね。ワンドさんは、どこにどのように倒れていましたか」

「ベッドに仰向けに横たわっていました。いちばん上のベッドカバーは上下が逆さまで、上掛けのシーツと毛布は両手のあいだにありました」

「どういう意味ですか――『両手のあいだ』というのは」

「言葉どおりです」

「やってみてください」

ノニーはきっとなって警部を見返した。「どうやって？　ちゃんとわかりやすく説明してるじゃないですか」

「掛け布団を握り締めていたということですか？　あなたはそれを狭心症の発作のせいだと思ったんじゃありませんか？」

「最後の質問の答えはイエス――その前のは、ノーです。誰だって発作が起きたと思うでしょうし、そういうふうに見えました。でも、握り締めてはいませんでしたよ――持ってさえいません。掛け布団の上で指が丸まっていて、私たちが布団を剝がしたとき、まったく彼女の手には引っかかりませんでした。両手は力なく丸まっていただけでしたから」

パードウは考え込んだ。「見事な観察力です。ほかに気になったことはありましたか」

「二、三ありました」

「話してください」

「彼女の目が――少し開いていたんです。見たことがないくらい瞳孔が収縮していました」

「それで？」

「私は看護の経験もあって、ブロム剤を過剰摂取した人を何度か見たことがあるんです。それに似ているように思いました」

「ちょっと待ってください」と、パードウが言った。「あなたはワンドさんが亡くなった朝、その話をしませんでしたね。なぜ、奇妙な点に気づいたのに黙っていたのですか」

「言いましたとも」ノニーは自慢げに答えた。

「いつ？」

「あの朝――ボールド先生にです。目のことも、ニトログリセリンのことも話しました――その件については、警部さんはまだご存じじゃありませんよね――でも、私の権限はそこまででした。それ以上は、ドクターが許してくれなかったんです」

「ほう！　彼は何と言ったんです？」

ノニーはため息をついた。「『いいか、一度成功したからって、いつもうまくいくとは思うな』って」

「一度、何を成功させたのですか」

「スーザン――スーザン・ポラードの件で、私があることに気づいたんです。彼女の病気が単なる胃炎だとは私には思えませんでした。それで、底にほんの少しだけ水が残った水差しをドクターに渡したら、ヒ素が見つかりました。運がよかったんです」

「どうしてですか」

「だって、そもそも私が水差しを置いたわけじゃありません。ただのまぐれ当たりです。それがよくなかったんですけどね。医者っていうのは、自分の仕事に口出しされるのを嫌うから――ボールド先生みたいな人は、なおさら。スーザンの件で私が正しかったものだから、先生はそれ以上聞く耳を持たなかったんです。私のことをでしゃばりだと思っているし、だいたい、女の意見を尊重するような人じゃありません。私はたいして意見なんて持っちゃいないんですけどね。それで、そういうおかしな事実を伝えたときには、すでにボールド先生は、さっき警部さんにもお話しした内容を聞いて、ワンドさんの死因をただの心臓発作だと断定してしまっていました――教会に行きたいのに私たちが行かせてくれないって言って、ワンディーが激昂した話。金曜日に起こした心臓発作のこともありましたし。だから、彼の考えを変えて死因は別にあると言わせるなんてこと、誰にもできはしなかったんです」

「わかりますよ」素人が何か言うとすぐにはねつける医者の頑固さは、パードウもこれまで何度も出くわしていて、よく知っている。

「それに」と、ノーナ・ディーキンは医師の肩を持つかのように言った。「月曜は、サーローさんを転院させる手筈を整えるのでドクターは手いっぱいでした。たまたま――ほんとに、どうしてだったのか――彼女は子羊みたいにおとなしく出ていったんですけど、これまでのいきさつから考えて、そんなのは予測できなかったので、みんな最悪の事態に備えなくちゃならなかったんです。どんな人でも公平に扱うためには、ほかのことを考える時間なんて実際ありませんでした」

「そうだったんでしょうね。しかし、サーローさんはどうしても月曜に出ていかなければならなかったんですか？　先延ばしはできなかったんでしょうか」

「ワンディーが死んだのを知ったとき、アラム校長がその場ですぐに決断したんです。どうせ出ていくんだから、早いほうがいいって。考えてみれば、埋葬を待っている遺体のある建物内にあの叫び声や悲鳴が響いたらたまりませんよ。そうじゃありません？」

「確かに」パードウは心から言った。それにしても恐ろしいまでに、なんて単純で……なんて狡猾なのだろう！　日和見主義《オポチュニズム》……見事と言ってもいいペテンを仕掛けておいて……また日和見主義……最後まで陽動作戦で人の注意を逸らし続けたのだ。注意力がある人ほど、その関心をどうでもいいことに逸らされてしまった。

「ニトログリセリンの話を聞かせてもらえますか」と、彼は言った。

「ああ――それが変なんです。彼女は発作に備えて、いつもニトログリセリンを手近なところに置いていました。金曜にケースが空になったので、新しいのを出してそばに置いといたんですけど、それが減っていなかったんです。彼女のベッドのそばの、手が届くテーブルの上にあったのに、一錠も飲んでいませんでした」

「発作が突然で激しかったために何もできなかった可能性はありませんか」

「それはないと思います」と、ノニーはきっぱり言った。「彼女は、いつだってどうにかして薬をちゃんと飲めました。少なくとも飲もうとした痕跡は残ったはずです——ケースが床に落ちているとか」

そののちノニーが話したところによると、ロンドン警視庁の男は彼女におかしなことを尋ねたのだった。

「メアリー・シャグリーンという名に心当たりはありますか」

彼女はパードウの顔をじっと見て、首を横に振った。「誰ですか——映画スターかなにか?」

「そうなっていたかもしれません」パードウは仕方なく頷いた。「生まれるのが五十年遅ければね。実際は有名なダンサーでした」

「あら。私がダンスをしていた時代はとっくに終わっていますけど。その人が私と何の関係があるんです?」

「メアリー・ワンドは、メアリー・シャグリーンだったんです」

「なんですって——ワンディーが……?」

パードウは頷いた。

突然、ノニーが笑いだした。「あの小さな——ワンディーが……驚いたわ……こんなことがあるなんて——長生きはしてみるものね」

ハート卿夫人は冷ややかだったが、妨害するようなことはしなかった。パードゥが持てるかぎりの如才なさを総動員して、リンダの証言が重要であることを訴えたときもそうだった。

「でも警部さん、がっかりすることになると思いますよ。リンダがあの気の毒な老婦人のために、その——その人物と不正な取引をしたことを認めたときには愕然としました。でも、もうすべてご存じなんでしょうね」夫人は感心するほど感情を抑えて続けた。「学校側が許しがたいと思ったのはよくわかります。ある意味、よかったと思っているくらいです。ただ、あそこまであっさりと退学させたのは納得できません。兄夫婦は海外へ出向いていて、戦争が続くうちは帰国できそうもないので——ですから、私にはリンダに対して大きな責任があると感じています」

リンダの落ち着いた、聡明そうな、反省していない顔を見て、パードゥは夫人の言葉の意味を理解した。

「叔母が動揺するのは当然です」と、彼女は言った。「でも、私は悪いことをしたとは思っていません。水晶占いなんかに私自身が惑わされたわけじゃありませんもの。お婆さんのためにやったことです。それでお年寄りが喜びを感じられるのならいいことじゃありませんか?」リンダの口調には、若者が寛容さと取り違えがちな身勝手さが感じられた。

「その質問には答えられません」と、パードゥは言った。「私は警察官ですからね。だが、問題はあなたが自分から関わったことだったんじゃないんですか」

「私自身の運勢は占ってもらっていません」

「本当に?　占い師が魅力的ではなかったとか?」

「そうじゃありません」と、リンダは正直に言った。「魅力的でした。アンブロジオ先生は素晴らしい方だと思います。占ってもらわなかった理由はそういうことじゃありません。占いをしてもらってはいけないと言われていたので、その言いつけを守ったんです。私があそこへ行ったのは、ひとえにサーローさんのためです。アラム先生にそこの違いを説明したんですけど、わかってもらえませんでした」

「あなたはサーローさんが好きだったのですか」

リンダは眉を上げた。「いいえ――サーローさんのことは好きじゃありませんでした」思春期ならではの口の重たさはあったが、人を好きになるのは単なる弱さだと思っていることは伝わってきた。「そういうことは関係ありません。彼女は病気で――孤独で――年老いていて――」

くそっ、とパードウは自分の若白髪を思い出して苦々しい気分になった。こうやってわれわれは同情される存在になっていくのか？

「それに、彼女はあなたが親しくしているポラードさんを可愛がっていたんですよね？」と、声に出して言った。

「サーローさんはポラード先生がお気に入りでした」リンダは慎重な口ぶりで答えた。だが、その顔にちらっと不安がよぎったのを、パードウは見逃さなかった。彼女はやや眉をひそめてパードウに視線を注いだ。

「どういうことでしょう――私がサーローさんを好きかどうか訊くためだけにいらっしゃったわけではありませんよね？」

上流階級の人たちと対する際にパードウが用いてきた遠まわしなやり方は、ここでは必要ないことに、彼はようやく気づいた。思い直して手法を変えようとする彼を、リンダはどこか面白そうに見ていた。

「ハートさん、本題に入らせていただきます――いくつかあなたにお尋ねしたいことがあります。まず、グレイト・アンブロジオと称する人物から、サーローさんのもとへ持ち帰るよう何かを渡されたことはありますか」

「サーローさんの私物だけです――最初はハンカチ、次はロケット、最後はブローチ――占いの結果を踏まえたメッセージが書かれた紙が巻いてありました」

「ほかにはありませんか」

「いいえ。占いのあいだ、ずっと目を離しませんでしたから、私が気づかないうちに何かをこっそり紛れ込ませるチャンスはありませんでした」

「そうですか。では、月曜の早朝、マルタンマスから電話をもらったかどうか教えていただけますか」

リンダは冷ややかだった。「電話があったことはもうご存じなんでしょう?」

「そうでないかとは思っていました」パードゥは率直に言った。「誰からだったのですか」

「ポラード先生です。たいしたことでは――別に重要なことではありません。先生は金曜から体調を崩していて、それを私は知りませんでした。午前四時半にサーローさんのためにドクターに電話をしたついでに私にかけてきたんです。それだけのことです」

「よかった! それで、一つ謎が解けました」と言って、パードゥはすかさず、唯一用意していた切り札を切った。「あなたが退学になった本当の理由は何だったんですか」

リンダにとっては予期していなかった質問だった。しだいに顔が赤くなった。批判的でしっかりしていたその目が、怒りを思い出して興奮してきた。これまでの落ち着きは吹っ飛んでしまっていた。

「本当に——とんでもなく不当な処分だったんです！」上流階級の娘は、すっかり女学生に戻っていた。私を退学にするなんて——あんなふうに——ポラード先生と話もさせてくれずに——自分だってやっていることなのに！」

「誰が——アラム校長ですか？」

「はい。あの人もアンブロジオに相談に行っていたんです。私が行ったのが見つかった日に、先生もあそこにいました」

「彼女を見たんですか」

「いいえ——そのときは」

「どうして彼女がそこにいたとわかったのですか」

「彼に案内されて中に入ったとき、テーブルにあの人の手袋があったんです」

パードウは大きな関心を持ってリンダを見た。「アラム校長の手袋だったというのは確かですか——間違いないんですね？」

「間違いありません——甲の部分に黒いステッチがあるグレーの犬革の手袋です。証明はできません……私の言葉でしか……前は、それで充分だと思っていたんですけど——」

「ひょっとして」パードウは優しく話しかけた。「占ってもらうために、誰かほかの人間に届けさせたということは？」

「いいえ、それはありません」

「どうして？」

「私はビューグルにアラム先生より十分早く自転車で戻りました。そうしたら、荷物を全部下ろす前に、サーローさんのブローチと、それを使って占ったメッセージを持っているところを先生に見つかってしまったんです――そのとき先生は、テーブルにあったあの手袋をはめていました」

「なるほど。それは何曜日でした？」

「先週の火曜日――火曜の午後です」

「あなたがメイクウェイズを去ったのは？」

「翌日の――水曜の夕方でした」

「そうですよね。その二つの出来事のあいだの時間の空白を、あなたはどう思いますか。即刻、退学になったということですが、慌ただしく水曜に学校を後にしたとはいっても、最初の出来事からは一日半ほどあったんですよね？」

「ええ。アラム先生は、すぐに私を追い出そうとはしませんでした――火曜日じゅうには。水曜になって、またその話を持ち出してきたので、私、不当な扱いにイライラして怒りが爆発してしまったんです。いつもやってはいけないとお説教していることを、自分がしているじゃないかと非難しました――手袋のことを話したんです」

「彼女は何と言っていましたか」

「息をのんでいました。それまで私はそのことに触れなかったから。猛烈な勢いで、私が嘘をついていると否定しました。あの人は――自分の信用を失墜させるために私がでたらめな話をでっち上げていると言ったんです。そのときの態度ときたら」リンダは軽蔑したように吐き捨てた。「本当に子供じみていました」

「しかし、なぜ、あなたがアラム校長の信用を失墜させようとしていると思われたのでしょう?」

「私があの人を嫌いだったからです」と、リンダは淡々と答えた。「以前から大嫌いでした」

パードウは一瞬黙ってから言った。「それとこれとは、まったく話が別ですよね」

リンダはうれしそうに彼を見た。「そのとおりです——嫌いだからって、そんなことすると思います? それに私は嘘も嫌いです。私が言ったことは事実です。でもこうして——退学処分にされてしまいました。誰に会うことも許されずに追い出されたんです」

パードウは立ち上がった。「ハート卿夫人に長居をしすぎだと思われそうです。話してくださってありがとうございました」

「たいしたことはありませんわ」と、リンダは微笑んだ。「信じてくださいます?」

「信じますよ」

パードウの先に立ってドアまで案内しながら、リンダが唐突に訊いた。「軍需工場では、みんな同じ服を着るんですか?」

今度はパードウが息をのむ番だった。「ええと——まあ——そうでしょうね——」

「私には、そこか、女子国防軍《A・T・S》のどちらかが合ってると思うんです」と、リンダは決然と言った。「メイクウェイズ・スクールと縁が切れたんだから、私、制服が着たいわ……」


水は流れ続けた……いくつもの橋の下をくぐり、ヴォクソール、ランベス、ウェストミンスター、ハンガーフォード、ウォータールー——やがてロンドンブリッジにたどり着き、ロンドン塔を通り過ぎて、終わりのない物語を河口へと運びながら。

そして、物語は川とともに流れていく。

十月十日、木曜日、メアリー・シャグリーンが埋葬された八日後、パードウは卓上カレンダーをめくってソルト部長刑事を呼んだ。

「遺体発掘の報告書が届いた――これが発見されたものだ」

「何でした？　ヒ素ですか」

「ヒ素は見つからなかった」

ソルトは軽く口笛を吹いた。「いいでしょう――悪い知らせはやんわり頼みますよ」

「塩酸モルヒネだった――五グレーンのな」

「ということは？」

「ディーキンが正しかったんだ」

「あの女性が手がかりをつかんだのはちょっと気に入りませんね」と、ソルトは言った。「どういうわけか、納得できない気にさせられる」

第十六章　契約と絵画《パクト・アンド・ピクチャー》

ダービー巡査は、サンクフルコートでペットショップを営むプロッサー老人をよく知っていた。彼の店で以前、あとで冷静に考えるとたいして美しくはないランカシャー・カナリアを買ったことがあったのだ。自分の仕事に関わることで友人に必要とされる日が来るとは考えもしなかったダービーは、土曜の夕方、ランタン交差点周辺の巡回へ戻る途中で、全身を震わせチョークのような白い顔で口がもつれて言葉がうまく出てこないプロッサー老人に出くわしたとき、いつも以上に驚いた。

三回話を聞いて、ようやく彼の下宿人がヘビに咬まれてひどい状態だという要点を理解した。プロッサーの下宿人といえば、ここ一、二か月、ビューグル警察がその仕事ぶりに漠然と関心を寄せていた人物だった。いずれにしろ担当することになったであろうロンドン警視庁《スコットランドヤード》の犯罪捜査部《C・I・D》に正式にマルタンマス事件の捜査依頼があってからは、その関心は意識した注目すべき対象に変わっていた。まさに、グレイト・アンブロジオに目を光らせている最中だったのだ。それが今――。

「医者は呼んだのか?」プロッサー老人を支えつつ走りだしたダービー巡査は、息を切らしながら訊いた。

老人の不明瞭な返答は聞き取れなかった。だが、カサカサいう音や呼吸音がそこらじゅうから聞こえ、その音と臭いが不思議な統一感を醸し出す店内に飛び込んで、「信じられるかい?」というヨウムのささやきと、居間からまばたきもせずに真っすぐ見つめているマングースの瞳を無視して、転げ落ちそうになりながら暗い階段を上っていくと、ベルベットのカーテンの引かれた部屋にはグレイト・アンブロジオしかいなかった――そして彼は、すでに事切れていた。

近づいて確認するまでもなく、死んでいるのは明らかだった。わからなかったのは、窓辺の床にチョークで描かれた奇妙な図柄の真ん中に、美しい背中の模様を見せてねじれて横たわっているオリーブ色の物体の状況だった。頭部がないのを見て後退《あとずさ》るダービーに、プロッサー老人が言った。「そいつはわしが殺した。彼に持ってこさせられたんだ――頼む、助けてくれ。そ――そいつは毒へビだ。わしのへビたちは悪さなどせん――するわけがない。それなのに……それなのに……わしはどうしたらいいんだ？」

「少し黙って」と、きつい調子ではなく言って、ダービーは今や奈落の王アバドンの冷淡な視線を浴びる身となったグレイト・アンブロジオのそばにひざまずいた。

片手を身体の下にしてうつ伏せに倒れている水晶占い師は、もう一方の手を投げ出して、爪で壁の腰羽目を引っかいていた。黒と深紅の服を着ているがガウンは身につけておらず、シャツの左袖は袖口から肩まで切り裂かれている。咬まれたのは、左手の親指と人差し指だった。小さな歯痕がついている。手首のすぐ上に一応、止血帯が巻かれているが、腕は腫れ上がり、魚の腹のように白くなった皮膚のあちこちに青い染みができて、リンパの流れる肘から脇の下にかけて細く赤い線が網の目のように浮き上がっていた。顔は黒くむくみ、唇にはチアノーゼが表れ、生きていたときよりもずっと膨れている。

「哀れな悪魔だ」ダービー巡査は、それがいかに真実を突いた言葉かを知らずに身震いして言った。

何度か試みて、ようやく遺体を仰向けにひっくり返した。プロッサー老人は手伝おうともせず、ドアのそばに立ちすくんで、両の手を強く握りながら、よく聞き取れない不満を呟いていた。部屋には燃え尽きた石油ストーブがあり、空気はむっとしてまだ暖かく、ダービーには我慢できないほど暑く感じられた。遺体の片目を開けて、大きく拡張した瞳孔を確認した。彼は立ち上がり、プロッサーにその場から動かないよう指示した。階段を下りて勝手のわかっている店内に行き、サルを叩いてどかすと、医師と警察署に電話連絡をした。それから二階へ戻って、プロッサーから話を聞いた。

「あんたと彼は午前中から今までこいつと格闘していたのかい?」と、ダービーは訝《いぶか》しげに訊いた。「医者も呼ばずに?」

「彼が許さなかったんだ――どうしても医者を呼ばせなかった。石炭酸で洗い流して、わしが口で吸い出し、彼も自分で吸い出した。それでよくなったようだったんだ――寝室で横になっていた」――プロッサー老人は右手のカーテンを指さした――「彼が荷造りしていた場所でな――」

「荷造り? 何の荷造りをしていたんだい?」

「そ、そりゃあ――彼の荷物だよ」老人は震えながら言った。「彼は、じきにここを去る予定だったんだ」

「そうなのか?」ダービー巡査は険しい顔で言った。「それがこんなことになるとはな」かつて人間だった残骸を見下ろし、すぐに目を上げた。「今や、本当に去ってしまった――違う意味だがな」

燃える木立ちと、それを背景に浮かぶ顔に、ダービーの目が留まった。大きく息を吸い込んで、そっと吐き出した。

「あれは――いったい何だ?」

プロッサーは血走った目で絵のほうを見やったが、燃え立つような深紅の「アバドン」という文字から上には目を上げなかった。胸の前で十字を切る。ダービーは別の意味でショックを受けた。友人の知らない一面を見た気がしたのだ。

「彼は悪魔と契約を結んだんだ」と、プロッサーは小声で言った。的外れな答えなのに、二人とも変だとは思わなかった。「だが、悪魔には——契約なんて関係なかったってことか」

「いや、違うな」ダービーは、自分でもわからない高揚感を覚えながら言った。「悪魔に魅入られちまったのさ……こんな光景を、絶対に俺のおふくろには見せたくないね」

その後、ビューグル警察のトンプソン警部と医師が駆けつけた。医師は舌打ちをして、アンブロジオとクサリヘビの状態はあらゆる法則に反すると、眉をひそめた。よほど暑くないと、クサリヘビは十月には毒を分泌しないと言うのだ。目の前の現実がどうしても受け入れられないようだった。事情をよく知るプロッサー老人は、現実をもっと単純に捉えていた。たとえ人を死に至らせようとも、彼は法則より自然のなりゆきを好んだ。プロッサーの話によると、昨夜、アンブロジオはチョークで描いたおかしな図形で実験をし、階下の動物たちを不穏にさせるような声で祈りを唱えながらストーブの火を燃やし続けていたのだそうだ。それでなくても檻の中に閉じ込められて不機嫌なクサリヘビは、屋外で出くわすときよりもずっと危険だ。そうして、ヘビはアンブロジオを咬み、彼は死んだのに、そんなはずはないと疑ったところで何の意味があるのだ、と言うのだった。

トンプソン警部とダービー巡査は、アンブロジオが寝泊まりしていた、修道士のように禁欲的な奥の部屋に入った。ベッドと洗面台のほかには、タイプライターと複写機が置かれた小さなテーブルがあるだけだった。二人とも、あとでその部屋の状況を忘れようと最大限の努力をすることになった。

アンブロジオは、本当にかなり具合が悪かったようだ。

スーツケースと革鞄が開いていて、鞄の底に衣類が入っていた。辺り一面に書類が散らばっている。ロンドン警視庁が欲しがるだろうと、トンプソンは丹念にそれらを集め、そのあいだにダービーは作り付けの戸棚をチェックした。

彼は、封をしていない封筒の束の中から一通中身を取り出して振り向いた。「警部——彼は妻となる女性を探していたんですかね」

トンプソンは複写機に残っていた書類をぼんやりと見た。それは『ウイングズ・オブ・フレンドシップ』という名の雑誌の十月号だった。ウィンビー・オン・シーという町にある〈パクト・アンド・ピクチャー・クラブ〉が発行しているようだ。トンプソンはその町を知っていた。海辺のブライトンの近くだ。封筒にざっと目を通した。どの封筒の宛名にもそれぞれ別の住所と名前がタイプされていて、全員が独身女性だった。

「というより、夫を欲しがっている女性向けだな」と唸った。家庭人であるトンプソンは、こういうものが存在しないふりをしなければならない立場にあるのだった。彼は不意に動きを止めた。気が進まないながらめくっていた茶封筒の中に交じっていた、薄い透明な包みが目を惹いたのだ。明らかにほかのものとは違っていた。宛名は、チャーチウェイ、ミュージアム・ロード十二番地、ミス・エマ・ベットニー。萎え気味だったトンプソンの内心がにわかに沸き立った。

「おい、こいつを戴冠用の宝玉なみに大事に守れ。これは」——ミス・ベットニー宛ての包みを叩いた——「ロンドン警視庁に話をするために二百マイルも旅をしてきた年配女性だ。しかも医者が言うには、本当なら」——トンプソンは隣の部屋に目をやって、にやりと笑った——「死んでいても不思議ではない状態でな！」

それから一時間も経たずに救急車が到着した。彼らは、床に五芒星が光り、暗くかび臭い、静寂に包まれた四角い部屋を後にした。壁からアバドンが見つめていた。だが、眠っているかのような悪魔の武将バアルのごとき彼の仲間は、なんの反応もしなかった。

六フィート四インチの遺体を十四世紀に造られた階段から下ろすのは容易ではなかった。搬送作業はゆっくり慎重に行われた。居間の壁際にあるピアノの上で、マングースが驚きもせず澄んだ瞳で見守っていた。サルがガス灯の腕木にぶら下がって救急隊員の袖を引っ張った。暗い店内では、足をひきずる音や、ヘビが滑るように進む音、破擦音にも聞こえる微かな声がした。突然、ヨウムがグレーと深紅の体を逆さにして大きな声を出した。「足元に注意しな」。隊員の一人が笑ったが、そのあとで自分の声の響きに渋い顔をした。

一同は滅入った気分で無言のまま、一瞬ふらつきながら、サンクフルコートを覆う蓋のような低い空の下に出た。グレイト・アンブロジオを運んで横を通ったとき、ヨウムは小さく甘ったるい喘ぎ声で、怯えた、どこかなだめるような調子で言った。「誰だい？　誰だい？　そこにいるのは誰なんだい？」

第十七章　正しかったアンブロジオ

ダン・パードウ主任警部がようやくミス・ベットニーを訪ねたのは、十月十九日のことだった。午後の早い時間で、目の周りのわずかな変色を残してすでに包帯の取れていたエマは、二週間前に彼らに搬送されたウィンブルドン病院の窓辺の椅子に座っていた。

「木曜日から面会が許されたんです」二、三分話したあとで、彼女が言った。「ジュリー・ランクレとスーザンが来てくれました。もう少しあとだと、ここへ来ても私を見つけられないところでしたわ。月曜に退院するんです」

「よかったですね。大変な状況でしたが、こうなるだろうと思っていましたよ。あなたなら見事に乗り越えるだろうと」

パードウは戸惑いの入り交じった称賛の気持ちと思いやりをこめてエマを見た。冷酷な殺人者の巧妙な計画を転覆させたのは、このほっそりとしたおとなしい、繊細な女性の生きようとする意志だけだったのだと、頬をつねって思い出したい気分だった。

「私は、生き抜く力の乏しい人間なんです。ずっとそうでした。でも今回は、なんとしても生き延びなければと思ったんです。私の死の責任を彼女に負わせることはできません。だって、すべて――私のせいですから」

「そんなこと――」と言いかけたが、そういう一面があってもパードゥがもはや驚きもしない断固とした身振りで、エマは即座に彼を黙らせた。

「いいえ、言わせてください。私のせいなんです――私はそれを肝に銘じて生きていかなければなりません」エマの声はあくまで落ち着いていた。「知らず知らずにグレイス・アラムを、若い頃に奪われて満たされなかったものを求めて禁断の方向に手を伸ばすように仕向けてしまったのです。私は――」

「いや」パードゥは、エマと同じくらいはっきりと言った。「それは違いますよ、ベットニーさん。他人《ひと》にそんなことをさせられる人間はいません――結局のところ、われわれはみな、自分で選択して決断する自由行為者なのです。言えるとすれば――あなたが語った叔母さんの話が、越えてはならない境界線の向こうに足を踏み入れる決断を手助けしたということでしょう」重い荷物を少しでも軽くしようと、彼は微笑んだ。「冷静なバランス感覚を欠いた人間がほかにどんなにいようが、われわれは分別を失ってはなりません。健全な理性を保ってさえいれば殺人など起きないのです。殺害行為は、人間性の欠如というより、分別の欠如の問題です。その重要な問題を誰もが少しでも認識すればいいのですが」

「でも、私だけなんです」と、エマは言った。「彼女にメアリー・シャグリーンの話をしたのは。グレイスは、私が美化した事実しか知らなかったのだと思います」

「この事件の鍵となったのは」と、パードゥがそれを受けて言った。「何よりも性格でした。性格が状況に影響を及ぼし、状況が性格に影響した。幼少期の貧しさとネグレクトと劣等感によってもたらされた、グレイス・アラムの尊大で孤独で妬み深い性質に注目しなければなりません。一生、自分には手の届かない世界だと思い込まされたもの――期待する権利さえなかったものに間近に触れて、結果的にそういう間違ったものに憧れてしまったのです。彼女は物質的な富を、手段ではなく目的にしてしまいました。富のない人生は失敗の人生だと考えたのです。それは、あなたがしたことではありません。あなたに責任はないんです。あなたは彼女にシャグリーン――そう呼ばせてもらってかまいませんか？――そう、シャグリーンという素晴らしい女性を与えました――楽しく美しい人生に寄与する存在としてシャグリーンを提示したのです。グレイスはそれを、彼女自身が最も価値を見いだしているのに持っていないもの、残念ながら、われわれのような人間には見せかけだけに思えるものを手に入れた女性として捉えました。シャグリーンは多くのものを与えた人だったのに、グレイス・アラムには成功を受け取った人に思えた。自分もそうなりたいと。だからこそ、彼女はこの計画を練ったのです。おわかりですね？」

「はい」

「グレイスは、常にシャグリーンの動向を遠くから気にしていました――スイスで偶然遭遇して以来」

「そんなに長いあいだ……。ええ、きっと彼女ならそうしたでしょう――叔母が名前を変えるまでは。そして、あのとき――そうだわ」エマは急に何かを思いついて、言葉を切った。「あのとき、すでに自分の目的のために叔母と直接連絡を取りたいと考えていたに違いありません。だから私への手紙に叔母のことを書かなかったんです」

　パードゥには初耳だった。エマは、ローザンヌからもらったグレイスの手紙にメアリー・シャグリーンのことが書かれていなかったことを話した。

「ところがグレイスは、私に知らせたと思い込んでいました。秘密にしていたことを忘れていた彼女は、私がマルタンマスに着いた最初の晩にうっかりその話題を口にしたとき、手紙の内容を私のほうが忘れているのだと思い違いをして、叔母に二度遭遇した話をしてくれました。些細なことに聞こえるでしょうが、私はかなり戸惑いました。だって、グレイスがメアリー・シャグリーンのことを手紙に書かないはずがありませんでしたから――隠れた動機がないかぎりは。だとしたら、その動機が何なのか気になるじゃありませんか」

パードゥは、初めから抱いている感嘆の気持ちを新たにしてエマを見つめた。「才能がありますね、ベットニーさん。ついさっき、グレイス・アラムにあなたの死の責任を負わせられないとおっしゃいましたよね。あなたを襲ったのが彼女だとご存じだったのですか？」

「気を失う寸前、思ったんです――『私にこんなことをするのはグレイスだわ』って。ワンドさんの正体を知ったとたん、犯人はグレイスしかいないとわかっていました」

「なぜですか」

「マルタンマスにいる人たちの中で、私以外にメアリー・シャグリーンに関心があったのは彼女だけですもの」

パードゥは頷いた。ソルト部長刑事なら、ミス・ベットニーは抜け目がない、と言っただろう。

「確かに」と、彼は言った。「事情聴取の結果、ワンドさんの素性を知っていたのは、前身の病院経営者だったウィック、フェアマン両医師と、最後の代理人だったポケット弁護士だけでした。グレイス・アラムは、マルタンマスの内覧後、帰ろうとしたときに芝生の上にいた彼女を見て――ちなみに、その時点ではあの物件を断るつもりだったようです――すぐには本人だとわかりませんでした。芝生に入る口実を作って近くまで行き、そのすぐあとにウィック医師に言ったそうです。『ここには、有名ダンサーのメアリー・シャグリーンがいるんですね?』と。そういう訊き方をされては、否定しにくいものです。ここで否定するのは得策ではないと考えたかもしれませんしね。彼女の声に嬉々としたものを感じて、売買に有利にはたらくと思った可能性もあります。ともかく、ウィック医師は正直に答え、本人の希望で周囲には秘密にして偽名を使っている点を強調しました――ご存じのとおり、グレイス・アラムは、のちにそれを自分の利益のために利用したのです。彼女が急に態度を変えたので、医師はとても驚いたといいます。さっきまで拒絶していたのに、突然、マルタンマスの利点を連ね始め、購入に積極的になったからです」

「知っています」と、エマは言った。「寮母のディーキンさんも、その点について首を傾《かし》げていました――あらゆる面でマルタンマスよりずっと条件の適した物件がいくつかあったのに、どうしてあそこを選んだのだろう、と。私がお渡ししたくだらないメモを見ていただけたならおわかりでしょうけど、その点は、日曜日――ワンドさんが誰なのかを知る前――に、私がリストアップした疑問の一つでした。今でも判読できるとは思いますが、グレイスに疑いを抱くのが耐えられなくて、思わず消した項目です」

「あなたのメモは非常に貴重でしたよ。大変、参考になりました」

「まあ」エマは頰を染めた。「ただ頭に浮かんだことを書き留めただけです」

「あなたは一点を除いて、目ぼしいポイントをすべて指摘していました――といっても、その一点についても、われわれはあなたの骨折りのおかげで楽に答えにたどり着いたわけですが」

「それは何ですか」

「あなたに見えていなかったのは――わからなくて当然なんですが――サーローさんへの攻撃が奇妙だったのは、それが目くらましで、ボールド医師の鋭い観察眼から本当の犯罪を隠すためのカモフラージュだったということです。ただし、あなたはメモの九番で、子供たちがかくれんぼのときに言う『もうすぐ見つかるよ』という段階までたどり着いていました――実際、かなりもう少しのところにいたんです」

「もしもフィールディング先生のままだったら――いいえ、結果は同じだっただろうとおっしゃいましたね」

「シャグリーンが死んだであろうということでしたら、そうです。もっと早く、もっと楽にね。ボールドが来て計画が狂ったので、新たなプランを用意しなければならなくなり、偽の毒騒ぎに使ったヒ素の症状とは異なる毒を選んだのです」

想像もしなかった邪悪な計画の巧妙さに、エマは黙り込んだ。

やがて、名前を口にするのを少しためらうように訊いた。「ヒ素を調達したのはアンブロジオだったのですか?」

「やつの荷物の中に、海外の薬剤師の名が書かれたパックがいくつかありました。リンダ・ハートがあの日見た手袋の片方の内側をはじめ、グレイス・アラムの所持品からもヒ素の粉が見つかっています――おそらく、小袋に入れ、はめた手袋の中に忍ばせて持ち帰ったのでしょう。アンブロジオは巡回興行団の一員だったことがありました――ご存じですよね?――エーレンシュタイン・アンド・ワットという、ドイツとアメリカの共同興行主が運営する大きな『ペテン』興行団でした。大胆不敵という評判で、大陸をくまなく巡業していました。こういうものを入手するのが容易なのは――」

「ええ、知っています」と、エマは言った。「シュタイアーマルクや、ハンガリーとクロアチアの国境付近では、ヒ素を食べる人たちがいるんですよね――しかも、身体に悪影響が出ずに！　以前、外国で家庭教師をしていたとき、そこの家族が雇っていた庭師見習いがグラーツ近郊の小さな村の出身だったんです。その人は、よく顔色のよさをからかわれていたんですけど、本人は亜ヒ酸を食べているおかげだと言っていましたもの！」

パードウは笑った。「徐々に免疫ができるんですよ――ある程度用心していればね」

エマはおずおずと彼を見た。「あの――叔母に対する動機ですけれど――私が相続することになるお金のためだったのでしょうか。彼らが手に入れたかったのは、私からだったんですか？」

「そうです」と答えたパードウは、落ち着かない様子になった。爪を検《あらた》め、皺が白髪頭に寄るほど眉を上げた。「実は――ベットニーさん、すべてはあなたをターゲットにしたものだったのです。シャグリーン――彼女の死は――当然、なくてはならないものでした。ですが、彼らの計画の始まりは、そこだったのです」

「わかります」と、エマは言った。

素早く彼女に視線を移したパードウは、エマが微笑んでいるのを見て心からほっとした。

「警部さん、どうか『悩まないで』ください。昔、母によくそう言われました。ここで寝ているあいだ、ずっとそれを心がけていました――ほかにすることがありませんでしたから。アンブロジオは、私と結婚するつもりだったのですよね？」

「ええ」

「なんてこと」エマはため息をついた。「だからあの日、階段の上であんなに嫌な目つきで私を見ていたのね。あのとき、なぜだろうと思ったんです。何者かが私を彼のもとへ相談に行かせたがっているのはわかっていました——そして、あそこへ行ってメモ帳に書かれていたメモを見て、考え始めました。『E・B。二時半頃』。書かれていたのはそれだけでしたが、彼には予約が入っているようなことを老人が言っていました。つまり、誰かがアンブロジオに私が行くのを知らせていたということです。私が彼に会いに行くと口にしたのはその日の朝食後でしたから、サンクフルコートには電話か電報で伝えられたに違いありません。でも、そのことを話したのはグレイスだけで、彼女が時間の設定をして、私に秘密にするよう言ったのです。その意味がわかったとき、心底恐ろしくなりました」

パードウは、エマが事件のポイントを一覧表にした紙を手に取った。

「あなたは間違いなくアンブロジオに目をつけていましたね」と、彼は言った。「あなたの人生に現れる人物が誰なのか、すぐにわかったんですね」

「疑ってはいました——彼の自己紹介の仕方がどこか不自然だったので」

「仕方がなかったんですよ。やつの頭はそのことでいっぱいだったんです。犯人たちは時間に追われていました。サーローさんの件の鉱脈は、ほとんど涸《か》れかけていましたからね。あなたは最初、ドーセット州から届いた誘いに応じませんでしたよね？」

「ええ、そうです。でも、あとになって」彼女は両手をきつく握り締めた。「私は——グレイスが私を必要としていると思ったんです」

確かに必要だったのだ、と思い、パードウは渋い顔をした。「だから『ウイングズ・オブ・フレンドシップ』が送られてきたんです」と、唐突に言った。

「それは——私をチャーチウェイからおびき出すためですか？」

パードゥは窓の外の、枯れかけた赤と金のノブドウに目をやりながら頷いた。

「人を馬鹿にした——薄っぺらな包みでね」と、ひどく怒った声で言った。エマは驚いて彼を見た。パードゥは無言だった。フラッグ夫人からマルタンマスに転送されれば当初の様相にもっともらしさが加わり、真犯人から注意を逸らすことができると目論んで、十月号を送る準備が整えられていたことは、彼女には話していなかった。パードゥは冷静さを取り戻して急に話題を変えた。

「アンブロジオという名前について調べてみたんですが——」

「あら」エマは当惑を隠すかのように口早に言葉を挟んだ。「それなら一度、何者かわかるか、と訊かれました——彼の名前のことです。でも、答えは教えてくれませんでした」

「アンブロジオという名に、なんとなく覚えがあるような気がしましてね。もともとは、十八世紀に書かれた、かなり変わった趣の小説の主人公——悪魔と契約を結んだカプチン修道士でした」

「アバドン」エマは身震いした。「奈落の王。アンブロジオは、私がアバドンの名を知らないと思ったようです」

「やつは悪魔主義者でした」パードゥは、ぶっきらぼうに言った。「この件に関係のある要点を言いますと、戦況が悪くなるまでアンブロジオはブライトンで商売をしていました。ウィンビー・オン・シーは、そこから三マイルしか離れていません。その目立たない場所で、パクト・アンド・ピクチャー・クラブの事務局長を務めていたのです——それじゃあ、そもそも契約《パクト》から逃れられるわけがない。閑静でこぎれいな小さな町——信用を得るためにやつが選んだ場所です。あなたへの冊子をチャーチウェイで投函したのは、もちろん、ありがたくない通信者が身近なところにいると思わせるためです。まさしく、悪魔のように狡猾だ」

「ええ」エマは顔を赤らめた。友情を裏切られた寂しさとともに、先の戦争中に彼女がついやってしまった愚かな冒険について知っている唯一の人間がグレイスだったことを思い出していた。彼女は気を取り直して言った。「私に結婚を申し込むつもりだったのなら、水晶占いの内容に関して私が『その後いつまでも』という言葉を使ったときに、どうしてアンブロジオがあんなに冷ややかな態度になったのか合点がいきます。あれは、物語が結婚で終わるときにしか使われない言葉です。彼はそれが嫌だったんだわ。ええ、そうよ――あの言葉を聞いて、きっと私がそれを期待していると思ったに違いないわ！」

エマはややヒステリックな笑い声をたてた。パードゥは微笑んだ。

「想像力が豊かなんですね、ベットニーさん」

「いえ、そんなんじゃありません」エマは落ち着きを取り戻した。「目の前にあるものをしっかり見るようにしているのです。いいことばかりではありませんけど――そのほうが安全ですもの。言葉一つ一つではなく、水晶占い全体を警告と捉えました――まさに隠された脅しでしたわ」

「それも、もう終わりです」と、パードゥはすかさず言った。「アンブロジオはどうしても金が必要だった。金さえあれば、自分が夢見たとおりのカルト教団を作って、欲しかった力を手に入れ、支配者の気分を味わえますからね」

「ええ。それに、私が水晶の中に不吉なものが見えたと言ったとき『あ、あ、あなたには？』と奇妙な言い方をしたのは――」

「やつにとって不吉だとほのめかしたのでしょう。あなたの性格や生き方が自分の計画の成功を阻む障害となることがわかる程度には、少しは霊能力があったのかもしれません」

「グレイスは、前に彼に相談に行ったことがあったのでしょうね」エマは渋々グレイスの名を口にした。

「アンブロジオがブライトンで商売をしていたときに訪ねています。絶えず満たされることのない貪欲な彼女は、あの手の類いのものが好きだったのです。占いの最中に発した軽率な言葉や打ち明け話から、アンブロジオは彼女の野心に注目し、多少、自分の影響下に置いたのかもしれません。ああいう手合いは、またとない強請《ゆすり》のネタをつかむチャンスに恵まれているものです。しかし、首謀者はアンブロジオではありません。グレイス・アラムです。アンブロジオは金が欲しかった——グレイスはやがて、メアリー・シャグリーンを通してそれを提供できる。彼女も金は欲しかったが、まず手に入れたかったのは毒です——それを、アンブロジオは厄介な規制なしに、すぐに融通できました。のみならず、心躍る刺激も約束してくれました——グレイスが適切な時代に経験できなかったものの代用です。時機を逸して楽しみを味わおうとすると悲劇を招くことになります。だが、アンブロジオのような連中は、そこにつけ込むんです——無駄にしてしまった青春の代わりに、もう一度、手つかずの青春を生きたいと熱望する気持ちにね。やつらは、やり直しよりももっとわくわくするものを約束するんですよ。おそらくアンブロジオは、自らの職業の特異な魅力を最大限に発揮したのでしょう。でも——やつは共犯者にすぎません。そそのかしたのはあくまでグレイス・アラムです。フィールディング医師がいなくなって、即座に計画を巧みに変更したのは彼女でした——一連のサーローの件を操り、時が熟すと直ちにシャグリーンを攻撃したのも彼女です。あなたの叔母さんが教会へ行く行かないをめぐる朝の口論と、叔母さん本人がマルタンマスから出ていく決意を固めたこと——そうしたことが決め手となって実行を早めたのでしょう」

「あの朝の衝突ですけど」と、エマが口を開いた。「――今になってみると理由がわかります。グレイスは、ワンドさんの正体に気づく機会を私に与えてはいけないと心に決めていたのに、もし二人とも教会へ行けば当然、彼女と顔を合わせてしまいます。私が行くことは避けられないので、ワンドさんに残ってもらうしかなかったんですね。私が最初の礼拝に間に合いそうにないので、遅れて聖餐式に向けて行くと言ったら、グレイスは耳を貸そうとしませんでした」

「できなかったんですよ」と、パードウは言った。「どうしてもできなかった。ほとんど全員が出かけてしまった建物内に、あなたをシャグリーンと残すのが怖かったんです。心のやましさは不安を呼び起こします。実際には、あなたがワンドさんの部屋に近づくことはなかったかもしれないのに、罪の意識を抱くグレイス・アラムは、そこに賭けることができなかったんです」

「あの日グレイスは私のそばから離れませんでした」エマの声が少し震えた。「なぜ――どうして彼女は寝室のドアの鍵を掛けたのでしょう」

「彼女は――」と言いかけて、パードウはふと口をつぐみ、エマの青ざめた顔を心配そうに見た。「ストレスが大きすぎるんじゃありませんか？　その話はしなくても――」

エマは首を横に振った。「知りたいんです」

「あなたには知る権利があります。グレイス・アラムは、遺体の発見を遅らせるためにドアに鍵を掛けたのです。みんながワンドさんの死について考える時間が短ければ短いほどありがたかった。サーローさんは朝、出ていく予定でした。そのときになればシャグリーンは見つかるに違いない。彼女が部屋に入ったのは、早くても午前二時半頃だと思います。三十分以上も部屋にとどまるリスクは冒さなかったでしょうから――おそらく、ほんの数分だったはずです――ドリー・フィンチは三時に彼女が去っていく音を聞いています。グレイスの仕事は狭心症のように見せかけることでした。モルヒネの毒性をよく知らなかったので、服用から死に至るまでどのくらいの時間がかかるのかわからず、あえて時間差をおいたのです——叔母さんが亡くなったのは遅くとも一時半です。たぶん、もう少し前でしょう」

「では、グレイスは再び鍵を開けなければならなかったのですか?」

「それは簡単ですよ。大変な夜を過ごしたあとで、みんながうたた寝をしている最中に、こっそり部屋へ行ったんです。ただ、室内の偽装工作をしたとき、手元に置くべきニトログリセリンのケースを忘れてしまいました。最重要事項ではなかったかもしれません——しかし、それが寮母のディーキンさんの目に留まり、ほかのいくつかの点と結びついて、観察力のある彼女の頭に引っかかったのです」

エマはため息をついた。「そんなにたくさん考えなければならないことがあるなんて……人は、どうしてわざわざそこまでして悪事をはたらくのでしょう。エッジワース看護婦とメイドに関しては、気づかれるリスクを避けたということですね」

「ええ。サーローさんをボールド医師に対する囮《おとり》役にするには、彼女を知らない人間に世話させる必要がありました。だから、面倒見のいい看護婦とメイドに恐怖と嫌悪を抱かせるよう仕向けたのです。二人ともワンドさんに好意を持って接していたことが大きな障害でしたが、サーローさんを利用して、まんまと追い払うのに成功しました」

「看護婦といえば」——エマは片手を頭に当てた——「日曜の夜、グレイスがもう一人の看護婦についておかしなことを口にしていました。『スウェイン看護婦が自分で薬を飲んだ——』と」

「興味深い言葉ですね。精神分析学者が喜びそうだ。彼女はスウェインの寝酒にモルヒネを混入させたのは自分だと知っていました――それまでにも、しばしば少量のモルヒネを与えていたことは調べがついています――計画どおり犯行を遂行した重大局面で、事態を混乱させないともかぎらないのに思わずそんな嘘をついたのは、単純に自己防衛本能からくる反射的な行動だったのでしょう」

「思うんですけど」と、エマは言った。「私が到着したあと、グレイスは気が動転していたのではないでしょうか。たぶん――重大局面がいよいよ近づいてきたと感じて。それ以外に、私の部屋を荒らした説明がつかないんです――今でも何が目的だったのかわかりません」

「私にはわかりますよ」と、パードゥが言った。「机の下から叔母さんの色褪《あ》せた古い写真が見つかったんでしたよね。ディーキンさんによれば、ワンドさんがあの部屋から移されたあと――ちなみに、ワンドさんはサーローさんの奇行について一度も不平を言ったことはなく、部屋を移りたいとは思っていませんでした――グレイス・アラムは、部屋を移動した際に明らかにワンドさんの写真が一枚なくなったと奇妙に騒ぎ立てたそうです。ワンドさん本人が何も訊かなかったのは注目に値します。実際、どうして部屋からなくなったのかワンドさんに尋ねてみると、彼女は写真を持っていたことさえ忘れていました。ディーキンさんは、なぜアラム校長がそんな些細なことを気にするのかわからず、戸惑ったそうです――そしてそれ以降、まったくそのことに触れようとしなかったので、なおさら驚いたのだと思います。ところが、あなたの部屋が何者かに荒らされた――みんなの注目がポラードさんに集中していて、あなたが医師の到着を待っていた絶好のチャンスを利用してね。あなたが写真に気づくと、大変なことになります。しかも、あなたはすでにシャグリーンの若い頃の写真をお持ちでしたから、見比べることも可能でした。彼女は、偶然あなたが写真を見つけて、本か箱の中に隠したのではないかと考えたのです。あらゆることを疑ってしまうんですね——罪の意識がある人間は」

エマがおそるおそる言った。「グレイスはなぜそんなに、サーローさんに毒を飲ませようとする犯人が実在していて、彼女の狂言ではないのだと私たちに信じさせたかったのでしょう?」

「毒を盛った犯人が誰なのかを考えさせて、周囲の目を逸らそうとしたんです」パードウは苦笑いを浮かべた。「時間をかけた自殺だと人々の関心は薄れます——いつまでも続く楽観的な見せかけのように思えてくるのです。しかもそれは大胆不敵なはったりでもありました。知らず知らず、グレイス・アラムに有利な先入観を作り上げたのです。毒殺犯がいると言いだしたのはグレイスなのだから、その彼女が犯人のはずはないと」

パードウは優しさのこもった目でエマをちらっと見た。「ベットニーさん——すみません。お疲れですよね。長々と話し続けてしまいまして」

「いいえ、そうじゃないんです。ちょっと考え事をしていて。実は私、ずっと小さなヒントを手にしていたのに、忘れていたんです——ようやく思い出したのは、最後の一日、二日のことでした。ワンドというのは、私の祖母の旧姓だったんです。祖母は二度結婚し、私の母とメアリー・シャグリーンの母親です」

「グレイス・アラムがそのことを知っていたら、さらに心配事が増えていたでしょうね」と言ったパードウの口調はどこかぼんやりしていて、再び居心地が悪そうになっていた。「これは私の職務からは離れるのですが、面会が許されたのなら、ポケット弁護士が訪ねてくるでしょう。そのときに——」エマの落ち着いた視線に、彼は急に顔を赤らめた。「ポケット弁護士が詳細をお話しするはずですが——ベットニーさん、あなたは——当てになさってはいなかったでしょうから——期待どおりの結果ではなくてもがっかりはなさらないですよね？」

「警部さん、何がおっしゃりたいんですか」

「メアリー・シャグリーンは貧しい女性だったのです」

そのあとの沈黙のあいだに、エマの表情がほぐれ、目つきが和らいだ。深く息を吐いて彼女は微笑んだ。

「あら――一瞬、心配してしまいましたわ。逆のことをおっしゃったらどうしようかと思いました」

「私は貧しいと言ったんですよ」と、パードゥはゆっくり繰り返した。「グレイス・アラムは間違っていました。彼女がしたことは――無駄だったのです。すべての富は――かなりの財産があったのですが――ポケットの前任者の無節操な投機のせいで失っていました」

「まあ」エマの目が輝いた。新たに何かを思いついたようだった。「だとしたら――アンブロジオは、まさに正しかったんですわ――きっと自分でも知らないうちに。彼は、私が金持ちになることはないと言ったんです。お金持ちになると信じていたはずなのに……いざ、その時が来たら、私への関心が私利私欲ではなく純粋なものだと思わせるために言ったとも考えられますけど」

パードゥはエマをじっと見つめ、思わず尋ねた。「ショックではないんですか」

「ほっとしています。私は――心から喜んでいますわ。お金持ちになるには年を取りすぎています。そんなことになったらどうしていいかわからないでしょう」

帰り支度をしながらパードゥはどう話しかけていいかわからずにいたのだが、いつの間にか尋ねていた。「私には関わりのないことですが――聞かせていただいてもよろしいですか。ベットニーさん、これからどうなさるおつもりですか」

「質問していただくのはむしろありがたいですわ。口にすることで、温めているプランが現実味を帯びますから……遺産は、少しくらいはあるんですよね？　そうですか。それなら、私の蓄えと合わせたら、すてきなことができそうです。思いきって小さな家を手に入れようと思います。前からずっと欲しかったんです。戦時中でなければ、小さな家とお店を借りるんですけど——それも夢なんです。でも、今は商売を始める時機ではありませんでしょう？　それに、女性はほかのことで求められていますし。何かそうした分野でお役に立てるかもしれません」

パードウはエマのほっそりした、愉《たの》しげな顔を見つめた。キャンドルのように最後まで燃え尽きて消えたメアリー・シャグリーンが頭に浮かんだ。若く、高飛車なリンダ・ハートの言葉を不意に思い出した。「彼女は孤独で——年老いていて——」。あの子は生意気にも、年寄りを哀れんでいた。

エマは続けた。「ほかにもあります。できれば——私はそうしたいのですが——彼女さえかまわなければ。彼女に会ったんです——昨日。ジュリー・ランクレに。長いこと話し込みました。娘さんのイヴや、ほかの家族のことも全部話してくれて——あら、この事件とは関係ありませんね。それにしても、お互いについて本当に知っていることって、あまりないものですよね。私——思うんですけど、もし人々が互いによくわかり合えていたら、警部さんたちの仕事も楽になるんじゃないかしら。彼女と協力して、二人で何かできることを見つけられるかもしれないと考えています。一種のアンタント・コージャル《英仏協商》のようなものです」エマの目は懐かしむように輝いていた。「彼女のお父さんは肉屋の見習いをしていたんですけど、果物やニワトリのほうが好きで、農家になったんだそうです。教えてもらってよかったです。そういうことって、こちらからは尋ねにくいものでしょう？　それに、お祖父《じい》さんは、ノルマンディーのフレールの小道でエピシエ《食料雑貨店》を営んでいたんですって。青果店とは相性がいいと思いませんか?」

何の話かわからないまま、パードウは、そう思うと答えた。ミス・ベットニーの言うことなら、どんなことでも賛同したい気持ちだった。

訳者あとがき

本書『アバドンの水晶』は、一九四一年に出版されたドロシー・ボワーズの第三長編 *Fear for Miss Betony*（米題は *Fear and Miss Betony*）を翻訳したものである。

Fear for Miss Betony
(1941,Hodder & Stoughton)

ドロシー・ヴァイオレット・ボワーズは、一九〇二年六月、英国ヘレフォードシャー、レムスターで生まれ、翌年ウェールズのモンマスに移って、人生の大半を同地で過ごした。父のアルバート・エドワード・ボワーズはパン屋のオーナー、母のアニー・ディーンは靴屋の娘だった。本書の主人公であるエマ・ベットニーが六十一歳という年齢になっても、父親が青果店を営んでいたことにいまだ引け目と誇りという相反する複雑な感情を抱いているのは、ボワーズ自身の経験が基になっているのかもしれない。作中にエマのこんな独白がある。

お父さんは苦労して私にいい教育を受けさせてくれた――女が劣っているという考えの持ち主ではなかったから――当時としては、かなり上等なレベルの教育だった。

（本書十頁）

ドロシー・ボワーズの父親もまた、経済的に苦労しながらも三人の娘のうち二人をオックスフォード大学に進学させている。オックスフォード大学が女子に学位を授与するようになったのが一九二〇年なので、ボワーズが入学した二三年当時はまだ女子学生が少ない時代だったことを考えると、両親が教育に非常に熱心だったことがうかがえる。モンマス・ハイスクール・フォー・ガールズを卒業し、奨学金を得てオックスフォードへ進んだボワーズは、そこで現代史を学んだ。大学生活を満喫していたようで、友人たちとの楽しかった思い出をのちに本人が語っている。卒業後はモンマスの実家に戻って歴史教師として働いたが、それだけで生計を立てるのは難しく、家庭教師や講師（歴史、国語）を兼任し、『ジョン・オー・ロンドン・ウィークリー』や『カントリー・ライフ』でクロスワードパズルの作成も手がけた。だが、この間《かん》も作家への志は忘れておらず、一九三八年、『命取りの追伸（*Postscript to Poison*）』を発表する。本書にも登場するダン・パードウ警部が謎解き役として活躍する処女作は人気を博し、ボワーズはミステリ作家としての名声を得ることとなった。第二次世界大戦勃発後はロンドンに移り住み、ＢＢＣで仕事をしたこともある。一九四八年八月、結核のため四十六歳の若さで亡くなるまでに、*Shadows Before*（一九三九）、『謎解きのスケッチ（*A Deed Without a Name*）』（一九四〇）、本書『アバドンの水晶（*Fear for Miss Betony*）』（一九四一）、*The Bells at Old Bailey*（一九四七）と、計五作の長編小説を残した。なかでも本作は最高傑作との呼び声が高く、イギリスの『タイムズ』紙に一九四一年最高のミステリ作品と評された。ドロシー・Ｌ・セイヤーズの後継者と目されていた彼女は、奇しくも亡くなったその年に、セイヤーズやアガサ・クリスティーら名だたる推理作家が所属していた〈ディテクション・クラブ〉への入会を認められている。

本書の主な登場人物は、占い師のアンブロジオ以外、ほとんどが独身女性だ。姉妹三人とも一生独身を通したボワーズの生活環境が、『タイムズ』紙から高く評価された興味深い人物設定に反映されていると言ってもいいだろう。ナチス・ドイツによる侵攻の中でのフランス人教師の苦悩、不遇だった青春時代を取り返そうともがく女の心の闇、人生を心から楽しみ常に前を向く老女の愉快さ、三十歳を超えて結婚を焦る女の嫉妬、画一化を極端に嫌う校風を押しつけられて抗う女子学生の意地など、それぞれの性格や背景が丁寧に描かれ、読者の共感を誘うとともに物語に確かな厚みを与えている。これはあくまで個人的な想像の域を超えないのだが、訳し進めながら、私にはパードウ警部が一目置く、冷静な判断力と洞察力を備え、粘り強く逆境に屈しない、年を重ねてもなお人生に希望を見いだそうとするエマ・ベットニーの人物像が、教師という職業を続け、つましい暮らしをしながら執筆に意欲を燃やした著者自身の姿と重なって感じられた。

八十二歳の老女が鏡に向かうシーンがある。

それに、彼女はよく知らない人にも明るく挨拶するタイプだった。もちろん、そういう行為が必ず報われるわけではなかったが、いつだって人生にスパイスを与えてくれた。（中略）それもまた、人生のスパイスの一つだ。やってみる価値はある。（中略）化粧テーブルの鏡の前に座り、銀製のブラシで髪を梳《と》かし始めた。ずいぶん少なくなってしまったが、それでも金色に輝いているのがうれしかった。美しい年の取り方をするのは喜ばしい。といっても、まだまだ衰えるつもりはない。きちんと心臓をいたわっていれば、あと数年は生きられるはずだ。最良の時は過ぎ去ってしまったとはいえ、人生は素晴らしいものだ。

（本書一一九〜一二〇頁）

灯火管制下にある時代背景や、奈落の王アバドンの存在と不気味な水晶占いといった暗い要素を扱いながらも、どこか明るい光が見えるような読後感を抱くのは、主人公エマの人生観とも相通ずるこうした考え方が本作の根底に流れているせいだろう。

このたび、日本では未紹介となっていたボワーズの傑作をご紹介できたことは大変喜ばしく、光栄の至りである。

引き続き、ドロシー・ボワーズの未訳長編 *Shadows Before*、*The Bells at Old Bailey* も「論創海外ミステリ」より発売予定なので、ぜひご期待いただきたい。

二〇二二年十一月

友田　葉子

「もう一人のドロシー」――忘られぬ作家、ドロシー・ボワーズの再評価――

三門優祐（クラシックミステリ研究家）

「抜群の才の片鱗を示しながら、それを十全に発揮する前に夭折した作家」というのは、世に少なからず存在する。「もし長じて作品を発表し続けたなら、どれほどの傑作を生みだしただろう」と想像して惜しむ崇拝者の贔屓目はもちろんあるだろうが、それでも年季の入ったジャンル・マニアであれば「この作家の『続き』を見てみたかった」と思わずにいられない作家の一人や二人、抱えているものではないか。

英国ミステリ界において殊更惜しまれた夭折作家といえば、スペイン内戦に義勇兵として参加し、一九三七年に三〇歳の若い身空で命を散らしたクリストファー・セント・ジョン・スプリッグの名がまず上がるだろう。日本では、遺作となった異色作『六つの奇妙なもの』（論創社）が翻訳されているが、ドロシー・L・セイヤーズが絶賛した、シニカルなユーモアが漂う探偵小説群は未だ紹介されずじまいである。飛行機と探偵小説を何より愛した彼がもし戦争から無事帰還していれば、必ずや戦後の英国において探偵小説作家たちをリードする存在となっていただろう……と考えてしまうのは無理からぬことではないだろうか。

さて、本書の作者ドロシー・ボワーズもまた、そういった「忘られぬ作家」のひとりである。その点について触れる前に、本書の「訳者あとがき」、また既訳長編に付された訳者コメントの繰り返しとなる部分もあるが、まずはドロシー・ボワーズの経歴をご紹介したい。

本名ドロシー・ヴァイオレット・ボワーズは一九〇二年、英国中西部へレフォードシャー州のレムスターという街の菓子職人の娘として生まれた。翌年、ボワーズ一家はウェールズの古都モンマスへ引っ越す。ドロシーは晩年までモンマスを中心に生活することとなった。高校卒業後、オックスフォード大学進学の奨学金を得たドロシーは三度の試験を経て大学に入学、一九二六年に現代史の第三等の学位を得て卒業する。その後、地元で教師としての経歴を重ねていくものの、いずれは首都ロンドンで知的な職業に就きたいという願いを友人たちへの手紙の中で吐露していたという。家の困窮もあり、「ジョン・オロンドンズ・ウィークリー紙」に「ダイダロス」というペンネームでクロスワードパズルを寄稿することを副業とした。一九三八年、処女作『命取りの追伸』(*Postscript to Poison*)で探偵小説文壇へのデビューを飾り、以降*Shadows Before*(一九三九)、『謎解きのスケッチ』(*A Deed Without a Name*、一九四〇)、そして『アバドンの水晶』(*Fear for Miss Betony*、一九四一、本書)と続けざまに作品を発表する。書評家筋からは「ドロシー・L・セイヤーズの後継者」と呼ばれ、高く評価された。その後、しばらく新作を発表しない期間が続くが、第二次世界大戦後の一九四七年に*The Bells of Old Bailey*を発表して復活。しかし、元々身体が弱かったこともあって翌一九四八年に結核で亡くなった。ちょうどこの年、ボワーズは英国の探偵小説作家たちの交友組織〈ディテクション・クラブ〉の会員に選出されたが、残念ながらロンドンで行われる「あの」入会の儀式に参加する機会は訪れなかった……。

この「遅咲きの地方作家」がもっと長生きしていたら、〈ディテクション・クラブ〉で多くの作家と交流し、憧れていた首都での文筆生活を満喫する機会が与えられていたら、一体どんな作品を生み出していただろうかと読者は本書を読みながら儚い妄想を抱いてしまうこと請け合いである。というのもこの『アバドンの水晶』は、まさしく彼女の作風の転換点であり、同時に傑作であるからだ。

本書を分析する前に、ボワーズの既紹介作品を振り返ってみよう。

デビュー作の『命取りの追伸』（論創海外ミステリ、二〇一三）では、ロンドンから三〇マイルほど離れたミンスターブリッジという郊外の町を舞台に、ラックランド家の支配者コーネリアを毒殺した犯人の正体、そしてその動機をめぐって様々な憶測が囁かれる。「あなたが、ミセス・ラックランドをゆっくりと毒殺しようとしていることはお見通しです」という脅迫状を受け取ったトム・フェイスフル医師を中心に渦巻く謎を、スコットランドヤードから派遣されてきたダン・パードウ警部とその部下ソルト部長刑事が、丹念な聞き取りと地道な捜査の末に解決する。

一つ飛んで第三作『謎解きのスケッチ』（風詠社、二〇一八）では、外交官志望の青年アーチー・ミットフォールドが自宅で自殺した、という一見犯罪性のなさそうな事件を担当することになったパードウ警部（訳文では「パルドー警部」とされているが、本解説中では表記を統一させていただく）は捜査の中で、アーチーが生前事故に見せかけて命を狙われていたらしいこと、そして執拗に小鳥のスケッチを描き続けていたことを知る。ドイツ人の関係者に掛けられるスパイ疑惑、空襲対策の灯火管制、そして深い霧など戦中のロンドンのモチーフを存分に盛り込み、同時にダイイングメッセージの謎も添えている。

以上の作品にみられるボワーズ作品の特徴は、

・**大勢の登場人物を描き分け、時代風俗を積極的に盛り込みながら破綻させない「小説」の上手さ**であり、同時に

・**露骨すぎるほどの手がかりを配しながら、なお「意外な犯人」を指向する「探偵小説」への拘り**の二点である。パードゥ警部（とソルト部長刑事）という、派手なところはないが堅実な捜査が売りという常識人を捜査官として据えたのは、事件の謎一本で物語を牽引していけるだけの実力を有しているという自信があったからに違いない。

とはいえそれは、一九三〇年代後半から四〇年代にかけて、探偵小説実作の世界から離れてしまったアントニイ・バークリーやドロシー・L・セイヤーズらの後継者たらんと登場した個性豊かな英国の探偵小説作家たち（ニコラス・ブレイク『証拠の問題』〔一九三五〕、レオ・ブルース『三人の名探偵のための事件』〔一九三六〕、ジョセフィン・テイ『ロウソクのために一シリングを』〔一九三六〕、マイクル・イネス『学長の死』〔一九三七〕、シリル・ヘアー *Tenant for Death*〔一九三七〕、エリザベス・フェラーズ『その死者の名は』〔一九四〇〕、そして、クリスチアナ・ブランド『ハイヒールの死』〔一九四一〕……）に対して大きな優位性を有しているとまでは言えなかった。

さて、私見では本作は、ボワーズが「己の資質を生かしながら、より多くの読者を惹き付けるためにはどのような手を打つべきか」という模索の末に導き出した一つの解答であるように考えている。

それ即ち、「ゴシック小説と探偵小説の融合」である。あるいは、ボワーズも必ずや読んでいたに違いない当時の最新刊、ダフネ・デュ・モーリア『レベッカ』（一九三八）に沿った方向性と呼ぶべきかもしれない。

本書のあらすじについてここでくだくだしく述べることはしないが、いくつか美点を上げてそれに替えよう。

保養所の建物を寄宿学校として改装した〈メイクウェイズ・スクール〉の昼間の明るさ（生徒たちとの交流は、ボワーズ自身の教師としての経験に基づくものか）と夜の不気味さの見事な対比。状況に従順で場の雰囲気に流されてしまうこともあるけれど、その心の芯には勇敢さを宿す主人公エマ・ベットニーの体当たり的調査で読者をハラハラさせるサスペンス小説の技量。最終段に至って登場したパードウ警部が、鮮やかに物語全体に蔓延った謎を切り払って極めて意外な真実を照らし出す面白さ（「読者への挑戦状」というほど気負ったものはないけれど、エマがパードウを訪ねる段階で、すべての手がかりが出そろっていたことに気がついただろうか）。

本作は、ボワーズの作家としての資質のすべてが集約された傑作と言えるのだ。

近年、英米でクラシックミステリの再復古ブームが巻き起こっているのは読者の皆様も知っての通り。ボワーズはそれに先立って全作が「ルー・モルグ・プレス」というリトルプレスから刊行されていた（二〇〇五〜〇六年）が、それが品切れとなりつつあった二〇一九年、「ムーンストーン・プレス」から再発された。また、本年六月に英国で行われた「ボディーズ・フロム・ザ・ライブラリー」というオフラインイベントでは、マージェリー・アリンガムやニコラス・ブレイクなどの一線級の作家と並んで、ボワーズについてのパネル発表が行われ、好評を博したという。残念ながら詳細な内容までは不明だが、パネラーとして登壇したモイラ・レドモンド女史のブログに事前に投稿されたボワーズについての仔細な記事の数々を読めば、その発表の充実ぶりが推し量れようというものだ。

かように、ドロシー・ボワーズは本国で今なお熱い視線を向けられる作家である。それと軌を同じくしてか、論創海外ミステリでは本作以降も更に新たな作品を紹介していくことを検討しているそうだ。最高傑作に推す人も多い第五作（童謡になぞらえた連続殺人の謎を追う作品だとか）を含む、この不思議な魅力を持つ作家の作品が今後広く読まれていくことを一ファンとして期待してやまない。

〔著者〕
ドロシー・ボワーズ
本名ドロシー・ヴァイオレット・ボワーズ。1902年、英国、レムスター生まれ。オックスフォード大学卒業後、教職を経て、1938年に「命取りの追伸」で作家デビュー。書評家から「セイヤーズの後継者」と称賛された。1948年に結核のため死去。

〔訳者〕
友田葉子（ともだ・ようこ）
津田塾大学英文学科卒業。非常勤講師として英語教育に携わりながら、2001年より『指先にふれた罪』（DHC）で翻訳者としての活動を始める。文芸書からノンフィクションまで多彩な分野の翻訳を手がけ、『極北×13＋1』（柏艪舎）、『血染めの鍵』、『魔女の不在証明』、『黒き瞳の肖像画』（いずれも論創社）、『ショーペンハウアー　大切な教え』（イースト・プレス）など、多数の訳書・共訳書がある。

アバドンの水晶《すいしょう》
——論創海外ミステリ　292

2022年11月30日　初版第1刷印刷
2022年12月10日　初版第1刷発行

著　者　ドロシー・ボワーズ
訳　者　友田葉子
装　丁　奥定泰之
発行人　森下紀夫
発行所　論 創 社
〒101-0051　東京都千代田区神田神保町2-23　北井ビル
TEL:03-3264-5254　FAX:03-3264-5232　振替口座 00160-1-155266
WEB:https://www.ronso.co.jp

組版　加藤靖司
印刷・製本　中央精版印刷

ISBN978-4-8460-2161-0
落丁・乱丁本はお取り替えいたします。